游学·1917

纪红建 著

湖南文艺出版社

图书在版编目（CIP）数据

游学·1917 / 纪红建著. -- 长沙：湖南文艺出版社，2023.12
ISBN 978-7-5726-1592-4

Ⅰ.①游… Ⅱ.①纪… Ⅲ.①纪实文学–中国–当代 Ⅳ.①I25

中国国家版本馆CIP数据核字(2023)第251969号

游学·1917
YOUXUE · 1917

作　　者	纪红建
出 版 人	陈新文
责任编辑	谢迪南　王　琦　张潇格
封面设计	文　俊
内文排版	嘉泽文化

出版发行	湖南文艺出版社
地　　址	长沙市雨花区东二环一段508号　邮编：410014
网　　址	http://www.hnwy.net

印　　刷	长沙超峰印刷有限公司
版　　次	2023年12月第1版
印　　次	2023年12月第1次印刷
开　　本	710 mm×1000 mm　1/16
印　　张	22.5
字　　数	300千字
书　　号	ISBN 978-7-5726-1592-4
定　　价	78.00元

版权所有，请勿翻印、转载，侵权必究
若有印装质量问题，请直接与本社出版科联系调换，0731-85983028

目 录

001 序 篇 游学的意义

063 第二篇 长沙县
064 两个身影，三个身影
070 第一道难关
076 往西：是崎岖，也是坦途
081 曹家坳的见证
090 迷路
100 谜团和争论

007 第一篇 妙高峰下
008 一个班级的荣光
020 熏陶与砥砺
038 身影
044 坚强的水井
050 生生不息
057 两个场景

第三篇 宁乡县

- 110 滂沱大雨，清新绿茶
- 117 穿越时空
- 122 铜板的温度
- 129 关于农事
- 136 白云寺的眷念
- 142 《酒狂》和《高山流水》
- 153 两个奇怪的家伙
- 173 世间美景与人间冷暖
- 180 本源，本真

第四篇 安化县

- 188 考证
- 196 浪漫而惊险的一夜
- 202 远大
- 206 同窗情
- 214 一副对联，二元银洋
- 220 燕子桥，风雨桥
- 223 困厄与希望
- 235 阅读梅城
- 241 清晰与模糊，梳理和寻找
- 245 回味与思索

251 第五篇 益阳县

252 兴致完全集中在谈话上
262 风雨石龙关
268 住夏曦家,还是住夏百源家?
273 龙洲书院是个读书的好地方
279 偶然路过
286 如此纯洁,如此隽永

289 第六篇 沅江县

290 去沅江的大路
296 龙涎港码头与毛氏宗祠
299 美好遇见
304 众说纷坛
307 或谈论,或沉默,或思考

313 第七篇 橘子洲头

314 1917年8月23日
317 从游学到调查
322 没有时间谈情说爱
329 洞庭湖的闸门动了,且开了
336 橘子洲头
340 尾声 穿越时空的力量

345 主要参考书目与资料

349 后记

序篇
游学的意义

我在长沙，在湘江之滨、麓山之北，眺望一段历史。1917年的暑假，与驿道与河流同样重要的是中国最杰出青年的心灵之路。对于青年毛泽东、萧子升而言，暑假正值农忙，他们可以选择回家帮助父母干农活，也可以选择留校生活和学习，还可以去长沙城里的商铺打短工，或者给有钱人家小朋友辅导功课等等，但他们选择了"游学"式考察，日晒雨淋，忍饥挨饿。萧子升比毛泽东小8个月，却比毛泽东高三届，虽然萧子升已是长沙楚怡学校的老师，毛泽东还是湖南省立第一师范学校本科第八班的学生，但他们师出同门，都受过杨昌济等进步教师的影响，毛泽东甚至是《新青年》杂志的热心读者。彼时，正是他们那一代青年在迷茫与黑暗中苦苦求索的岁月。受新知识、新思想的影响，他们都是胸怀远大志向的热血青年，但他们的思想和世界观都还处于过渡期，还在改良阶段，有矛盾、纠结、困惑、徘徊。

他们是在为自己的苦闷心灵寻找出路。毛泽东1936年在延安和美国记者斯诺谈话时回忆，是1916年他看到一份旧报纸——同盟会的机关报《民报》上刊载着一则徒步游历的消息，受到启发后第二年开始计划并实施的。美国记者斯诺在《西行漫记》中，记载着毛泽东当时的回忆："有一天我读到一份《民报》，上面刊载两个中国学生旅行全国的故事，他们一直走到西藏边境的打箭炉。这件事给我很大的鼓舞。我想效法他们的榜样，可是我没有钱，所以我想应当先在湖南旅行一试。"打箭炉，即今天的四川康定。毛泽东口述、斯诺笔录的《毛泽东自传》中，毛泽东还继续记录了这一段回忆："于是第二年夏天我步行游历湖南省，走遍了5县。和我一起的有一个名叫萧瑜的学生。农民们供给我们吃食，供给我们睡觉的地方。"萧瑜，即萧子升；五县即长沙、宁乡、安化、益阳、沅江五县，虽然与今天的行政区划大相径庭，但我想用作这部作品的坐标。

  因为是步行，并有"寻找"的意图，他们的游学当然有别于当下青少年一般意义的游学。在湖南第一师范，甚至更早，毛泽东就养成读书思考与社会现实相结合的思维方式。他养成了"不动笔墨不读书"的习惯，既读"有字之书"，也读"无字之书"。历时一个月，行程九百余里，沿着驿道或河流，时而行走在乡村，时而行走在城镇，他们接触了城乡社会各阶层的人，了解了一些风土民情，获得了不少新鲜知识。虽然他们还不能确定未来的路怎么走，但对于已经24岁的他们来说，这次步行却非常笃定，知道自己要做什么。我有些好奇，他们的生存之道是什么？他们的爱好和生活习惯是什么？他们在性格特征和政治见解上有何矛盾与分歧？他们如何与学士名流、农民、商人、佛教徒、手工业者、地方官吏等方方面面的人打交道，了解中国真实现状？真实的中国现状对他们有何触动，产生了怎样的共鸣？他们如何认识和理解"国家"与"人民"？他们又是如何赓续文化和精神血脉，进而注入中华民族这一精神共同体并绵延至今？我当然还想感受那片土地穿越百年时空的变迁！那一定犹如色彩斑斓的万花筒。

决定"探寻"，我还有更私人的理由。从事报告文学写作以来，行走逐渐成了我的一种习惯，一种常态。不得不承认，我所有的创作源泉，都来自行走和主动介入生活，是它们赋予了我作品温暖和力量。我甚至对行走产生了一种不可或缺的依赖。面对一个创作题材，我首先想到的不是各种资料，而是行走，甚至尽量避开资料，寻找自己独特的感受。当然，不是只要行走就一定会有收获，这同样需要知识、智慧、耐心、情感、情怀等等。只要是行走，我一定带上自己喜欢的书籍，或者与采访相关的书籍。一边行走，一边学习，一边思考，一边记录。这个过程，我觉得很庄严，甚至是神圣。行走的方向是浩瀚，走得越远越深，我愈发渺小。与106年前的青年相比，我已然中年，但我曾数次漫步岳麓书院、爱晚亭下、刘家台子、橘子洲头、湖南第一师范等地，遥望百年前中国青年的思想动态和行为举止，我一直在寻找自己创作的方位与坐标。我迫不及待地要和百年前的中国青年一同出发，希望能够更加深入他们的心灵，也期望通过一些若隐若现的线索，将1917与2023两个看似并无关联的年头构建起某种内在联系，给人们带来某些思考与启迪。

对于这次游学的参与者，我在心里不断地告诫自己，他们只是青年，或者说青年教师、青年学生。比如萧子升，他是湖南第一师范的高才生，湘乡县立东山高等小学堂教师萧岳英之子，诗人萧三之兄，是小有名气的书法家。毛泽东在东山学堂读书时，与萧三同学，且关系要好，认识萧子升就不足为奇了。到湖南第一师范后，他们经常在一起讨论问题，学习、生活、时政无所不谈。虽然后来毛泽东成了一名马克思主义者，萧子升成了一名自由主义者，信奉无政府主义，政治见解和政治立场活生生地把这对好友拆开，但不可否认的是，他们都曾是历史洪流中奋勇前行的青年。又如萧蔚然，字和畅，是湖南第一师范第七班学生,擅长书画,安化雷鸣洞(今属涟源市)人。有资料说,出发游学的同行者,除了毛泽东、萧子升,还有准备回老家度假的萧蔚然。这些资料,要么语焉不详,要么含糊其词。我想在行走中拨云见日,让这个至少陪同游学前半程的同学从隐约里走向清晰。

如果我们把视野再往前挪,就会发现,他们这次游学是偶然中的必然;如果我们把视野再往后推,更会发现,他们这次游学经历,对他们之后人生选择产生了重大影响。路肯定要走,要坚定地走,要义无反顾地走,但到底走什么样的路?对于个人来说,有求学之路、求志之路、求索之路、求权之路、求是之路。对于国家和民族呢?毛泽东他们那一代青年不断深入现实和基层,在步行中最大限度地与中国的灵魂接触,深刻地感受到中国的脉搏、真实的国情、百姓的疾苦、人民的心声,最终找到了一条最适合中国走的道路。五四运动后,随着马克思主义在中国的广泛传播,毛泽东开始自觉运用马克思主义理论指导调查研究。其中1925年的《中国社会各阶级的分析》和1927年的《湖南农民运动考察报告》等就是伟大的马克思主义文献。1926年,他通过调查研究获取了大量的第一手资料,撰写的调查报告《中国佃农生活举例》,被作为"中央农民运动讲习所"的生动教材。随着中国革命形势的不断变化和发展,毛泽东反复强调调查研究问题。井冈山时期,他先后在宁冈、寻乌、兴国等地进行了8次较大的调查研究;延安时期,为了使全党充分认识调查研究的重要性,他先后撰写和起草了《关于农村调查》《改造我们的学习》《中共中央关于调查研究的决定》等系列文章和文件。我们当然不能把这次游学孤立地看待,历史从来不是一个个孤立的单一事件。我想循着这条线索,在零碎的,甚至隐藏在民间的历史信息中筛选、提取,合理有据地形成自己对这次游学的认识与见解——那必然是一条璀璨的历史洪流。

五月的湖南,开始进入雨季,天气有些反复无常。我知道,这对于一个行走者，特别是山村的行走者意味着什么。但我担心的不是这些，而是身心如何真正地进行行走。随着现代交通的快速发展，古驿道早被湮没在荒山野岭之中，水运也已衰落，"探寻"一条106年前的蜿蜒九百余里的老路，不必奢望见到多少往日景象，但若要真正走近这次游学，没有比"探寻"更好的方式了。在交通异常便利、交通工具较为先进的今天，九百余里路不再遥远，但要真正最大程度地去认识和理解这次游学，会是一个漫长的求索，巨大的考验，我更需要穿越时空，行走在同一条路的不同时段。

除了换洗的衣服和必备的生活用品，我的背包里只放了一些与此相关的图书，如昆仑出版社1989年出版的萧子升回忆这次游学行乞经历的《我和毛泽东的一段曲折经历》，还有《红星照耀中国》《毛泽东青少年时代的故事》《毛泽东早期文稿》《早年毛泽东：传记史料与回忆》《青年毛泽东》《青年毛泽东之路》《学生时代的毛泽东》《一师毛泽东：要为天下奇》《解读青年毛泽东》等，以及一些图书的电子版。我想轻松上阵，以往的经验告诉我，随着采访深入，我的大脑会变得更加丰富，背包也会越来越重。

在立夏的前两天，我想抓住春天的尾巴出发。我给"毛泽东与第一师范纪念馆"研究员颜兼葭打电话，他一开口，便体现出党史工作者治学严谨的作风。他说，当年的出发地在湖南第一师范，出发时是三人，除了毛泽东和萧子升，还有回老家度假的萧蔚然随行。他又问，你从哪里出发？我没有丝毫犹豫地说，明天早上九点妙高峰下见。

第一篇
妙高峰下

一个班级的荣光

一

沿着书院路往北,道路右边蓦地出现了绿树成荫、花团锦簇的诱人景致,里面掩映着一座灰白色调的建筑群。庄重、典雅、大气、沉稳,既有东方文化内涵,又蕴含西方建筑风格。尤其那欧式拱门、西式浮雕,更与亭台楼阁交相辉映。早晨的阳光洒向三湘大地,建筑群宛如一幅韵味十足的水墨画。我停下脚步,怀着崇敬之情,缓缓走近湖南第一师范老校区。它位于长沙河东、城南,背靠妙峰山,毗邻湘江水。周围一片翠绿,茂盛的枝叶投下浓重的阴影。

一个中年男子在欧式拱门下,朝我使劲地挥舞着双手。他是颜兼葭,准时地履行着昨天的约定。虽然我数次经过湖南第一师范老校区,也曾数次前来参观学习,但却从来没有真正走近它、了解它,没有用心聆听它。这注定我的"探寻"之路将充满愧疚与艰辛。在颜兼葭的带领下，我悄悄地走近它，恭敬地翻开它的历史，既生机勃勃，也饱经沧桑。

1903年，清政府设立湖南师范馆。1911年，校址迁建于长沙城南妙高峰下的城南书院遗址，并称湖南公立第一师范学校。1914年改为湖南省立第一师范学校。在1938年的长沙"文夕大火"中，包括湖南第一师范在内的30多所学校和教育机构化为一片废墟。原建筑皆被烧毁，只有毛泽东当年提冷水洗澡的水井得以原物保存。建筑已毁，但精神永存，这里成了中国共产主义运动和新民主主义革命的重要策源地之一。如今的建筑主体是1966年至1968年重建的，复刻了毛泽东学生时代的第八班教室、第八班寝室、学校大礼堂、工人夜校等景点。2003年，虽然湖南第一师范学院主体部分搬迁到了长沙的河西，但这里依然作为其一个教学校区，有数千名大学生和附属小学的小学生，旧址已经成为目前全国最大的展示青年毛泽东光辉业绩的专题性纪念馆。

砖木结构，坐东朝西，平房与二层楼房有机结合，栋与栋之间或有走廊，或由亭阁连接，形成四合院落。主体连廊建筑位于校园中部，由教学楼、自习楼、阅报楼、礼堂、寝室等组成。平面布局或呈"回"字，或呈"凹"字，或呈"凸"字和"H"形，科学地考虑到了采光、通风的效果；廊柱硕大，成双顶拱，拱距券顶跨度适中，稳定大方；青麻石屋基高出地面，起到良好的防雨、防潮作用；阶沿、柱、廊檐、屋脊棱角分明，衬托墙体、门窗檐框，青白相间，素洁雅致。

朝走廊深处望去，我们看到教室，或自习室、阅报楼、礼堂、寝室等处，无不闪烁着历史的光芒。

轻点，再轻点，我在心里默默念叨。

30张红棕色连体木质课桌椅，10扇蓝色木质百叶窗。窗外绿树成荫，鸟语花香，环境优雅。这不是一个复原的教室，而是活泼、生动而又不失严肃的课堂。老师戴着眼镜,面带微笑,谆谆劝导,学生发言踊跃,话语铿锵。有的认真聆听,有的不停地做着笔记。

这正是毛泽东就读的本科第八班教室,第一行第四个座位正是他当年坐的地方。我似乎看到毛泽东眉头微蹙,凝视窗外。此时,他已不再只是一名单纯的求学者了,他开始关注家国情怀、政治形势,思考着国家的前途、民族的命运、人民的幸福。还有他的同班同学罗学瓒、罗翱吾、周世钊……他们集体凝视着那个时代。当然,时代赋予了他们责任和使命,也必将带给这个班级无上荣光。

颜兼葭告诉我,一切的前提是求学之路。求学之路,让毛泽东接触到了新思想和新知识,开阔了他的视野。于是,一个青年艰难跋涉的求学身影出现在我的视野中。

我必须紧跟颜兼葭的脚步,去寻找 1917 年游学的动机,以及较为精准的时间和地点。

二

从何而来?为何而来?

时间从 1917 年游学往前推七年。

初秋时节,湖南湘潭韶山冲,那个古朴而美丽的小山村,一派郁郁葱葱,生机盎然。巍巍韶峰,秀丽挺拔,正在静静地讲述着千百年来优美动听的传说。

在群山环抱、绿竹掩映的上屋场,未满 17 岁的少年毛泽东正准备挑上行李,外出求学。上屋场坐南朝北,属于土木结构的"凹"字形建筑,东边是少年家,西边是邻居,中间堂屋两家共用。

母亲是典型的贤妻良母,父亲则是意志坚强、精明能干而又固执的严父。少年和母亲道别,父亲却在一边默不作声。少年帮助父亲记了七年账,他已经将整理好的账本交给了大弟。为了读书之事,他和父亲争吵了好多年,停学,复学,再停学,再复学。少年走到父亲身边,跪下磕了一个头。父亲很意外,赶忙扶起儿子,眼里泛起了泪花。目送着儿子过了南岸,父亲才回到屋内。

账本整整齐齐地摆在橱柜里,上面有一张毛边纸,有少年改写的一首诗:

孩儿立志出乡关,学不成名誓不还。
埋骨何须桑梓地,人生无处不青山。

少年的求学之地是湘乡县立东山高等小学堂。这是他人生第一次离开韶山。

走出乡关,少年离故乡越来越远。然而,骨子里那固有的乡情、亲情始终未曾从少年心中抹去。

特别是他与母亲的感情尤为深厚。

1919年10月初,26岁的毛泽东在长沙领导开展驱逐军阀张敬尧的运动。那天,毛泽东堂兄送来紧急家书:母亲病危。接到信,毛泽东眼里立即涌出泪花,匆忙安排有关事情后,就带着小弟跟随堂兄,跌跌撞撞地往韶山狂奔。

那时的韶山不通车,全靠两条腿走。100来里的崎岖山路,毛泽东他们走了一天一夜。当毛泽东赶回韶山时,母亲已经离世并入棺。毛泽东久久伏在母亲的灵柩上,泣不成声。大弟毛泽民告诉他,母亲临终时一直在呼喊着他的名字。毛泽东闻言,更是泪如泉涌,心如刀绞。

当晚,毛泽东跪在母亲灵前,一边为母亲守灵,一边在油灯下写下感情至深的两副挽联和催人泪下的《祭母文》,悲伤、思念、惆怅、悔恨、感恩之心跃然纸上:

呜呼吾母,遽然而死。寿五十三,生有七子……

三

这是一所新式的"洋学堂",为少年毛泽东打开了一扇认知中国与世界的全新窗口。

但也有麻烦,现实远非他想象的那样。

开学没几天,他就因穿着打扮遭遇了白眼和嘲笑,有的同学甚至指指点点,讥讽他是乡巴佬、土包子。除了衣着上的寒酸、观念上的差异,还有外乡人的身份,不愿掺和内斗的个性,也让毛泽东与同学的隔阂进一步加深。

受到如此委屈,若是其他血气方刚的少年,可能早就按捺不住,拍案而起了。但毛泽东却在极力克制自己,因为他知道,为上东山念书,他付出了怎样的艰辛,做了多大的努力。他不想和同学一般见识,更不想逞一时之快,毁掉这个来之不易的机会。他把痛苦埋藏于心,将怒火化成动力,奋发读书,狂热学习。只有这样,他才能忘却烦恼,慰藉心灵。

对于这段历程,斯诺在《西行漫记》有非常详细的记载:

我在这个学堂里有了不少进步。教员都喜欢我,尤其是那些教古文的教员,因为我写得一手好古文。

许多阔学生看不起我。可是在他们当中我也有朋友,特别有两个是我的好同志。其中一个现在是作家,住在苏联。

毛泽东所说的这个作家便是萧三,即萧子升之弟。萧三曾借给毛泽东一本《世界英杰传》,给他带来不少的震撼。念私塾时,他心中的偶像是《水浒传》里的绿林好汉,《三国演义》中的将相豪杰。即使到了东山学堂,他开始崇拜的英雄,也是古代那些明君良相。

但在《世界英杰传》里,他读到了拿破仑、叶卡捷琳娜女皇、彼得大帝,还有惠灵顿、格莱斯顿、卢梭、孟德斯鸠和林肯等伟人的故事。他第一次听到了美国这个国家,并知道它是华盛顿带领人民,经过八年苦战获得胜利,才创建的国家。这本传记,他读得荡气回肠,甚至感慨地对萧三说,中国也要有这样的人,我们应该讲求富国强兵之道,顾炎武说得好,天下兴亡,匹夫有责。他开始树立起全新的英雄史观。

同样重要的是,他第一次接受西学教育,第一次接触到数学、地理、历史,还有自然科学这些新鲜课程。新式教学虽然让他增长了见识,开阔了视野,但东山学堂留给他最深的记忆,还是康梁改良思想。

比如他读了表兄文运昌赠送的关于康梁变法的快报,其中有梁启超主编的《新民丛报》。这些书报他反复阅读,有的可以背诵出来。对《新民丛报》连载的梁启超《新民说》一文,他看得非常用心,并写有批语。

毛泽东对《新民说》中"论国家思想"一节所写的一段批语,说到两种君主制国家:一为"立宪之国家,宪法为人民所制定,君主为人民所推戴";一为"专制之国家,法令为君主所制定,君主非人民所心悦诚服者"。"前者如现今之英、日诸国,后者如中国数千年来盗窃得国之列朝也。"

这时,毛泽东并不反对君主制度,只是反对君主专制,而赞成君主立宪制,并希望有康有为、梁启超那样的维新派进行改革。

他崇拜康有为和梁启超,不仅在思想上接受了他们的变法主张,甚至模仿康梁文章风格,写了大量读书笔记。

东山学堂给了他最初的思想启蒙,并让他对政治有了浓厚的兴趣。

当然,他也明白,要让积弱不振的中国走向强盛,必须讲求富国强兵之道,更需要每个国民的加倍努力。对他来说,要想实现这样的梦想,必须到更大的舞台去闯荡,去开阔视野。

他的目光开始投向省城长沙。

四

我徜徉在斯诺的《西行漫记》中,感受着一位青年忧国忧民的心路历程。

长沙是毛泽东向往的城市。虽然离他家有120里,但他早就听说了这个城市。这个城市很大,也很繁华,有不少学堂、抚台衙门在那里。

他非常想去那里读书,他还知道,那里有一所湘乡人办的中学——湘乡驻省中学。正巧,东山学堂一位叫贺岚冈的老师去那所中学任教。他请求贺老师介绍他到这所学校,贺老师同意了。

他是步行去的长沙。来到长沙,他兴奋又担忧。一方面,他特别渴望进这所有名的学校读书;一方面,又怕学校不同意他入学。出乎意料的是,他居然没费什么周折就考入了学校。于是,在东山学堂待了仅半年之久的毛泽东,便实现了到省城读书深造的梦想。

在长沙,他第一次看到了同盟会办的《民立报》。报纸刊载了一个名叫黄兴的湖南人,领导广州反清起义,以及黄花岗七十二烈士英勇殉难的事迹。这让他热血沸腾,心情久久不能平静。没过多久,他又听说了孙中山这个了不起的人物,并了解他所领导的同盟会的纲领。

他的思想开始有了变化。之前,他深受康梁影响,认为皇帝是好的,误国的只是那些奸贼,国家急需的是立宪维新。可当他读了同盟会的纲领后,他的认识有了转变,开始拥护孙中山等革命党人。在激奋之下，他写下一篇文章贴在学校墙壁上，第一次发表自己的政治意见，主张由孙中山、康有为、梁启超组成新的政府，反对专制独裁的清王朝。

文章一出，立即引起不小的轰动。有的拍案叫好，有的表示反对，但更多的师生，都在为毛泽东捏把汗。当时的湖南，白色恐怖笼罩，官府正抓革命党，他的这种行为，简直就是犯上作乱。好在他人缘不错，老师又爱惜他这个人才，校领导私下里也同情革命党，所以事情发生后，校方并未大动干戈，只是把他叫去狠狠训了一顿，悄悄把这件事压下了。

然而，一波未平，一波又起。当时，全国都要求加快立宪，实行变革，可皇帝却下诏只同意组织谘议局。消息传来，同学们一起热议，都非常气愤。大家一致同意，剪去辫子以表示对清王朝的不满情绪。毛泽东和另一同学首先剪去自己的辫子，并说服十几个同学也剪掉了辫子。

剪辫子的事情一出，立即引起轩然大波。一些观念保守的家长，见儿子被人剪了辫子，顿时怒火中烧，纷纷前来告状，骂毛泽东大逆不道，要求学校马上开除他。因怕得罪一些有权势的人，校长迫于压力，也曾想开除他。危急时刻，贺岚冈等几位教师挺身而出，一起到校领导面前替毛泽东求情。最后，学校给了他一个留校察看的处分，又一次强行压下这场风波。

剪辫子的风波没过多久，一场更大的风暴降临了。1911年10月10日，武昌起义爆发，辛亥革命开始了。顿时，长沙城内形势紧张，湖南巡抚宣布戒严。一天，一个革命党人得到校长许可，来学校做了一次激动人心的演讲。他强烈抨击清廷，号召大家行动起来，建立民国。毛泽东和同学们异常激动，无法安心于书斋苦读，恨不得马上投入这场火热的斗争中。

在听了革命党人演讲后,他从同学那儿筹到一些钱,决定和几位朋友一起到汉口,去参加黎元洪领导的革命军。让他没想到的是,还没等到他们出发,长沙的战斗就打响了。城里发生了起义,各个城门都被起义军占领。他一直站在高地上观战,最后终于看到衙门上升起了汉旗。等他再回学校时,发现已经被革命军守卫了。

虽然湖南的快速起义,打断了他想去武汉参军的愿望,可一直怀揣报国梦想的他,面对滚滚革命洪流,内心还是无法抹去想要当兵的念头。当时湖南组建了一支学生军,他身边的不少同学都参加了,可对这支学生军,他却没有多大兴趣。他觉得这支学生军基础太薄弱了。当时清帝还没退位,他们都以为,革命还要持续一段时间,他决定参加正规军,去为革命尽力。

听了他的决定,朋友们都好言相劝,要他加入学生军,大家毕竟是同道中人,生活习性相差不多,既有共同语言,又能相互照应。可参加所谓的正规军,那帮当兵的都是些大老粗,一身痞气。而他的个性这么强,脾气又犟,整天跟这帮人打交道,非吃亏不可。然而,毛泽东这个人,一旦认准一件事情,谁劝也没用。

这年10月底,毛泽东弃笔从戎,参加驻长沙的起义新军二十五混成协五十标第一营左队,当一名列兵。走进军营,第一次开始军旅生活,他发现,这帮当兵的,还真像朋友们所言,鱼龙混杂,三教九流,什么人都有。虽然开始他有点不适应,但没过多久,他就凭借自身学问,让许多士兵肃然起敬,并成为好朋友。

在军队,除认真接受军事训练,他还非常重视研究时事和社会问题。每月饷银大都用于购买报纸,百读不厌。从当时鼓吹革命的《湘汉新闻》上,他第一次看到"社会主义"这一新名词。接着,他又读了江亢虎写的一些关于社会主义的小册子,对社会主义问题产生浓厚兴趣,并写信与同学进行讨论。

就在湘军准备行动之时,忽然传来消息,清帝宣布退位,孙中山和袁世凯达成了和议,南北统一了,南京政府解散了,预定的战争取消了。在欢庆胜利的日子里,其他战友走街串巷,把酒寻欢,毛泽东却陷入了深深的沉思。他要为未来重做打算。既然革命已经结束,就应该退出军队,重新回到书本上去。

于是,只当了半年兵的毛泽东,就结束了军营生活。虽然这段军旅生涯很短暂,但恰恰这期间的亲自体验,让他充分了解士兵的痛苦和渴望,深刻体会了旧军队的种种弊端。

这时,他在专业的选择上,举棋不定,变换再三。开始,警官学校的广告吸引了他,他马上报了名。接着,又被制皂学校的广告所打动,他又想去当一名工程师。一位法科的朋友又怂恿他去念法校。该校的广告承诺,三年学完法律课程,出来就能当法官。而另一位朋友却说,国家目前最急迫的是发展经济,所以这位朋友推荐他去念商科。那家商业学校的广告也让人心动,它宣称,学校是政府办的,师资力量很强,而且校园环境优美。非常重要的是,他父亲也极力要他上这所学校,因为他一直希望儿子经商。就这样,选来选去,最后他还是进了这所学校。他入学才知道,这所学校大半课程,都是用英文教的。而他英语底子差,每天上课很痛苦,才念了一个月,他就退学了。

接着,他又以第一名成绩考入湖南全省高等中学校(后改名省立第一中学)。刚入学校没多久,他就以一篇《商鞅徙木立信论》,名噪全校,备受瞩目。虽然全文不过五百字,但却受到国文教员的称赞:"实切社会立论,目光如炬,落墨大方。""有法律知识,具哲理思想,借题发挥,纯以唱叹之笔出之。""历观生作,练成一色文字,自是伟大之器,再加功候,吾不知其所至。"

由于国文教员非常喜欢毛泽东,还将私藏的一幅珍品,乾隆《御批历代通鉴辑览》借他阅读。由于省立第一中学课程有限,特别是他读了《御批历代通鉴辑览》后,他觉得在校学习不如自学,于是便退学寄居在湘乡会馆。

他订了一个自修计划,每日到湖南省立图书馆读书。在自修的半年中,他广泛涉猎18、19世纪欧洲资产阶级的社会科学和自然科学书籍。他读了严复译的亚当·斯密《原富》,孟德斯鸠《法意》,卢梭《民约论》,约翰·穆勒《穆勒名学》,赫胥黎《天演论》和达尔文关于物种起源方面的书,还读一些俄、美、英、法等国的历史、地理书籍,以及古代希腊、罗马的文艺作品。

有意思的是,他在这个图书馆第一次看到一张世界大地图,这引起他很大的兴趣。他总是站在地图面前,反复细看,久久沉思。

五

湖南第一师范在向青年招手。

但青年最初报考的不是湖南第一师范,而是湖南第四师范。

在自修半年后,毛泽东再一次认真思索自己的前程。他认为自己最适合于教书,同时,因父亲不同意他自修,拒绝供给费用,生活十分困难,于是决定报考不收学费、膳宿费低廉的师范学校。1913年春,他考入了湖南第四师范。

经历了半年时间的军队锻炼,又在省图书馆自修了一段时间,如今能重返校园,对他而言,弥足珍贵。他非常珍惜来之不易的机会。如他在听课时就记了万余言的《讲堂录》,主要是国文课和修身课的笔记,内容涉及哲学、史地、古诗文、数理等。对古今名人治学、处世、治国和有关伦理道德的言行,记录较多。凡典故、词义、要旨和警句,都分条写出。有的条文突出理想情操,求实好学,不务虚名的内容。在这期间,以工整的楷书全文抄录了屈原的《离骚》和《九歌》,并将《离骚》的内容，分段提要，写成眉批。

谁承想，开学没多久，湖南第四师范与湖南省立一中，因校址问题，闹了纷争，搞得全校师生人心惶惶，寝食难安，根本无法安静地学习。最后两校官司打到湖南省政府，省督汤芗铭，军阀出身，脾气暴躁，根本没耐心去听双方的辩解，干脆一纸公文，强令校址划归湖南省立一中，湖南第四师范归并湖南第一师范。两师合并的消息传出，师生们欢欣鼓舞。

1914年3月，毛泽东编入湖南第一师范预科第三班，和湖南第四师范转来的同学一样，重读半年预科。这年秋，他被编入本科第八班。

湖南第一师范不仅环境优雅，名师荟萃，还具有悠久而辉煌的历史，更是当时一所比较民主开明的学校。这对于求知若渴的青年来说，怎能不心潮澎湃，激情满怀！

从1913年春入学，到1918年夏毕业，毛泽东在湖南第一师范学习了五年半时间。毕业后，他辗转北京。1920年秋，他再次回到长沙，担任湖南第一师范附属小学主事（即校长），革新教育。在学校任职的这两年，他与杨开慧结婚，并与何叔衡代表湖南共产主义小组赴上海出席中共一大。直到1922年冬，他辞去湖南第一师范教职，开始了职业革命家的生涯。

1950年，毛泽东在与第八班同学、时任湖南第一师范校长周世钊谈话时说："我没有正式进过大学，也没有到外国留过学，我的知识，我的学问，是在一师打下的基础。"

朴实的话语闪耀着无上荣光。

熏陶与砥砺

一

激昂。

四合院中间有个小花坛，花坛里长着茂盛的桂花树。阳光下，桂花树叶的绿被照得层次分明，或亮绿色或黄绿色或墨绿色，各种各样的绿，都被阳光一一区分出来了，美得细腻动人。

花坛正北面，横卧着一块石头，上面刻着学者、教育家、书法家欧阳中石的八个字"名师熏陶，益友砥砺"。花坛的其他三面，各有一组雕塑，反映的是毛泽东在湖南第一师范求学时期受良师熏陶和益友砥砺的故事。这组名为"良师益友"的雕塑群，反映了融洽的师生关系和良好的教学氛围。

在革命先辈的雕像前，我好奇地探寻着这所学校"尊重个性、宽容开放"的教育理念。

二

伴随着 1914 年改为湖南省立第一师范学校,这所在城南书院基础上建立起来的师范学校,进入了新式的现代师范教育并全面实行民主主义教育的历史阶段。

在毛泽东那批学生学习阶段,孔昭绶校长是一个绕不开的存在。

在湖南第一师范档案室里,我找到了所有关于孔昭绶的文字记载与照片。我翻着一页又一页的记载,那个思想开明、性格温和的校长好像从岁月深处款款走来。

1876 年,孔昭绶出生于长沙府浏阳县,是近代教育家、政治家、新闻出版人、诗人,据说还是孔子第七十一世孙。他从小好学,成绩优异。早年中过秀才,后来以秀才的身份被保送到湖南优级师范学堂。1909 年从预科最优等毕业,升入历史地理本科。1911 年,他选科毕业,前往日本法政大学留学。1913 年,他从日本法政大学毕业,并获学士学位。

刚一回国,他就被任命为湖南第一师范校长。二次革命时,他发表反袁檄文。革命失败后,他因赞同反袁而遭到军阀汤芗铭的缉捕。汤芗铭派兵包围湖南第一师范,他被迫化装逃脱,东渡日本,留学法政大学,获法学硕士学位。直到 1916 年 6 月袁世凯死去、汤芗铭被赶出湖南,他才再一次被任命为湖南第一师范校长。

日本的留学历史,拓宽了孔昭绶的视野。在两次担任校长期间,他本着"采最新民本主义规定教育方针""以人格教育、军国民教育、实用教育为实现救国强种唯一之教旨"的思想,仿照日本学制对一师的教育教学进行了全面改革,确立了"以造就小学教员为目的",学制五年、课程 17 门(修身、教育、国文、习字、外国语、历史、地理、数学、博物、理化、法制经济、图画、手工、乐歌、体操、农业、商业）的中西结合教育的方针。

主要措施体现在四个方面。

坚持"有治人然后有治法，然无治法未必有治人"的观点，大力调整教职员队伍，制定学校规章。他聘任了大批富有正义感且具真才实学的教职工，如学监主任方维夏、教育课教员徐特立、修身课教员杨昌济、历史教员黎锦熙等，以他们民主和科学的精神、高尚的道德品质和渊博的知识，对学生产生了深远的影响。他制定的一系列学校和教学管理规章，如校务会议和教务会议制度、各类人员职责、教学管理制度和条例、学生管理规章等，至今还在采用。尤其在学生管理方面，在严格的制度管理基础上，提倡学生自觉、自动、自治相结合，收到了很好的效果。

制定了统一的校歌、校旗、校服、校训。"衡山西，岳麓东，城南讲学峙其中。人可铸，金可熔，丽泽绍高风。多材自昔夸熊封。男儿努力，蔚为万夫雄。"校歌旨在"唤起学生讲学兴味，并涵养其高尚之思想"。校旗采用红麾、黄镖、蓝绿色的旗面中央置一白色五角星，内镶一黑色"师"字，作为"代表一师之徽识"，以"唤起学生爱校心"。另外，学生都须着制服和制帽，制帽上也镶着"师"字的五角星，制服领章上则缀有"第一师范"字样。为贯彻民主主义的教育方针，他制定了以"知耻"为中心，包括"公诚勤俭"诸内容的校训，从而推动学生在德、智、体等方面全面发展。

调动学生的学习积极性，培养学生的自学能力和自我钻研精神。从1916年始，推行修学旅行制度，除学校每学期集中举行一次外，还提倡学生寒暑假自由进行，其主要任务是进行各种社会调查和采集各种动、植、矿物标本及古文物等。从1917年始，他又把一师的工人夜校划归学友会教育研究部负责，使在校学生更多接触社会，了解教育需求。

从面向小学的原则和民主主义教育方针出发,他对师范课程进行必要调整,确定了具有自身特点的课程及教学内容。17门课程大致可分为三类:第一类为专业知识课程,主要有修身、教育、国文、外国语、历史、地理、数学、博物、理化等,都是小学教育所必需的专业基础知识;第二类为师范技能课程,如体操、习字、图画、手工、乐歌等;第三类为其他职业训练课程,如经济、农业、商业等,主要是为适应日益激烈的经济竞争及湖南农业大省的特点,使学生"为生利之人而勿为分利之人"而增设的。

颜兼葭跟我讲了一个淋漓尽致体现"尊重个性、宽容开放"教育理念的故事。毛泽东对数理化等功课天生缺乏兴趣,特别是数学,更是他的短板,但这并没影响他成为当时先进青年中的杰出代表。虽然他数学成绩不好,但数学教员王立庵却很喜欢他。一年暑假,他寄住在王立庵家自学,虽不是攻数学,王仍乐意供给他食宿。一次,毛泽东期末考试时有两科不及格。校长孔昭绶不仅没有生气,还决定因材施教,以平均分计算其成绩,不苛求其每科成绩。因此,毛泽东顺利从湖南第一师范毕业。可见当时湖南第一师范尊重学生个性、不压制其优势发展的宽容学术氛围。

更令人敬佩的,是孔昭绶的识人本领。

如被称为"教育界的长沙王"徐特立,从1913年至1919年任教湖南第一师范,其间写下了我国近现代教育史上第一部教学论专著《小学各科教授法》和《教育学》。他上课时声音洪亮,从不谈抽象空洞的大道理,总是想方设法地将教学内容与社会上的实际情况和学生们的自身思想结合起来,将枯燥乏味的理论知识讲解得深入浅出,深受学生欢迎,甚至不少教师因此也去听他讲课。发现学子课外自修时有贪多求快、囫囵吞枣的毛病,他特意提出"不动笔墨不读书"。同时,号召学生积极参与实践,他也亲自带领学生们到工厂、农村、小学课堂去了解实情,回来后要求学生们根据调查撰写文章。

又如"贯通古今,融合中西"的著名学者杨昌济,于1913年至1918年任教于湖南第一师范。他以教育为发展经济、变革社会的根本,曾提出"欲图根本之革新,必先救人心之陷溺。国民苟无道德,虽有良法,末由收效。……欲救国家之危亡,舍从事国民之教育,别无他法"。在课堂上,他不仅以理学的"立志、修身"要求学生,同时不断向学生们介绍西方的新思想、新思潮。这种中西兼容的思想对当时的一师学生影响极大。

再如方维夏,1911年至1918年任教于湖南第一师范。他在教学上采取实地教学法,经常带领学生去岳麓山和学校附近的小山采集各种标本,现场讲授;又曾带领学生开辟实习园地,与学生一同种植、灌溉、施肥。他编写的《中等学校农业教科书》和《儿童训育法询》被教育界誉为"诚办小学之良法善本也"。

还如黎锦熙,1914年至1915年任教于湖南第一师范。与杨昌济、徐特立、方维夏等组织"宏文图书编译社",他任主任,主要编辑"共和国中小学各科教科书"。又附办刊物《公言》,发表正义舆论,抨击教育弊政。于是,湖南第一师范的学生很早就知道了宣传的重要性。

……

翻开湖南第一师范校史,曾在这里任教的老师,在《辞海》中就占有16个席位。包括我国第一任学部委员李达,语言文字学家杨树达,国歌词作者田汉,著名历史学家周谷城,曾任新中国最高法院院长的谢觉哉,著名教育家、作家夏丏尊,还有吴晦华、方维夏……

无论哪一位,都是时代的精英。正是在这种强烈的爱国氛围中,湖南第一师范学生受到了熏陶,从而也具有了中西结合、海纳百川的胸襟,造就了中国近代史上一大批革命先驱,掀起中国革命史的惊涛骇浪。

当然，孔昭绶对湖南第一师范的贡献，更多是通过名师们去影响学生的。

对青年毛泽东来说，更是如此。

三

顺着小花坛往前，在其西面、南面、东面，分别有三组雕塑，无不透射出浓浓的学习氛围，融洽的师生关系。

西面，教员袁仲谦正在指导两位学生学习；东面，教员徐特立正在对学生何叔衡和张昆弟讲解，老师讲得投入，学生听得认真；南面，教员杨昌济和黎锦熙坐在中间，两边分别站着毛泽东、蔡和森与萧子升，毛泽东左手拿书稿，右手挥舞，正在向大家表达自己的见解。

在湖南第一师范，毛泽东最大的收获，是遇到了导师——杨昌济。

1871年出生，世居长沙县东乡板仓（今开慧镇开慧村），很多人称他为板仓先生。少时喜欢研究程朱理学，并曾求学于岳麓书院。后留学日本东京高等师范和英国阿伯丁大学共九年，研究教育和哲学。对康德哲学，尤多心得。1911年回国时，适逢辛亥革命，湖南都督谭延闿想让他当教育司司长，他没有答应。他想从教育入手，培植人才以救国，受聘到湖南第一师范教修身、教育学、伦理学和哲学概论，同时教湖南高等师范的修身课。直到1918年秋受聘北京大学哲学系教伦理学，才离开湖南第一师范。他努力教育学生要做一个公正的、有道德的、有益于社会的人。

早在毛泽东刚入学时，杨昌济之名便已如雷贯耳。像杨昌济那样，曾留学英、日、德三国，学贯中西、才高八斗的大学者，别说在湖南第一师范，就是整个长沙，也是凤毛麟角。听说这位哲学大师来担纲授课，毛泽东和其他同学自然喜出望外，恨不得马上一睹大师的风采。然而当杨昌济走上讲台开讲，他的表现，却让毛泽东他们大失所望。在《早年毛泽东：传记、史料与回忆》的第296页，我看到了萧子升细致的描绘：

> 他的眼窝很深，而眼睛甚小。他说话笨拙，上课就念他的讲义，只念一遍，绝不重复，也不加解释，学生也无发问讨论的机会。一堂上完之后，每个学生都感到极大的失望。

虽然第一印象不佳，然而随着接触的深入，毛泽东对这位先生，佩服得五体投地。

为什么？

对于他提出的诸多学习上的疑惑，一些教员的指点，不是一知半解，就是似懂非懂，让他大失所望。而杨昌济则不同，他给出的解释，不仅头头是道，详尽完满，而且他的许多高见，让毛泽东听了还深感振聋发聩，醍醐灌顶。《毛泽东早期文稿》第14页，给萧子升的信里，他就慨言："弟观杨先生之涵宏盛大，以为不可及。"在《早年毛泽东：传记、史料与回忆》中，我也看到了萧子升对杨昌济的评价，杨昌济这个人，虽然讲话并不流利，但他的每句话，都意味深长，他的许多真知灼见，也是别人难以企及的。所以，与之相处久了，同学都对他产生了好感，变得尊敬和赞赏。

他带给毛泽东最大影响的，还是哲学上的启蒙。

杨昌济认为，对年轻人来说，首先要培养的应是哲学的思维和视角，说得通俗点，就是要学会一种看待世界、洞察世界的能力和方法。他一再教导学生："没有哲学思想的人便很庸俗。"他还说："欲理解宇宙之现象，不可不用科学的研究；欲体认宇宙之本体，不可不赖哲学的思考。"

杨昌济的这些教诲，让毛泽东深受触动。为此，他迷恋上了哲学，他不仅课堂上认真听讲，课后也经常跑到阅览室，仔细研读柏拉图、亚里士多德、康德、黑格尔、尼采等哲学大家的著作。最让同学惊讶的是，他废寝忘食、通宵达旦地将杨昌济编译的《西洋伦理学史》逐字抄写。一部十万字的讲义，他竟抄了整整七大本。

为了开阔弟子的视野，杨昌济还力邀毛泽东，参加了他与黎锦熙、方维夏等人创建的哲学研究小组。每逢周末，诸位同人齐聚一堂，不仅相互介绍新书，沟通读书心得，还常在一起谈论天下大事。正是在这个小组里，毛泽东还结识了蔡和森、陈昌等人，这也为他们日后共创新民学会埋下了伏笔。

杨昌济不仅在学问上对毛泽东予以指导，在生活上也是处处关心。1915年6月，为反对由校长张干提议、省议会作出的要学生缴10元杂费的新规定，湖南第一师范学生掀起驱逐张干的学潮。毛泽东在学校后山的君子亭书写传单，广为散发，历数校长张干办学无方，贻误青年。张干要开除毛泽东等17名学生。杨昌济和其他老师闻讯后，向校长再三劝说。杨昌济也找到毛泽东谈话，指出散发传单的方式与传单的内容，都有欠妥之处。

他们还召开教师会议，专题讨论。会上，杨昌济慷慨陈词："毛泽东是一个特殊学生，他顶聪明，求知欲高。我们应该允许他发问，提意见，不能开除他，不能让他失学。"他还以英法各国教育规章制度允许学生课堂提问、师生自由讨论为例，强调应当尊重学生自己的选择。他甚至不惜以辞职相威胁，迫使校方收回了成命。

到了暑假，听说毛泽东不想回家，而是要利用假期和同学一起自修，杨昌济不仅让他住李氏芋园，还经常登门，为弟子做学问上的指导。杨昌济还常邀毛泽东到家中，共进晚餐，开怀畅谈。

1916年暑假，毛泽东初次到板仓。

这个暑假，杨昌济给儿子杨开智举办了一个订婚仪式，女方是杨昌济好友和世交李傥的女儿李一纯。订婚仪式之后，杨昌济带全家回到板仓老家度假。

这个暑假，毛泽东回韶山冲，探望了久卧病榻的母亲，游子之心得到了极大的宽慰。然而，他的心仍然系念着时局，尤其是湖南的形势，7月初就回了长沙。

离开学还有一段时间，毛泽东便步行到长沙县东乡板仓杨昌济家访问，讨论学术问题和社会问题。他以很大的兴趣浏览杨昌济的藏书，特别是新书和报刊。从杨昌济谈话中得知，离板仓40多里的高桥方塘冲，有一位留学日本的体育运动爱好者和倡导者柳午亭（革命烈士柳直荀的父亲），随后和杨开智、杨开慧兄妹一道专程访问。毛泽东除了讨教体育、武术等方面的问题外，还与柳午亭探讨了国家大事及文学历史等方面的学问，并称赞柳午亭在体育的研究和实践上，有较高的造诣，许多地方值得效法。和柳午亭相识，不仅让杨家和柳家、李家演绎出中国革命史上的佳话，更在体育观上影响毛泽东的一生。

毛泽东初次到板仓，只不过是与这里结缘的开始。后来，他成为杨家爱婿，总共七次到板仓。尽管他奔走在中国革命的旅途中，但心里永远装着板仓。

正是在这种交往中，杨昌济认定毛泽东是自己理想中的"强避桃源作太古，欲栽大木拄长天"的"大木"。不然，他不会成为毛泽东的岳父，也不会在临终之前，把毛泽东托付给章士钊——介绍毛泽东的"学、品、行"，赞扬他是"海内人才，前程远大。君不言救国则已，救国必先重二子（另一'子'系蔡和森）"。

对于毛泽东来说，虽然他和杨昌济只相处了短短几载，但老师却以自己的一言一行，深深影响了他，并使他化蛹为蝶，人生涅槃，有了一个全新的自我。当然，徐特立、黎锦熙等老师也对他影响至深。

徐特立是湖南善化（今长沙县）江背镇人，1877年出生。他自1895年开始教私塾。1905年在宁乡速成师范结业后到长沙周南女校任教，兴办私学。他还曾到日本考察教育。回国后，仍到周南女校工作，并积极推行教育改革。他支持武昌起义，被选为湖南临时议会副议长。他接着创办了长沙师范学校，还为家乡筹建了五美高级小学。

1913年，36岁的徐特立已是享誉湖南教育界的"长沙王"，而此时20岁的毛泽东正在寻求真理和志向。若"十年未得真理，即十年无志；终身未得，即终身无志"，他对这位断指血书"驱除鞑虏，恢复中华"的老师早有耳闻。这一年，徐特立被聘请为湖南第一师范教员，教授教育学、各科教授法和修身等课程。从1913年到1919年，徐特立在湖南一师任教6年。而毛泽东从1913年到1918年暑期毕业，前后共做了5年半的师范生。其间，徐特立渊博的知识、进步的思想、高尚的品德，对毛泽东的学业和思想有相当大的帮助和影响。

在湖南第一师范兼课期间，徐特立同时任长沙师范学校首届校长。他步行往返长沙师范学校，路程十余里，无论刮风下雨，他总是坚持步行。他担任校长，每月拿20元工资，他把工资用来投资教育，几年下来欠债六七百元，人们说他"傻"，给他取了一个诨名"徐二镥锅"。对此，毛泽东曾有精辟的见解：徐先生办长师，不顾利害，不怕牺牲，牺牲自己的一切，干别人不敢干的事情。

一天，下课后，他走到正在教师休息室里看书的徐特立身边问道，徐先生，您读书的经验，可以谈一些出来，让我们效仿吗？徐特立打量着这位大名鼎鼎的毛润之同学，回答说，润之，我认为读书要守一个"少"字诀，不怕书看得少，但必须要看通、看透。要提高自己的分辨能力，认识书籍的价值，要用一个本子摘录书中精彩的地方。总之，我是坚持不动笔墨不读书的。这样读书，也许进度会慢一点，但读一句算一句，读一本算一本，不但能记得牢固，而且懂得透彻。

毛泽东认真聆听和学习徐特立"不动笔墨不读书"的方法，并且终身实践。徐特立以他的高尚品德和渊博学识，以及严谨的治学态度和良好的学习方法，对求知若渴的毛泽东产生了深刻的影响，成为毛泽东在湖南第一师范求学时关系最为密切的老师之一。

黎锦熙只比毛泽东大3岁，又是湘潭同乡，他们惺惺相惜，亦师亦友。

他们的交往要追溯到湖南第四师范。当时黎锦熙是毛泽东所在班级——预科第一班历史教员。"小老师"受到"大学生"的尊崇，媒介是报纸。毛泽东是个"报迷"，因之对"报人"黎锦熙早有耳闻，并被黎锦熙那不凡的经历和渊博的学识所倾倒。他们第一次见面，大有一见如故之感。

在学校，毛泽东也很快就引起了黎锦熙的关注。黎锦熙后来回忆说，在当时的学生中，毛泽东"显得沉静儒雅，并无过激言行，上课听讲时从不浮躁，只是一双眼睛灼灼有光"。课间休息时，他"从不和人打闹，对一切事物总是静思、观察"。

1914年，湖南第四师范并入湖南第一师范后，黎锦熙仍任历史教员。他与杨昌济、徐特立、方维夏等组织"宏文图书编译社"，他任主任，编辑中小学各科教材。还附办刊物《公言》，发表正义舆论，抨击教育弊政，极力鼓吹新学，并以三分之一的篇幅报道当时正在进行的第一次世界大战，引人注目。毛泽东对办报办刊兴趣很浓，便时常帮黎锦熙抄写文稿。

从黎锦熙的日记和后来所写的《毛主席六札纪事》中的部分回忆，可以看到在1915年4月4日到8月29日这段时间内，毛泽东共拜访黎锦熙近20次。

他们名为师生，实是挚友，推心置腹，无所不谈。

四

颜蒹葭向我娓娓讲起毛泽东与友人相互砥砺的故事。

年轻人在一起时，大都喜欢谈个人和家庭，谈男女之间的事，还有的爱谈升官发财的事。但毛泽东却特立独行，完全不屑于甚至不允许谈身边琐事。他认为时局危急，求知需要十分迫切，因而一言一行都要有一个目的。因此，他在第八班寝室学习生活时，就曾提倡"不谈金钱，不谈家庭琐事，不谈男女问题"的"三不谈"原则。所以他的识人交友与常人不同，不是攀龙附凤向上巴结，而是着眼于真正有才学做大事的人，是求实向下的交友之道，是不羡虚荣的交友之道。他交的朋友，大都出身寒微，看起来也无特别之处，但却个个胸怀远大，有救苦救难、救国救民之志。即便后来人生道路各异，命运殊别，却都是时代孕育出的一批顶天立地的俊杰。

先说蔡和森。

蔡和森，曾用名蔡林彬，湖南湘乡永丰镇（今属双峰县）人，比毛泽东小两岁，是毛泽东最要好的朋友。

与毛泽东的出身不同，蔡和森父亲曾是小官吏，后来家道中落，母亲家族显赫，外祖父是曾国藩部将，做过近于副省级干部的道台。但两人有相似的少年经历，读过私塾，中间辍学，再到小学读书，而且都与父亲的关系十分对立。

再到小学读书时，蔡和森已经16岁了，因年龄大被嘲笑为"太学生"。一学期后跳级上高小，一年后到长沙报考湖南铁路专门学校。虽然只上过一年半小学，竟以作文105分的优异成绩被录取，但没过多长时间学校停办，他不得不回到家中。

1913年秋，他父亲收了一位老财主500元光洋聘礼，要把13岁的"毛妹子"蔡咸熙（即后来的中国妇女运动杰出领导者、全国妇联主席蔡畅）送去当小媳妇，导致家庭矛盾激化。他索性动员全家出走，带上年近半百的母亲、险被变相卖掉的妹妹、出嫁后丧夫的姐姐和一个小外甥女，一起离家来到长沙。

母亲原名葛兰英，进城后改名葛健豪，报考"湖南女子教员养习所"。学校因为她年龄大不给报名，她便一纸状子告到县衙，要求公民平等的受教育权，长沙知县见后深为感动，在呈文上批了"奇志可嘉"四个字，派人通知学校破格录取，蔡母因此成为长沙年龄最大的学生。蔡和森考入湖南第一师范，妹妹考入周南女校，姐姐考入自治女校缝衣班，外甥女进了幼稚园。

一家三代人到省城长沙求学，成为轰动一时的传奇佳话。

1914年春，毛泽东从湖南第四师范并入湖南第一师范，与蔡和森同年级，从此两人成为交往最密的挚友。但他们同窗读书只有一年半，1915年秋蔡和森就离开湖南第一师范，考入湖南高等师范学校。高师在湘江西岸的岳麓书院旧址，一师在湘江东岸的城南书院旧址。虽然有一江之隔，但两人往来于湘江两岸，保持着密切联系。

他们有许多共同点。

他们的思想兴趣是契合的，最关注的是如何挽救国家和民族，热心于社会问题，而对生活小事却不在意，不修边幅。如果手里有两个铜板儿，蔡和森一定是一个买东西充饥，留着另一个买书。要是只有一个铜板儿，他宁可饿着肚子关在房子里读书，甚至一两天不吃东西也不叫苦。

他们都写得一手好文章，且见解独特，词高意远。萧子升曾评价说，蔡和森欠缺演说才能，但他能很好地表达于文章上，甚至比毛泽东还表达得好。还有同学说，蔡和森是思想家，毛泽东是实践家。

在古人中，对蔡和森影响最大的是墨子，他一谈起来便滔滔不绝。

他认为，墨子不仅是先秦诸子中唯一的科学家、教育家，而且还是伟大的哲学思想家。他倡导的兼爱，就是要众生平等，无富贵贫贱及男尊女卑之分；非攻，就是反对武力欺侮弱小；主张摩顶放踵以利天下，就是要为全人类服务，而不是追求学而优则仕，只为升官发财、光宗耀祖；他一生苦行俭朴，是自己学习的模范。当今社会之所以动荡不安，饥者不得食，寒者不得衣，劳者不得息，乱者不得治，是由于缺乏兼爱思想所致。他还给毛泽东写信说，要让天下人过上饱食暖衣、和平幸福的生活，就要像墨子那样兼爱。

毛泽东非常佩服蔡和森，思想受其影响甚大，当时也非常推崇墨子的主张，但对墨子有自己独到的理解。在《毛泽东早期文稿》的《〈伦理学原理〉批注》一文中，我看到了毛泽东的鲜明观点：

> 墨子之兼爱系互助，并非弃吾重大之利益而供他人之小利，乃损己利人而果有利于人也。

在择友方面，蔡和森亦和毛泽东一样，标准甚严。

再说萧子升。

萧子升，字旭东，后改名萧瑜，湖南湘乡人。毛泽东给他起的外号叫"萧菩萨"，大概是形容性格好，待人和善，温良睿智，像菩萨一样。

萧子升出身于书香世家。曾祖父是位举人，任过知县，还在曾国藩家当过家庭教师；祖父壮年投笔从戎，曾随左宗棠出征新疆；父亲一生从事教育，是湘乡著名教育家。他自己也是一个奇才，3岁入家塾，8岁学作诗词对子。

他们都是1911年到长沙，萧子升直接考入湖南第一师范，1915年秋毕业，而毛泽东却是到长沙两年后考入湖南第一师范，1918年夏毕业。他们同学两年多,结成一对最亲密的朋友,友情延续了十几年。杨昌济最得意的三位弟子就是萧子升、毛泽东和蔡和森。他们三个志趣相投,人称"湘江三友"。

结为挚友的起因为作文。

萧子升是毛泽东东山学堂同学萧三的兄长,自然认识,但大家功课都很紧,交往自然不会太密切,但通过作文交流,两人关系发生了飞跃。当时学校要求每人每周必须写一篇作文,由教师委员会选出三四篇优秀作文挂在展览室让大家观摩。他们两人常获此殊荣,而且都是彼此作文的热心读者,由此了解了对方思想,也联结起彼此相投的纽带。

一天早晨,两个人在走廊里相遇。毛泽东主动与萧子升打招呼,提出下午下课后想去教室看他的作文。萧子升欣然接受。

那天课后,毛泽东来到萧子升教室看作文,两人还谈了学校的组织安排、课程和老师等,各抒己见,聊得很投机。临走时,毛泽东拿走两篇作文,并对萧子升说,明天再来请教,还很有礼貌地鞠了一躬。

第二天,毛泽东如约而至,并对萧子升说,很喜欢他的文章,想再留着拜读几天,并邀请他饭后一起去散步。

此后他们同窗两年多,养成黄昏时一起沿湘江散步,爬妙高峰的习惯。

他们很喜欢一起讨论问题。

一个傍晚,他们像往常那样,吃过晚饭,登上妙高峰。学校高耸的建筑物,一江之隔的岳麓山,以及不远处长沙城中渐渐亮起的万家灯火,尽收他们眼底。

他们找了块舒服的草地坐了下来,便沉浸在交谈中。

当时人们最关心的问题莫过于动荡的时局,虽然清王朝已经被推翻,但袁世凯窃取了辛亥革命的果实。虽然时局还很不明确,但他们试图对中国的未来加以分析和预测。

萧子升大声地问，您想想，袁世凯将会对中国的未来有怎样的影响？

毛泽东安静地说，他不过是名罪犯，那些带兵的头头也不过是他的傀儡而已。

萧子升问，既然如此，那除了袁世凯，现在还有谁能肩负得起改变中国命运的工作？

毛泽东若有所思地说，康有为倒是有些很好的想法，但他已是过时的人；至于孙中山，他可是真正的革命领袖，但他没有半点军事力量。

萧子升说，要改造中国，必须有崭新的理想。

毛泽东说，当然，理想是需要的，而且还要新的力量。

萧子升说，那我们可以规划出一个共同信奉的坚定理想，来改造每一个国民。

毛泽东一脸严肃地说，不，我们两个人是不够的，一定要把很多跟我们有同样想法的人，组织起来，成为一个团体，大家共同奋斗……

漫漫长夜，他们谈天下形势，说古道今，分析历史上的经验教训。有时，为了一个问题，他们要讨论一两个小时，没有弄清楚绝不罢休，直到天明才返回学校。

萧子升毕业后，先后应聘到长沙修业学校和楚怡学校任教，与湖南第一师范相隔较远，一个在城中，一个在城南，见面不是太方便，两人信件来往频繁。毛泽东经常是一个月给萧子升写两封信，在保留下来的信中，仅1915年7月到1916年7月，毛泽东一年间就写了13封。他对萧子升以"学长"或"升兄足下"相称，自己虽然年长一些，落款仍自谦地写为"弟泽东"。

毛泽东与萧子升性格背景及个人习惯均有所不同，相处时会毫不迟疑地批评对方,但却从未真正吵过嘴。事实上,相互间非常欣赏和尊重对方,彼此批评一通后总是一笑了事。

毛泽东与好友不只清谈,更多的是相互信任、关心和交流。萧子升刚毕业时工作暂无着落,毛泽东偶尔听一位老师讲,某县高小缺国文老师,校长正在省城招聘,便立即写信详告情况,包括任国文主任每周15小时课,年薪200串钱,校中老师有不少名贤等信息,供朋友择业参考。

有段时间,毛泽东经常去黎锦熙那里讨教为学之道,感觉收获很大,也不忘系统整理后与朋友分享。他以"二十八画生"署名写征友启事,曾寄给萧子升,要他帮助宣传介绍。还多次让萧子升帮助借书刊,如借《君宪救国论》《甲寅》杂志等。湖南第一师范印发《汤康梁三先生之时局痛言》,他写信请萧子升写字做封面。

1916年暑假,他们主要是书信交流,仅一个月的时间,毛泽东就给萧子升写了5封信(只保存下来4封),诉说所历所思所见。他在信中说到为什么放假后并未马上返乡,而是迟滞了五六天;回家路上的所见所闻,环顾人间尽是兵荒战乱的悲苦,回归自然却有风景如画的田园;返校后学校的情况,自己的学习状态。

我注意到,毛泽东写的这5封信,有两封萧子升没有回音。这对于交往密切,有信必回的他们来说,似乎不太可能。我想,很大可能是萧子升没有收到信件。

好友之间免不了有些经济关系。

一次,毛泽东与萧子升谈起做学问之事。毛泽东说,如果有志于学问,必读而不可缺的中国书籍,经类13种,史类16种,子类22种,集类26种,合计77种,这些书要读完非10年不可,要购买非200金莫办。萧子升听后表示,他可以把书买来相赠。毛泽东当时没说什么,第二天赶紧写信表明,自己大不敢当。

主要有两点理由：一是赠书不读，读而无得，有负朋友一片盛情；二是萧子升的经济也不富裕，不可徒耗钱财。他还特意讲，虽然我们以前曾说过，朋友间即使赠送以二三串为限，现在想来还是不赠为好。

这是朋友间一个带有根本性的问题，不能不重视，特以写信的方式说清楚，以避免交往中的不当举动影响相处。

对于学子毛泽东来说，萧子升既是挚友，也扮演着一个精神试炼者的角色。

他们两人志趣相投，情同手足，都有远大抱负、宽广的胸怀和丰富的知识，思想精深却观点不一，坦诚争论又不伤及友情。毛泽东发自内心地看重萧子升，所知所悟不吝分享，基本不设防线，几乎无话不说。他们在畅所欲言的交流中，不断磨砺思想，张扬主义，增长知识，照见不足，校正和完善自己的见识。

虽然后来他们因政见分歧而分道扬镳，萧子升错过了中共一大，转而投入国民党阵营，毛泽东则一步步走上了救亡图存的革命道路并最终创造了中国历史，但那份年轻时的纯真友情，那种不为私心私利的争辩，还有基于各自立场和理性选择的坚定不移，无不令人感动。

尽管无论成功还是失败，都可给予应有的尊重。

但不同的理性选择，却注定了不同的结局。

还有，还有……

颜蒹葭把我从沉思中拉回现实。

身影

一

是读书身影。

颜兼葭说,这是湖南第一师范校园最为寻常而又亲切的身影。

教室、寝室、自习室、阅报室、君子亭,清晨、深夜,既静中求学,也闹中求静。

天刚蒙蒙亮,同学仍在梦乡,润之就来到教室,开始每天的晨读。夜晚熄灯号吹后,同学都已安然入睡,可他还在路灯下,痴痴苦读。每当周末,别人都想法儿放松娱乐,可他却约上几位好友,来到郊外,一边爬山散步,一边和大家畅谈读书心得。即使到了寒暑假,他也不休息,多次通过杨昌济的关系,借居在半学斋里,终日痴迷读书。

一个孜孜不倦的学习身影从周世钊的《毛主席青年时期刻苦学习的几个故事》中走出来。

来到湖南第一师范后，毛泽东仍然以自学为主。他读书不倦，学而不厌。晚上学校规定的自修时间短了，他就在寝室里继续学；学校吹号熄灯了，他就到通夜不熄的走廊灯下看书。他曾自备一盏灯，下面用一只竹筒垫起，坐在床上看书；看得有趣时，他可以通宵不眠。有时他还故意蹲在人来人往的城门口看书，以锻炼闹中求静的本领。

他特别珍惜时光，一天到晚都有合理的安排。早晨天蒙蒙亮就起床，洗一个冷水浴，做体操。运动1小时后，就读英语；午前8时至午后3时上课堂；下午4时至晚餐读国文；晚餐后至学校明灯自修前，邀请同学好友散步、谈心，讨论学习与时事、社会改造等问题；明灯自修时至熄灯前，温习各门功课；熄灯以后，再做1小时运动。这就是他每天的"五段课程"。

他有一套完整的自修计划。列入他自修计划的课程，是他侧重研究的课程。他对国文、历史、地理、哲学、伦理学、教育学等很感兴趣，上课没有缺席过。但是图画、音乐、数学课，他常常未到。一天，图画测试，他虽到了，画了一个圈圈，圈圈下面画了一根横线，写上"日出"两个字，几分钟就交了卷，离开课堂，按其自修计划行事了。有些课程，如数学，他没有兴趣，就缺席；有些课程，老师讲得很肤浅，他就在课堂上看他带去的参考书，补充老师的不足之处。对于老师讲得不深透，或自己没有弄懂、存有疑问的地方，他常常当即发问。

对光阴的珍惜，他连一分一秒都不肯荒废。

岁月的那头，是一个个令人感动的场景。

一个冬天的晚上，天气特别寒冷，熄灯号吹过，一位王姓老师前去宿舍查寝，却偏偏不见毛泽东。有同学说，他还在教室读书。开始，王老师还有些不信，来到教室一看，空荡荡的教室里，毛泽东一个人正津津有味地看着书，还不时地在笔记本上写着记着。王老师深受感动，生怕惊扰了正在学习的毛泽东。

另一个冬天的晚上，因天气太冷，毛泽东用竹筒自制了一盏灯具，在寝室里挑灯夜读。因为读得太入神，不小心，火星溅到了床上，直到蚊帐烧着了，他才有所察觉。

……

虽然毛泽东嗜书如狂，十分忘我，但他从不死读书、读死书，他最看不起的，就是那些只照本宣科的书呆子。他最欣赏的，是曾国藩所提的"演绎法"和"中心统辖法"。他认为，读书就像水中淘金，首先要通过初读，把有用的信息，有价值的观点，先筛选出来，然后再通过反复品读，理解其中的核心所在。在《毛泽东早期文稿》中，我看到了他写给萧子升的信："每读一书，只有察其曲，知其全，执其微，会其通，做到举一反三，方能尽得文章之妙，体会书的意味。"

钻研学问上，他还主张要带着问题去研读。有段时间，他很痴迷韩愈的文章，可即使面对这位文学大家，他也绝不盲从。韩文中，他觉得对的地方，就在一旁写下"诚然""此语甚切""此语与吾大合"等赞美之词；而觉得不妥的地方，就留下"此节不甚当""此处使吾怀疑""不应以此立说"等批评之语。因为他读书时总能开动脑筋，总以批判的眼光，去接受，去吸收，所以每当听他论说古今人物，宣讲读书心得，他都谈得入情入理，让人心悦诚服。

他还喜欢中西比较，对照来读书。如读《西洋伦理学史》，他就将朱熹编的《近思录》《四书集注》也一起找来，进行中西比较，想从中找出二者的异同。为了研究历史，他还到校图书室，把先秦诸子、宋元理学，以及王船山、谭嗣同、梁启超等人的书，全都借来，然后，一本一本地去钻研。在他看来，相互比较，参照来读，不仅可以加深印象，而且对问题的认识，也能更客观，更透彻。

在读书上，他还提倡要有勤学之心，谦恭之态。他认为，学问，学问，学与问是不能分离的，对那些有学问的人，就该恭恭敬敬地学，老老实实地学，绝不能不懂装懂。他还认为，不仅要学习，还要勤沟通多交流，这样不仅能加深理解，巩固记忆，而且多多碰撞，还能擦出火花，产生灵感。

对于阅读，我猛然有了更加深刻的认识：读有所思，学有所问，阅有所疑，习有所议。

二

自习室的西边是阅报室。

面积不大，但很辽阔。

《时事新报》《湖南公报》《新闻报》《大公报》等报纸刊登了国内消息和国外要闻。

毛泽东在这里的身影频繁而独特。

虽然他嗜书如命，读起来非常忘我，但他最反对的，就是两耳不闻窗外事，一心只读圣贤书。他极为关注时事，平时和大家在一起，最爱聊的，也是对形势的分析，对时局的看法。

每天午饭或晚饭后，他都会端着茶水，走进阅报室。他要对当天的报纸，进行仔细浏览，看到重要新闻，还会记录下来。他所关注的内容，也与其他同学不大一样。比如，其他同学都喜欢看副刊上的诗歌和散文，而他最关心的，则是国内国际新近发生的大事。

他的读报方法不同寻常，总是随身带着地图、英汉字典和笔记本。湖南、上海、北京等地有名的报纸，每天都放在报架上，去看报的同学也不少。而每天必到，一看就是一两个钟头的，却只有毛泽东一人。

他看报很仔细、认真，看看报纸，又查查地图，有时还把文章中提到的世界各国的城市、山岳、河流、港口等记下来，然后再查出英文名称。他说是"一举多得"：既明了时事，熟悉地理，又可学习英文。

这个小小阅报室还满足不了他。针对阅报室报纸少、期刊匮乏的状况，他还经常跑到省图书馆查阅各种资料。

《大公报》殊有精神，以仄于篇幅，不能多载新闻。《湖南公报》纯系抄录，然新闻为多。

《毛泽东早期文稿》中，毛泽东于1916年7月25日写给萧子升的信中，就对省内的几家报纸进行了评判。从这些评点中，也不难看出他的认真和专注。

由于酷爱读报，他还将平时省下的钱，几乎都花在了报纸上。在湖南第一师范读书期间，他总共开销160块钱，其中三分之一都用来买书买报了。在《早年毛泽东：传记、史料与回忆》中，我看到了萧三的慨言："那时，一师的阅报室，不过才订了两份报纸，而润之就自掏腰包，单独订了一份，这在全校的学生中，也是绝无仅有的。"

因为此事，他没少挨父亲的训斥。

正因读报上肯下功夫，擅于动脑，每当说起天下之事，他也是如数家珍，了若指掌。

有个星期天，周世钊恰巧在街上遇见了毛泽东，相伴回校的路上，两人聊起当时欧洲的形势。毛泽东不仅向其阐述了奥匈帝国皇储怎么被杀，德国为啥出兵，而且对俄法的宣战，英美的结盟，也进行了详尽的剖析。听着毛泽东的分析，那么详尽、明晰、有根有据，周世钊既钦佩，又惭愧。

他不仅在读报上狠下功夫，还愿意将自己的心得与人分享。他喜欢和班上同学沿着铁路散步，大家看到麓山夕照，湘水归帆，心神轻松开朗。就在这时,他总爱和同学们聊新近发生的大事,讲述他的读报心得。比如,美国如何发战争财,日本如何趁火打劫,提出灭亡中国的"二十一条"。特别是谈到列强如何侵略中国,中国为什么被侵略而不能抵抗,青年对救国应负的责任时,同学们的情绪,随着他有感情、有鼓动力的谈话,时而兴奋,时而激昂,时而愤怒。

"身无半文,心忧天下。"同学们如此赞誉他,还送了他一个"时事通"的雅号。

坚强的水井

一

走廊尽头,通往妙高峰。

颜兼葭没有急于带着我登妙高峰,而是先向左拐,来到那口水井旁。

这是专供学生打水沐浴,洗衣服用的一口水井。1938年的文夕大火中,湖南第一师范原建筑毁于一旦,这口水井是唯一得以保存的原物。它见证了湖南第一师范整个发展历史。

水井呈长方形,不算大,也很普通。里面一团漆黑,什么也看不清。如果不是四周的木质护栏,不是上方建起的木亭子,它很容易被人忽略。木亭下面铺着整齐的麻石,亭子的附近铺满鹅卵石。

离水井三四米的墙根处,一棵树引起了我的注意。究竟是银杏还是紫薇?树龄几何?我都不能确定。但它的生存方式令我惊叹。树干长出三根较大的树杈,还有四五根小树杈,枝干笔直,充满生命活力。而三根较大的树杈,布满着粗糙的皲裂的树皮,显然历尽沧桑。一根弯曲向上生长,一根螺旋盘曲向上生长,还有一根横卧着,几乎贴着地面匍匐生长。沧桑树干的另一端,发出新枝。新枝枝繁叶茂,嫩叶在微风中轻轻摇曳,一派生机盎然的景象。

水井与老树,树杈与新枝,沧桑与嫩叶,历史与现实,交织在一起。

二

在颜蒹葭的描述中,一个清晨,青年毛泽东来到了这口水井旁。

大部分师生还在梦乡之中,毛泽东用悬挂在井架上的两个吊桶,从井里吊上水来,一桶一桶地向赤身露体的身上淋洗,然后用毛巾擦拭全身。他淋一阵,擦一阵,擦一阵,淋一阵,直到全身皮肤透红发热,洗了将近半个小时,才停下来。

这不是偶尔,也不是特例,而是日复一日的坚持,一年四季的坚持。不论是骄阳似火的夏季,还是冰天雪地的冬季,他也从不间断。

在《毛主席青少年时期锻炼身体的故事》中,周世钊做了生动的描绘:

> 有一天,朔风怒号,寒气逼人,有位同学见润之赤裸着上身,来到井口,又将一桶桶刺骨的冷水泼向全身,心里实在有点不忍,就关心地问,洗冷水浴,虽然好处多多,可天儿毕竟太冷了,你这么做,就不难受吗?润之则说,开始谁都怕冷,谁都难受,关键要看能否持之以恒,下定决心突破这个难关。你要身体锻炼,最重要的就是锲而不舍,久而久之,习惯成了自然,就不感觉困难了。

但这只是毛泽东锤炼意志的一个侧影。

他最崇尚的，是古斯巴达人训练角斗士的方法。在锤炼上，他残酷地对待自己。

除了坚持洗冷水浴，他还在数九严冬到江里游泳；穿着单薄的衣服爬山绕城，任风劲吹或迎风大唤，谓之风浴；夏天烈日当空，光着上身站在操场上，或游泳后躺在沙滩上让阳光暴晒，谓之日光浴；大雨如注时，站在操场上让雨淋，或独自一人，顶风冒雨登上岳麓山，然后跑下山来，说是雨浴；有时几天不吃饭，说要锻炼肠胃；为了练嗓子，常到山中去对着树木大声讲话，朗诵唐诗等。

一个夏日晚上，长沙突然狂风暴雨，电闪雷鸣。众人都去避风躲雨，他却特立独行，冒着风雨，爬上了岳麓山顶，接着又顶着大雨，跑到山下的蔡和森家。见他满身雨水，遍体淋湿，蔡母惊讶地问他，你这是干什么去了？毛泽东却平静地回答说，我刚刚体会了《书经》中"纳于大麓，烈风雷雨弗迷"的情趣，也是要锻炼一下自己的胆量。

三

虽然毛泽东从小就爱好体育锻炼，但在湖南第一师范读书期间这种自讨苦吃、活找罪受的做法，却深受老师杨昌济的影响。

杨昌济年轻时在德国留学期间，恰逢德之上下，正狂热宣扬叔本华、尼采的唯意志论。这种精神上的感召，自然也深深打动了杨昌济。回国后，他不仅将"意志力"常挂嘴边，而且在课堂上，也大讲特讲"塑造意志"的重要意义。

杨昌济经常对学生说，一个人如果没有强毅勇决的精神，缺乏一种坚韧性，即使其天赋再高，也很难有所作为。他还一再告诫学生，人有强固之意志，方能养成良好之习惯，造就纯正之品性，实现高尚之理想。他还鼓励学生，天之力莫大于日，地之力莫大于电，人之力莫大于心。阳气发处，金石亦透，只要精神一到，又有何事不成？

在意志塑造上，除了思想灌输，他还在行为上，处处以身作则，为学生做了很好的表率。比如，为了修炼韧性，他天天都会打禅静坐，撰写日记，坚持洗冷水澡。生活上，他也定了戒律，并要求自己，身体力行，严格遵守。"吾无过人者，惟于坚忍二字颇为着力常欲以久制胜；他人以数年为之者，吾以数十年为之，不患其不有成就也。"他说。

杨昌济的这种坚忍不拔，深深地感染了毛泽东，让他从内心深处，也涌起了要练志如钢、意如磐石的冲动。为向老师学习，他不仅每天做体操，行深呼吸，还常到江中遨游，山上长跑，练习耐力。最让同学佩服的，当数他对冷水浴的坚持。不管风吹雨打，从未中断。

听说毛泽东坚持锻炼，杨昌济也是大为感动，并在几次演讲中，都以此事为例，号召同学向毛泽东学习。

尽管对毛泽东的刻苦修行，杨昌济十分欣赏，但他又告诫学生，光能做到这些，还远远不够。他还向学生们举例说，为何古代的一些志士，即使面对敌人的屠刀，也能面不改色，最后却倒在了女人和金钱的脚下？为何当今的一些青年，修学之时，也曾志满意坚，不见有何瑕疵，然而，当其应世，却不能加以自持，丑态百出，最终被腐败社会所同化？究其根本，皆因他们心力羸弱，没能抵挡住欲望的诱惑。

所以，杨昌济一再告诫学生："要想勿涉苟且，拒绝尘累，就必须抑制情欲之横恣，抵抗权势之压迫。"

对于老师的忠告，毛泽东铭记于心，心领神会。

从那时起，他就要求自己，一定要"强意志，调感情，养心力，深戒欲"。

四

水井连着那个时代,也连着"二十八画生"这个笔名和《体育之研究》这篇文章。

1917年4月,湖南第一师范学生购买《新青年》后,突然在这本杂志上发现一个熟悉的名字——二十八画生。很快,消息就在全校传开了。

二十八画生,正是毛泽东的笔名。

1915年9月15日,秉承"新青年要身体强壮,斩尽做官发财思想,自力创造幸福,不以个人幸福损害国家社会"的宗旨,陈独秀创办了《新青年》杂志。杂志创办后,发表了大量批判旧教育摧残青年身心健康的文章,提出了关于新青年的一系列标准。

一时间,《新青年》拥有大批青年读者,毛泽东就是其中之一。

毛泽东主张发展体育来救国救民,1917年3月署名"二十八画生"写了一篇文章,名为《体育之研究》,并投向《新青年》。

当时为《新青年》写稿的基本都是教授名人,杂志社编辑收到稿件时,一开始并不想发表,主编陈独秀看过文稿后,觉得文章所写内容一针见血,看待问题眼光深远,见解独到,要求立即刊登。

文章发表后不久的一个夏日傍晚,毛泽东在同张昆弟、蔡和森闲谈中感慨道:"前之谭嗣同,今之陈独秀,其人魄力雄大,诚非今日俗学所可比拟。"张昆弟听见毛泽东赞叹陈独秀,不禁笑言:"以前润之是言必称康、梁的,陈独秀办了一个《新青年》,又言必称陈、胡了。""魄力雄大",这就是第一次神交后陈独秀给毛泽东留下的印象。

一年后,毛泽东终于见到了他心中的偶像。

愤慨"国力苶弱，武风不振，民族之体质，日趋轻细"，毛泽东在文章开始一语道破。他用犀利的语言揭示中国积弱的现象，非常明确地提出了体育的重要性。

随后，他提出："欲文明其精神，先自野蛮其体魄。"强调全民健身、全民参与的精神实质跃然纸上。体育锻炼益处多多，既可以祛病修身，强健体魄；还可以通过锻炼，使意志坚强，心情舒畅，让人胆大无畏，敢为耐久。

1917年6月，湖南第一师范暑假前，学校开展的德智体测评的"人物互选"活动中，全校11个班400多名学生参加选举，选出34名。毛泽东得票最多，按考查内容独得六项（敦品、自治、胆识、文学、才具、言语）优秀，其中言语、敦品两项得票数第一，胆识项得票为他所独有。

在斯诺的《西行漫记》中，我看到了毛泽东对那段岁月的感慨：

> 在寒假当中，我们徒步穿野越林，爬山绕城，渡江过河。遇见下雨，我们就脱掉衬衣让雨淋，说这是雨浴。烈日当空，我们也脱掉衬衣，说是日光浴。春风吹来的时候，我们高声叫嚷，说这是叫作"风浴"的体育新项目。在已经下霜的日子，我们就露天睡觉，甚至到十一月份，我们还在寒冷的河水里游泳。这一切都是在"体格锻炼"的名义下进行的。这对于增强我的体格大概很有帮助，我后来在华南多次往返行军中，从江西到西北的长征中，特别需要这样的体格。

水井是沉默的，但我能体会到它的坚强、温暖，以及悠悠古香和古韵。

生生不息

一

离开水井,走向妙高峰,步履变得艰难。

虽然它是长沙市城南的第一名胜,但海拔只有70米,且道路较为平缓。这里却是文化的高地,湖湘文化的发源地之一。

靠近山顶处,我们走到了一尊汉白玉雕像前。他是儒学大师、城南书院的创始人张栻。塑像约2.4米高,右手握书,左手持剑,目光深邃地注视着远方。这寓意着张栻能文能武,高瞻远瞩。

这是张浚张栻思想研究会捐赠的塑像,雕像的基石上镌刻着张栻三十世孙张劲松撰写的张栻简介:"张栻(1133—1180),字敬夫,号南轩,南宋中兴名相、抗金统帅张浚长子,伟大的爱国主义政治家、军事家、思想家和教育家,湘学和蜀学的主要代表,湖湘文化创始人。张栻以尧舜君民之心、孔孟性理之学,创立城南书院,主教岳麓书院,倡导爱国保民、传道济民、义利之辨、躬行践履、正人心、明人伦等思想，为宋代文化复兴领袖，理学（道学）宗主和义理治国的典范。张栻与朱熹共同发展了孔、孟、周、程思想，张朱理学是中国传统思想文化的顶峰，被后世推崇为主流思想文化，对中国甚至亚洲产生深远影响。明朝后期，理学传播到欧洲，推动了欧洲的文艺复兴。在近代，张栻思想对其弟子及再传弟子吴猎、魏了翁、曾国藩、左宗棠、谭嗣同、黄兴、毛泽东等产生重要影响。天地之道不息，南轩之教不朽！"

这里便是城南书院文化园。文化园并不大，四周是仿古青石围栏，上面刻着城南书院的发展历程，以及为书院发展作出贡献的相关人物。园内树木茂盛，绿树成荫，树荫下是简易的木栈道。颜兼葭说，城南书院虽曾几度兴废，但根脉一直没断。虽然城南书院原校舍在 1910 年长沙抢米风潮中被焚毁，但不久后又有了湖南第一师范的赓续。为了纪念城南书院，后来在这里修了文化园。2018 年 4 月，张栻塑像在园内揭幕。

仰望这座文化高峰，蜿蜒曲折的山路看不到尽头。

二

我在《长沙通史》古代卷中寻找张浚、张栻父子在妙高峰的踪迹。

那是个文化异彩纷呈，积累丰厚的时代。

经学由汉唐章句经学转向义理经学，不仅为学术探索开辟了新的局面，而且开创了经世致用的学术风气。

濂学、洛学、闽学、关学、蜀学、荆公新学、永嘉学、湖湘学等学术流派百花齐放，争奇斗艳。而在众多的学术流派中，以潭州（长沙）为核心的湖湘学派独占鳌头，不仅拥有极高的学术地位，还对其他学派产生极大的影响。

有湖南道州（道县）人周敦颐，建宁崇安（今福建武夷山市）人胡安国及其次子胡宏，潭州醴陵（今株洲醴陵）人吴猎、杨大异，当然还有汉州绵竹（今四川绵竹）人张栻。

说到张栻，不得不提他的父亲张浚。

出生于公元1097年的张浚，是南宋初抗金名相，在南宋初的历史地位，堪比东晋王导。宋高宗曾说，朝廷中有才而能办事的人固然不少，但论孜孜为国，没人可与张浚相比。与张浚同时的著名宰相赵鼎称赞张浚有"补天浴日"之功，朱熹称张浚"勋存王室，泽被生民，威镇四夷，名垂永世"。岳飞是张浚的爱将，岳飞之孙岳珂称赞张浚"出入将相，垂四十年，忠义勋名，为中兴第一"。

隆兴和议之后，迎来近百年和平战略机遇期，为经济文化再次发展创造了条件。宋孝宗在位27年时间里，政治比较稳定，边境比较平静，是南宋政治上最清明、经济文化最繁荣的时期。宋孝宗不仅慎选官吏、整顿吏治，还轻徭薄赋、兴修水利、发展生产，史称"乾淳之治"（乾道、淳熙是宋孝宗的年号）。这个时期也迎来宋代第二个文化发展高峰（第一个高峰是庆历之际），学术思想界极为活跃，在宋学内部产生众多学派。他们互相切磋、往复辩论，使儒学得到新发展，为其注入新活力。

张栻出生于公元1133年，从小跟随父亲往来大江南北，后长居潭州（长沙）。从小由父亲亲自教授孔子儒家忠孝仁义之道，年轻时就在学林中崭露头角。公元1161年，张浚以观文殿大学士的职衔出为湖南安抚使、知潭州，28岁的张栻跟随父亲来到潭州。随后，他奉父亲之命，到衡山拜胡宏为师。胡宏从小就跟随父亲胡安国学习程氏理学，思想受孟子、周敦颐、张载、程颢、程颐、谢良佐等人的影响。他一生不仕，志于理学研究，是南宋绍兴年间造诣最高的理学学者。因家住衡山之下，人称"五峰先生"。主要学习二程理学，经潜心苦读和四方讲学交友,学业日进。胡宏曾称赞张栻:"圣门有人,吾道幸矣。"可惜的是,张栻在胡宏门下学习的这一年,胡宏不幸病逝。

返回潭州后,张栻邀集学者相与讲习。他所住的寓所位于城南妙高峰下,这里"高耸云表,江流环带",又与岳麓山隔岸相望,遂有创立书院之心。随后,他在父亲的大力支持下,开凿亭沼,修建精舍,父亲还为书院亲笔题写"城南书院"匾额,"笔势豪劲,张紫微(指张浚)平生得意书也"。

当时书院的规模颇大,有屋宇31所,基地园林26处,另设纳湖、月榭、卷云亭、听雨舫、采菱舟、蒙轩、丽泽堂、书楼等10处景点供学者游览休憩。

公元1165年,即乾道元年,张栻开始在这里授徒传业。他采用个别钻研、相互问答、集众讲解相结合的教学方法,以研习儒家经籍为主,间或议论时政,对湖南学术思想的发展有重要的影响,使之成为"昔贤过化之地,兰芷升庭,杞梓入室,则又湘中子弟争来讲学之区也"。

他写信力邀在福建的理学家朱熹来潭州讲学,并作《题城南书院招元晦》诗,描绘了城南书院的美丽景色:"积雨欣始霁,清和在兹时;林叶既敷荣,禽声亦融怡;鸣泉来不穷,湖风起沧漪;西山卷余云,逾觉秀色滋;层层丛绿间,爱彼松柏姿。"在诗中,他诚恳邀请朱熹来潭州讲学,"青青初不改,似与幽人期","寄言山中友,和我和平诗"。

朱熹得诗后,非常高兴,为诗题跋云:"久闻敬夫城南景物之胜,常恨未得往游其间。今读此诗,便觉风篁水月去人不远。"他表示要去城南书院切磋学问,并回诗说:"诗筒连画卷,坐看复行吟。想象南湖水,秋来几许深?"

公元1167年,朱熹自闽来访,在潭州流连两个月,与张栻会讲于岳麓、城南二院。这次会讲,盛况空前,潭州古城,万人空巷。在剑拔弩张的辩难中,湖湘学与闽学两派得以互相取长补短,交融互通。思想冲撞产生的穿透力,拨开了萦绕在彼此观念上的重重迷雾。

在城南书院讲学期间,他们相互唱和,为书院十个景点和诗十首。纳湖位处后山妙高峰,月榭在纳湖旁,张栻《月榭》诗有"危栏明倒影,面面涌金波"句。听雨舫、采菱舟在纳湖中间,丽泽堂亦在纳湖旁,朱熹便在《丽泽堂》诗中写道:"堂后林影密,堂前湖水深;感君怀我意,千里梦相寻。"表达了两个思想家的深厚友情。清朝大臣劳崇光《城南书院赋》中有这样的描绘:"物态凝眸而盎盎,千古灵区;弦歌入听仅雍雍,一方雅化。"朱张会讲成了中国古代教育史上的佳话,也因此有了妙高峰下、湘江东岸那个月迷津渡的古渡口——朱张渡。

张栻对宋代理学的发展起了巨大的推动作用。宋代理学家强调义和利的对立,张栻更进一步提出这种对立实质上是天理与人欲的对立,利就是人们违背天理的心理活动,所以人们必须进行内心反省,以便使思想、言论、行动均符合天理的要求,而天理演化为社会政治道德就是纲常伦理,因此人们必须接受纲常伦理的规范。他还注重"力行",反对空言,强调道德践履,言至行随。在宇宙论方面,他认为理是世界的本原,理借助于气化生万物,理在事物之先。在人性方面,他认为人应寡欲以至于无欲,才能去恶从善,私欲不萌,天理常存。他对孟子的性善论,周敦颐的主静说均有所发挥。

张栻的从学者广及江西、浙江、江苏、四川等地,声名远播,湖湘学派规模得到很大的扩展。他最终成为南宋著名的理学大师,与朱熹、吕祖谦并称"东南三贤"。

公元 1180 年,张栻病逝,曾经盛极一时的城南书院逐渐衰落,至元代城南书院沦落为一所僧寺。

到了明朝,几度兴废:公元 1507 年,湖广行省参议吴世忠、湖南提学道陈凤梧曾谋求在此重建书院，但不为吉王府所允；公元1563年，长沙府推官翟台在高峰寺下建厅堂五间，恢复城南书院最初的规模；公元1578年，书院又被毁废。

到清朝书院复兴：公元1714年，生员易象乾等重建城南书院；公元1733年，与岳麓书院并列为省城书院；公元1745年，巡抚杨锡绂迁城南书院至天心阁下；公元1822年，巡抚左辅重迁于妙高峰旧址，实行全省范围招生，名额和岳麓书院相同。

特别是道光皇帝御赐"丽泽风长"额，城南书院人义日盛，成为湖湘学子心向往之的理想学府。湘中知名人士陈本钦、孙鼎臣、何绍基、王先谦、郭嵩焘等，都先后在这里任过主讲。湘中大儒曾国藩、李元度、左宗棠，民主革命家黄兴、陈天华，著名教育家杨昌济、谭云山、杨毓麟等藏修于此。

虽饱经坎坷沉浮，却始终岿然屹立于中华文明的史册，文脉绵延千载，生生不息。

三

这里是中国师范教育的摇篮之一。

1903年，清朝政府在城南书院的基础上设立湖南师范馆。湖南师范馆是当时全国五所师范馆之一，开湖南师范教育先河。第二年，改称中路师范学堂。

清末民初，军阀割据，战乱频仍，民生凋敝，百姓生活困苦不堪。

1910年春季，湖南因水灾而导致粮食歉收，米价飞涨，民不聊生。长沙城中以卖水为生的贫民黄贵荪一家因为无法买到米而集体自杀，激起民愤，引发了抢米风潮。湖南巡抚岑春蓂对长沙人民严厉镇压，导致冲突扩大化。长沙人民的抢米斗争还直指帝国主义，长沙城中的许多教堂、洋行、领事住宅被捣毁。长沙抢米风潮参与人数超过两万，并波及周边多个城市。这次斗争最终被清政府和列强联合镇压下去，同时又罢免岑春蓂，出示平粜，才暂时稳定了局面。

在这场抢米风潮中，城南书院被饥民烧毁。

烧毁了房屋，但烧不断文脉。

抢米风潮后的第二年，校址迁建于书院坪"城南书院"遗址。砖木结构，坐东朝西，由师范部和附属小学部两大建筑群组成，平房与二层楼房有机结合，栋栋之间或有走廊，或由亭阁连接，形成四合院落。

1912年改为湖南公立第一师范学校，1914年易名为湖南省立第一师范学校。

战乱时期，命运多舛。

1938年11月深夜的那场大火，包括湖南第一师范在内的长沙全城顷刻间毁于一旦，化为一片废墟。

但生命顽强，废墟下的生命顽强向外生长，最终这里绿意盎然，百鸟争鸣，花朵芬芳。

两个场景

一

今天的妙高峰上没有了草坪。站在这里，还能看到湖南第一师范的建筑物，但已经算不上高耸的建筑物了，早已被林立的高楼遮掩，更是无法看到对河的岳麓山了。每到夜晚，曾经的万家灯火，早已被霓虹闪烁、流光溢彩、五彩斑斓所替代。

但我找到了那条从妙高峰上蜿蜒而下的道路。它穿越了时空，穿越了城市的高楼与喧哗，在沧桑岁月中变得愈发清晰而明亮。

一个年轻的身影正沿着这条道路意气风发地向前走。

在他走向校外，走向远方之前，两个场景映入眼帘。

二

谁都知道毛泽东爱读报。

一位姓唐的教员常常给他一些旧《民报》看,他读得很有兴趣。

1916年的一天,他又像往常那样看起唐教员给他的《民报》。没人能说清具体是哪一天,也无人告诉我是在教室,还是在寝室,或者是在阅报室。

看着看着,他突然眼前一亮。

他被一则新闻深深吸引住:两个中国学生旅行全国,一直走到西藏边境的打箭炉。

这不仅可以了解祖国的河山,还可以了解当地的风土人情,以及各地老百姓的生存现状,这是多么有意义的一件事啊。他们能去,为什么我就不能去,我可以效法他们的做法呀。虽然没有钱,但至少可以先在湖南试一试。毛泽东凝望着窗外,安静地思索着。

他把此事放在了心里。

虽然通过勤读爱看,他对天下之事,已了然于胸,但他仍觉得,光有这些还远远不够,因为无论读书还是看报,毕竟都停留在"知"的层面上。他认为,一个人只有"致力于现实,做到知行合一",才能对社会有着更为透彻的认识。

> 闭门求学,其学无用。欲从天下国家万事万物而学之,则汗漫九垓,遍游四宇尚已。

我在《毛泽东早期文稿》中读到了他对游学的认识和理解。

周世钊后来回忆,毛泽东早在学生时代,就有着强烈的探索欲望。

那时，他对司马迁览潇湘，登会稽，历昆仑，探禹穴，还有徐霞客游览名山大川的壮举，就由衷地向往。他常对同学讲，游历不仅能使人襟怀宽广，视野开阔，还是增长知识的重要途径。

毛泽东不仅把这一美好想法放在心里，还马上付诸行动。既然游历全国的名山大川难以遂愿，那就先到省城附近，或是家乡韶山，做短期游历，作为游学生活的尝试。

后来，罗章龙将这些零散的记忆进行了整理，还原了毛泽东短期游历的情景。

一次，毛泽东与罗章龙一起步行去韶山。

他们走到长沙与湘潭之间，大概离长沙三四十里处，走累了，就在路边休息。看到一位老农在茅屋边打草鞋，毛泽东就与他攀谈起来，边谈边帮他捶草、搓绳、编织，织好后又帮他把草鞋捶干。

罗章龙见毛泽东对打草鞋的工序很熟练，便问，你会打草鞋？毛泽东说，我会，走路很费鞋子，大家都应该学会打草鞋。

罗章龙说，在长沙，他陪毛泽东到过许多地方。长沙附近有个拖船埠，那里有座禹王碑，传说禹王曾在此拖过船。古史说：大禹治水，栉风沐雨，八年于外，三过家门而不入。毛泽东对他颇有兴趣，认为禹王是劳动人民，对他怀有好感。

罗章龙还说，对于湖南一些历史人物的遗迹，如楚国屈原生活和工作过的位于汨罗江北岸的玉笥山，长沙城内的汉朝贾太傅祠，杜甫流寓长沙时住过的岳麓山崇德寺，长沙城内南宋文学家辛弃疾练兵的飞虎营，以及王夫之的家乡衡阳等地，他们都一同去过。

毛泽东曾对罗章龙说，他们这样走是有意义的，我们要向前代英雄人物学习，使自己的思想丰富，意志坚强起来。他体会到，这不是旧知识分子的游山玩水，而是为了锻炼身体，向古前辈学习，吸取经验教训。

短期的游历,让毛泽东深深地体会到,游学对自己有很大的帮助,可以开阔眼界,增长知识。

短期游历的成功,极大地增强了他开展长期游历的信心。

三

探寻另一个场景有些艰难。

1917年暑假"游学"前,毛泽东与萧子升商量这次"游学"的场景。

几乎所有书籍和资料,都找不到这个场景的踪迹。这其中一个重要原因,便是文献资料与口碑资料的匮乏。尽管萧子升在《我和毛泽东的一段曲折经历》还原了两人的游学历程,但存在着缺点与不足,如由于年代久远,难免有些遗漏和记错的地方,加上作者许多回忆内容缺乏旁证,除一些吸引读者的通俗读物外,一般较严肃的学者都较少引用该书的材料;又如,毛泽东较早受过无政府主义的影响,以后逐渐转向马克思主义,而萧子升坚持信奉无政府主义,两人政治观点不同,萧子升凭一己之言难以做到客观、公正。

令我欣喜的是,生活·读书·新知三联书店2011年7月出版的《早年毛泽东:传记、史料与回忆》,收录了萧子升的《我和毛泽东的一段曲折经历》,并改名为《毛泽东和我的游学经历》。出版者根据香港中文版重新整理和注解了此书,原来英文版中萧子升手绘的插图,在书中予以保留,生动再现了当时的情景。

四

1917年,近三个月的漫长暑假即将如期而至。

6月下旬的一天,毛泽东从湖南第一师范步行半个多小时后,来到萧子升任教的长沙楚怡学校,聊学习,聊生活,聊人生,聊现实,聊理想。

因为是挚友,说话不用那么客套,但他们又相互尊重,总是称呼对方的字,"旭东"与"润之"。

毛泽东问,旭东,暑假又要到了,你的课什么时候结束呀?

萧子升说,润之,我们现在正进行考试,再过一礼拜就放假了。

毛泽东说,我们离放暑假还有两个礼拜。

萧子升问,你是否打算像去年一样,在暑假期间仍旧留在学校呢?

毛泽东说,今年暑假要怎么过,我还没有任何打算,你有什么计划呢?

萧子升说,今年暑假我有一个新计划,我决定做一段时间的"乞丐"。身上一个钱不带,去作长途旅行,吃和住的问题,我打算用乞讨的方式来解决。

毛泽东一听,兴奋地说,旭东,你的这个"打秋风"的主意好,与我的想法不谋而合。去年我在《民报》上看到一个消息,说两个中国学生旅行,走到了西藏边境的打箭炉,就一直有这样的想法。这不仅有趣,还特别有意义。可以很好地读"无字之书",了解社会情况,增长社会知识,锻炼坚忍不拔的精神和毅力。这等好事,我们一起去!

萧子升一听,非常高兴地说,当然可以。

毛泽东说,那好,我们一起去。什么时候动身?

萧子升说,我的暑假下个礼拜开始,但是我要等一个礼拜,等到你放假,然后我们再决定确切的日期和全部细节。

……

走出校门,我便来到夏天。我要讲述的故事,夏天开始,秋天收束。

第二篇
长沙县

两个身影，三个身影

一

1917年7月中旬，长沙酷暑难耐。

那天清晨，阳光明媚，斑驳的树影，星星点点地在大地上跳跃着、变幻着。

两个年轻的身影跨出湖南第一师范大门后，大步朝长沙城内走去。

高个子年轻人是毛泽东。他穿着一身破旧的衣服，那是学校的制服，剃着大兵式的光头，带着一把旧雨伞和一个小包袱，包袱中包着一套可供换洗的衣裳、洗脸巾、笔记簿、毛笔和墨盒。

个头矮一些的是萧蔚然。他是第七班的同学，擅长书画。他比毛泽东小两岁，安化司徒铺雷鸣洞人（今属涟源市七星街镇雷鸣洞村）。准备回安化老家度假的他，顺道与毛泽东、萧子升同行。

古城长沙绿意盎然。一路上，毛泽东与萧蔚然聊起了他和萧子升这次"打秋风"的目的，以及基本的路线。几天前，毛泽东已经与萧子升商定好了这次"打秋风"起程日期，不过具体去哪些地方等细节还没有确定。但他们目的很明确，就是通过行乞了解湖南的情况。

他们从长沙城的西南门学宫门进入古城，然后直奔位于文运街的楚怡学校。他们行走在古城的街道上。整个古城，广阔壮美，气势宏大，画面展现出历史与艺术的完美结合。山川萦绕、墙垣怀抱中的长沙，平展而浩大，街衢纵横，阛阓相望，闾井稠密，甍榱相连。环顾四周，隐约可见各处城楼高阁的英姿。街上一片繁华景象，街道两旁商铺上方写着各种各样的广告牌，街道上是络绎不绝的黄包车。

彼时的长沙虽然仍然保留着浓厚的古代风貌，但近代化的曙光已渐渐升起。远处灵官渡临江竖起了高高的烟囱，近代工业的烟雾开始在古城上空轻扬；而城内四处已出现风格殊异的西方建筑。长沙城已经步入近代化的历程。

长沙城垣已经残破不堪，有的城墙已经完全荒废，墙头甚至长出了树木、野草，有的甚至成为附近居民的菜土，透射出苍凉和悲戚。城墙的军事防御功能，已渐渐地失去了意义，官员们也无意于维修加固，听任其破败颓废。

然而文夕大火，古城长沙尽毁。长沙人民世世代代创造和积累的财富顷刻间化为灰烬，长沙人民为民族抗战做出了巨大的牺牲。长沙也在战乱后逐步恢复，只是这座城市的灾难远没结束。

1939年9月、1941年9月、1941年12月，中日两军三次围绕长沙展开会战。日军几度逼近长沙郊区，城墙之外沦为战场。但守军依托着岳麓山上的炮兵阵地和城内外各部的浴血奋战，一次次将日军击退。1944年6月19日，日军在豫湘桂会战中先取岳麓山，再围长沙城，攻占了这座命运坎坷的城市。

文夕大火灾后重建的市区再度沦为瓦砾，直到1945年9月6日才宣告光复。

二

萧子升任教的楚怡学校，位于长沙古城内文运街的储英园。

这里是清云贵总督劳崇光的私家园林原址。

这是教育家陈润霖最早创办，付出心血最多，并一直延续至今的一所完全小学。

1879年，陈润霖出生于湖南新化。父亲驾着一只毛板船，常年到外面跑生意，收入维持一家的开支，还是绰绰有余。可惜英才多磨，陈润霖11岁那年，父亲驾的毛板船在从安化回来的途中遇到了劫匪，人、船两空。1890年秋，陈润霖得伯父的资助，来到城厢书院就读。他天资聪颖，过目不忘，奋力学习，深得老师和长辈的称赞。

19岁那年，陈润霖考取秀才。伯父本来希望他继续攻读，博取"举人""进士"等功名，光宗耀祖。然而，就在陈润霖考中秀才之后不久，这一年清明之后五日，新化办起了实学堂，成为继省会长沙之外最早创办新学堂的地方，开全省72州县风气之先。

这给了刚刚中秀才，想走传统"功名"之路的陈润霖很大的震动。更让陈润霖震动的是，这年8月，戊戌变法，科举制度被废除。伯父想让陈润霖走传统的考举立功名的想法也破灭了。

社会剧变，年轻的陈润霖的思想也在激变。第二年，他迈入岳麓书院。他成绩优异，每有新作文写出来，同学们都争相传诵。渐渐崭露头角的陈润霖，与陈天华、杨源浚被人并称为"新化三杰"。

1901年，陈润霖由湖南官府选派赴日留学，是第一批出国的留学生。回国后，任常德府中学堂监学。时值国家内忧外患之际，政治腐败，教育落后，所谓基础教育还靠家塾业馆，读的是四书五经。

他对比在日本亲眼看到的明治维新、国富民强的景象，产生了强烈的不满，决心"驱除鞑虏，振兴中华"，以救国救民为己任，毅然为国家培养人才，走"教育救国"的道路，必先抓基础教育。考虑在公立学校势必受官厅约束，不能发挥自己的理想与主张，1906年他离开常德，来到长沙，创办楚怡学校，"惟楚有材，怡然乐育"之意。开始仅有学生7人，他照样满腔热情地为他们上课。几年之内，该校由小到大，发展成为一所六年制12个班级的完全小学，有学生600余人，成为湖南一流小学。

我行走在文运街，漫步在楚怡学校校园。

老街有些狭窄，甚至有些零乱，但抬头便可看到耸立入云的湖南第一高楼——长沙国金中心，还有林立的老字号商铺，熙熙攘攘的人流，让我既感受到长沙翻天覆地的巨变，也感受到接地气的市井味、浓郁的烟火气。楚怡学校校舍陈旧，生源也逐年减少，办学环境亟须改善，但无论岁月如何变迁，楚怡人依然传承着优良传统和文化底蕴。

三

在萧子升的《毛泽东和我的游学经历》一书中，我看到那两个年轻的身影来到了楚怡学校。

毛泽东敲开了萧子升宿舍的门。

因为萧子升是教员，日常在学校便穿着传统的长衫，为了适应行乞生活，他已经改着短装和布鞋。为了减少麻烦，他剃了个光头。准备好了一把雨伞和包袱。包袱中的东西和毛泽东的差不多，只不过多了一些信纸信封，还有一本《诗韵集成》。携带《诗韵集成》，是为了一旦有灵感而作诗之用。

他们说好了，这次行乞分文不带。毛泽东还是学生，身上自然没有钱。萧子升是教员，已经拿工资了，他已经把自己的钱交给学校的会计代为保管，现在又把口袋里的零用钱拿出来，放在书桌的抽屉里。

毛泽东说，都准备好了吗？可以出发了吧？

萧子升说，再等一会，我要去看看校长，向他告个别。

说完，萧子升便走向校长办公室。

校长的听差看到萧子升之后，他睁大了眼睛，注视着萧子升身上穿的一套旧衣服。犹豫了好一阵后，他问萧子升，萧先生，这是怎么回事？发生了什么事情？你跟谁打架了吗？他以为萧子升和别人打架了，是来向校长投诉的。

萧子升笑着说，我没跟谁打架，只不过来和校长说几句话而已。

校长出来了，看到萧子身的穿着，也非常惊奇，问道，萧先生，发生了什么事情？为什么穿这个样子呀？

萧子升安详地回答说，没有发生什么事情，我只不过是和一个同学去作一次旅行罢了。

校长问，你穿着这套衣裳究竟到什么地方去？

萧子升说，我们想熟悉熟悉本省的情况，因此决定作一次徒步旅行。穿着这样的衣裳，走起路来最是舒服。

校长一听，有些担忧地说，你们在路上可要当心点。

萧子升说，谢谢你，我不还有一个同学毛泽东吗。

校长说，啊哈！就是常来找你的年轻人吗？我在第四师范教书时，他还是我的学生呢。一个奇怪的小伙子！你和他一起出去旅行，两个奇怪的小伙子！很好，但你们两个人在路上也要当心。

回到宿舍后，毛泽东就和萧子升商量起具体细节来。

萧子升问，出门之后，是向左走，还是向右走？

当时楚怡学校校门朝北。

毛泽东说，向左或向右本来没有多大关系的，因为我们是乞讨，横竖都是一样。

萧子升说，假定我们出了学校校门向右走的话，十分钟之后，便可走到城外，来到旷野之中。那完全是空旷的平地，毫无阻碍。但假定我们向左走的话，那么，在十分钟之内我们就得设法渡过湘江，会遭遇到第一个障碍。

毛泽东坚定地说，那当然向左走。我们必须要避易而就难，这样才能更加考验人。

……

他们还聊到，向左走，不仅可以接受渡江的考验。过了湘江后，一直往西走，可以去宁乡、安化、益阳等县，那里不仅有崎岖的山路，还有城镇与农村，以及风景名胜和历史文化，另外非常重要的是，那一带有许多湖南第一师范的同学。既可游学行乞，还可会见同学，拜见当地学士名流。

于是，三个年轻的身影，走出楚怡学校校门，然后向左走，走向小西门渡口。

第一道难关

一

坐在坡子街尽头的湘江畔,一阵凉爽舒适的江风吹来,我的思绪从现代繁华走向历史繁华:1917年7月中旬的一天,小西门渡口一片繁华。

从小西门正街出西城的城门,又叫德润门。清代学者刘献廷在《广阳杂记》中这样描述小西门外景色:"望两岸居人,虽竹篱茅屋,皆清雅淡远,绝无烟火气。远近舟楫,上者下者,饱张帆者,泊者,理楫者,大者小者,无不入画,天下绝佳处也。"从小西门,到小西门下的湘江渡口,有二十多级麻石台阶。原本很粗粝的石阶,被岁月与风雨打磨得光滑圆润,几可鉴人。

长沙那个三伏天,天气炎热超乎我的想象。上下船的乘客,来来往往,络绎不绝。因为天气太热,不少男人光着膀子,有的热得实在受不了，干脆直接在渡口洗起凉水澡来。有钱人坐在轿子里，享受着舒服，躲避着阳光。

湘江是长沙的母亲河，长沙城本就是毗邻湘江而建。古代城池都有护城河，长沙也不例外，东、北、南三面都建有护城河，唯独西边不需要，湘江就是天然的屏障，且护城河的水引自湘江又流回湘江。所以西边只有城门而没有护城河。

长沙古城西边一度有四张城门，从南往北小西门、大西门、潮宗门、通泰门一字排开。湘江河边不仅城门多达四张，且码头也很多。在古代，水运是最方便快捷的运输通道，长沙渡口也有几千年的历史。资料记载明朝时曾在湘江东岸新辟码头7座，分别为驿码头、草码头、义码头、通货码头、德润码头、鱼码头、木码头。清末民初，长沙的商品经济更为发达，运输愈益繁忙，码头设置更多。有大西门渡口，此渡口往北为福星门渡口、潮宗门渡口、通泰门渡口，往南为小西门渡口、文津渡、灵官渡等。

其中灵官渡，不仅无风波险恶，开的还是公船，免费过江。

二

毛泽东一行边说边走，来到小西门渡口。

他们在渡口不远处的一块草地上坐了下来。江水向北滚滚奔流，既有很大的汽船在江中行驶，更多的是往来的帆船。有的是满载而来、空载而去的货船，有的是人们提着行李远行或归来的客船，也有撒网渔郎驾着一叶轻舟掠过。特别是小舟，扬着白帆，顶着蓝天白云，在宽阔的湘江上悠闲，像一只只自由自在的鸟儿，在蓝天白云下翱翔。

但现实是艰难的。

他们遇到了"行乞"之旅的第一道难关：如何在身无分文的情况

下渡过湘江?

他们在那里商议,甚至争吵了起来。他们争论了三个办法。

首先,是游水过江。但萧子升不善游泳,而且包裹会弄湿,显然不可取。其次,如果沿江向南走一里半左右,便是灵官渡,那里有公船,可免费过江,但这太容易了,这表示他们"避重就轻,不去克服困难",他们不愿意这样做。再次,他们所在的小西门渡口,就有私人的小渡船,但这种船是要收钱的,每人须付两个铜板。虽然已经很便宜了,但他们是一文不名的"叫花"。

他们坐在那里,看着来来往往的小船上乘满了人,向着对岸划去,大概十分钟就有一艘。在看着同一艘船在江上来回三趟后,他们觉得如果只是坐着观望,便永远也过不了江,必须采取行动了。

毛泽东按捺不住了。他提议说,我们走过去和摆渡的商量商量,我们没有带钱,能否把我们也搭载过去。

萧子升对毛泽东的提议不以为然,他说,人家不一定会答应,万一一口拒绝了,我们下一步怎么办?

毛泽东说,不试一下怎么知道呢,我去跟人家讲。

于是,毛泽东带着坚决的神情,向停靠在渡口的那艘小船走过去。他很有礼貌地跟船夫说,我们是学生,身上没钱,能否免费搭载我们过去?

船夫斩钉截铁地大声说道,你们没有钱,为什么不去灵官渡乘官渡,从这里走一会儿就到了。

怎么办?毛泽东与萧子升经过讨论,很快商量出了一个办法。

萧子升提议,我们也像其他乘客一样,一句话不说先上船。当他们收钱的时候,渡船已经到了江心。那时我们才告诉他,我们身上没有钱。这样,他既不能送我们回来,也不能把我们抛下江里。他决不会到江那边再把我们送回来,因为他需要空地方载别的乘客。这样我们就可以过去了。

于是，他们从草地里站了起来，迅速登上一艘刚刚靠岸的小船，旁若无人地直向船舱的中心走去。小渡船没有座位，乘客都站立在船上，等到上满十几个人后，船夫喊一声：开船！随后，船夫把长竹竿向岸上使劲一撑，船就离岸了。船划行得很快，一会工夫便已经到了江心。

这时，一个五六岁的小姑娘手拿着一个盘子向乘客收钱。当她走到毛泽东一行面前时，毛泽东坦诚地说，很对不起，我们身无分文。船夫表示不信，说，什么，没有钱？没有钱，你们为什么要上船？我不载不付钱的乘客，请你们赶快付钱吧。

合上萧子升的《毛泽东和我的游学经历》，我能想象得到毛泽东他们有多尴尬。

萧子升赶紧说，我们真的没有钱，身上连一个子儿也没有，一个月后我们一定加倍付给你。

船夫很生气，说，一个月之后？那时我还认得你们吗？如果你们没有钱，那就留下一把伞好了。

毛泽东说，那不行，伞我们在路上还要用呢。再说，一把伞值十四个铜板，我们几个人过一次江，加在一起也不过几个铜板罢了。

船夫说，如果你们不付钱，你们就不能过江，我要把你们送回去。

这时，船上其他乘客都大声提出抗议，不行，不行。我们已经付了钱，快点把我们送过去，大家都还有事。

就在这时，一位态度温和的老人走上来说，我愿意替他们中一位付船费，其他乘客可付另几个铜板。有几个乘客对老人的意见表示赞同。但毛泽东对老人的好意表示谢绝，表示可以帮忙划船来补偿坐船的费用，船夫还可以休息休息。但船夫不同意，并说，我不需要休息，善心的乘客既然愿意付钱，你们为什么不让他们付呢？

看着他们互相争执，其他乘客不耐烦地叫了起来，快划呀！那位老人又再三向船夫保证，船靠岸时，他一定替这几个年轻人付钱。

船夫只得继续向河西的溁湾市（今溁湾镇）划去。

三

我在溁湾镇的湘江风光带，遥望着这艘船向岸边划来。

溁湾镇，古称溁湾市，是长沙古代最早形成的集市之一。明《一统志》云："在善化县西五里，湘江西岸。"这里是进入长沙的"西大门"，接纳东来西往匆匆行旅的渡口，也是长沙至贵州古驿道的首站。

溁湾镇东起老码头，西接溁湾桥，紧紧环抱着风雨千年岳麓山，因溁湾水而得名。如今溁湾水早已淤塞干涸，溁湾桥早已不复存在，仅留与溁湾镇相关的街名，如溁湾路、溁湾横街和溁湾桥路等。溁湾镇已经成为长沙市岳麓区的商业中心区。

渡船终于到了溁湾市。其他乘客上岸后，为了不让毛泽东他们逃跑，船夫就马上把船撑离岸边，让船停在离岸约20米之外。那位老人还在船上，坚持要替毛泽东他们付钱，但毛泽东却坚持说，我们在一个月之内必定回来，我们要等那时候再付给他。为了船费的事，他们又争吵起来，甚至充满火药味。

此时，岸上已经有些打算过江的人在等着了，另外一艘渡船也已经到了江心。船夫十分清楚，如果另一艘渡船先靠岸，他就会失去那些乘客。他只得自认倒霉，再把船撑到岸边，但口里却把毛泽东他们痛骂了一顿。

渡船一靠岸，那位老人和毛泽东他们便跳下船来。毛泽东他们歉疚地向那位船夫笑了笑，并对那位愿意出船费的老人再三感谢！

那位老人很快就上路了，毛泽东他们将布鞋换成草鞋后，也沿着眼前的大路走去,甚至不理会那条路会把他们领到什么地方。但他们知道,那是一条从长沙通往宁乡县城的大路。

他们为成功地"选择最吃力的方式"过渡、无钱也能"行"、通过第一道难关而高兴。

往西：是崎岖，也是坦途

一

毛泽东一行三人行走在长宁古驿道上。

驿道宽二三米，中间铺以青石或麻石，凹凸不平。它东起湘江畔，然后一路向西走进茫茫的大山。弯弯曲曲的石板路，在火热的太阳下显得格外清晰，树木翠绿，古道弯弯，偶尔山风袭来，一种难得的凉爽与古朴。更让他们感到赏心悦目的是，驿道两旁长着翠嫩的禾苗。在阳光照射下，稻田绿得耀眼。他们偶尔也会停在稻田边，轻轻抚摸着禾苗，甚至喃喃自语道，这就是农民沉甸甸的希望，也是他们深秋丰收的喜悦。

但三伏天的太阳异常毒辣，知了只好躲在树荫里，在树上不停地叫"知了，知了"。他们没有戴帽子，也不想打伞来遮挡太阳。石板路被晒得滚烫，他们的脚被烫得厉害。尽管路面相对平滑，但他们宁可走两旁的草地。离开学校之时，他们都穿着厚重的布鞋。但在渡过湘江后，他们便已经换上草鞋了。

"瓦店铺！""我们该往哪边走？"走了约十里后，不知谁指着一块路牌说道。这是长宁古驿道，从溁湾市出发后，经过的第一铺。毛泽东坚定地说，不要看路牌，我们沿着大路一直往西走就对了。往西，是崎岖，也是坦途。

驿道，是毛泽东他们这次"行乞"的主要交通要道。当然，它更是古人的主要交通要道。驿道是古人的"官道"，大概相当于今天的"省道"和"国道"。

我翻开中国古代驿道的悠久历史。

从有文字记载的夏、商、西周远古时期开始，就出现驿道。秦朝有"驰道"和"直道"，算是我国最初的"高速公路"了。驿道的功能除了方便出行，同时还用于转运军用粮草物资、传递皇上圣旨和军令军情及传递州府公文，还有方便官员出行和军队调遣等。驿道上往来的人，途中需要换马或者给马添饲料，需要休息住宿，便设有专门的寓所，那就是驿站，又称驿铺，大概相当于今天的地方政府"招待所"。

历朝历代，驿站名称各异。先秦时称为"置"，汉代叫"驿"，魏晋时期邮、驿并称，唐代又叫"馆"。宋时又叫"急递铺"，元又叫做"站赤"，明、清复称"驿"。驿道上，一般"五里一堆，十里一铺，二十里一大铺，三十里设驿站"，铺设兵丁、马夫、挑夫，有的还有兽医，其人员编制纳入朝廷和地方财政开支。

长沙是南北要冲，自秦开始，逐渐建成了湘粤、湘黔、湘川等古大道。到明清年间，达到鼎盛，形成了以长沙为中心通达各州府县的驿路系统。其中通往贵州的官路，史称湘黔大道。自长沙西达贵州玉屏，全长612公里，是湖南通往大西南的主要通道。

长宁古驿道,是湘黔古道的起始段。

二

从瓦店铺到望城坡约二里。

毛泽东一行正兴致勃勃地朝望城坡走来。他们没有丝毫倦意,迈着轻盈而稳健的步伐,有说有笑。是的,"万里长城"才刚开始,他们似乎有使不完的劲,还感觉不到干渴与饥饿。

望城坡是他们的必经之地,也是小憩之地。

1994年版《长沙市郊区志·集镇》说:"望城坡……中部有个卜方岭,立于岭上可见城垣,因此得名望城坡。""望城坡,位于西郊望岳乡境内,居岳麓山之北,距市约3公里。全镇老街长约1500米,总面积1.2平方公里,分为上、下两坡。"

我在城市匆忙的脚步和繁华中,寻找着古驿道和古街的痕迹。现在的望城坡,充满着人间烟火,既有干净整洁的现代化高楼,也有商铺林立、车水马龙的重建地。长沙西二环线穿街而过,斜对面的长沙汽车西站,是长沙河西交通枢纽,发往湖南各地和省外的汽车从这里启程。

我行走在望兴路。这条路不算长,也不宽,甚至有些零乱,它似乎要向我表达什么。于是,我放慢了脚步,仔细观察着这条路上的每一栋房屋,每一棵树,每一个脚步,试图想找到一些关于望城坡的零碎记忆。

一个老人悠闲地在街上行走,或许他看到了我寻觅的眼神,竟主动跟我打招呼。我赶紧走了过去,向他作了介绍,告诉他,我是一名文字工作者,想找到一些关于望城坡老街和古驿道的记忆,以及这条古驿道上发生的一些故事。

老人很热情，也似乎对此充满兴趣。他告诉我，他叫申炳武，今年75岁了，一直住在望兴路，虽然没有经历过1949年前的事情，但还是听父辈们讲过望城坡的故事，包括毛主席的故事。

申炳武说，听祖辈们讲，"望城坡"是西来过客最先喊起来的。无论从大西北、大西南，还是从鄂西南、湘西北，或从益阳、宁乡进入长沙，望城坡都是令人先愁后开心的地方。经长途跋涉，到此还要爬坡过岭，难免愁思上涌；爬上岭，长沙城就历历在目，凉风习习，车夫、轿夫、行人等无不歇息远眺，争睹古城，倦意顿消，怎不开心？尤其是初到长沙的人，下坡时还不停眺望美丽的古城。因印象深刻，于是一传十，十传百，"望城坡"之名不胫而走。也有人说，长沙市的湘江以西，由南到北纵列着金牛山、仙山、天马山、岳麓山和银盆岭。这一系列山冈，遮挡着西面，只有站在望城坡上，才可以从岳麓山和银盆岭之间的中断处，向东望见长沙城，所以叫望城坡。

申炳武又描述起望城坡当年的繁华来。特殊的地利条件，使望城坡自古成为繁华的集镇街市。民国时期，从瓦店铺沿古道向西缓慢上坡，过李新泰铁铺，就有街亭子，下雨穿布鞋不湿脚，一直到罗积庆口子，街亭子断断续续。老街丈余宽，人流如织，有时像过兵一样，有挑担、抬轿、推土车子、拉黄包车的，有赶路、赶场、骑马、叫卖小生意的；春笋上市时，更是人挤人、担碰担，川流不息。两边的茶铺、饭铺、酒店、南货店、日杂店、肉店、布店、鞋袜店、碓房、米店、菜店、烟丝店、陶瓷店、煤炭店、理发店、药铺、裁缝铺、香烛铺、铁匠铺、湘粉坊、织布厂、染坊、屠宰场等参差交错，有的地段可见古井、池塘、菜园和农田。新中国成立后，这里一度成为望城县委、县政府的驻地。

申炳武说，当年毛主席他们走长宁古道，望城坡是必经之地。经过如此繁华的集镇街市，不可能没有感触。没在这里讨过饭，但至少也在这里讨过水喝。但毕竟他们刚出发，走的路程不算远，他们不会在这里停留太久。

在望兴路与枫林路交会处，生长着一棵茂盛的樟树。它守望着路口，也守望着岁月。这里没有留下毛泽东他们的只言片语，但却见证了他们西行的身影。

曹家坳的见证

一

　　山枣铺、赤竹铺、枫树铺、白箬铺……

　　随着驿道的延伸,毛泽东他们的脚步变得愈发沉重。

　　一直在驿道上行走,也会显得单调乏味。在山里走久了,也会渐渐感到厌倦,于是他们渴望平原;在平原上行走久了,脑海中又记起山中美景。他们记不清经过多少田地和山岭,只顾着边走边谈论着各种有趣的事情。他们也无需刻意断定具体的时间,日影会告诉他们大概的时间。

　　日影指向东方之时,他们已经过了赤竹铺、枫树铺,朝白箬铺走去。因为全神贯注于谈话,他们不仅没有注意时间,也忘记了吃中饭。但饥渴一定会指导着他们的行动。走着走着,他们渐渐感受到了饥饿,并让他增加了难耐之感。他们愈是想着,就愈感到饥饿。两条腿像火烫一样,疲劳的程度也随着跨出的步伐而增加。

二

中午时分,我来到湘江新区白箬铺镇白箬社区的曹家坳。此时的我,虽然也是饥肠辘辘,但顾不上吃饭,急于探寻毛泽东他们的足迹。

曹家坳紧挨319国道。国道两旁,树木繁茂,景色宜人。有片相对集中的自建房,大都二层,紧邻国道,房子挨着房子。一楼大都为门面,有的开超市,有的开饭店,有的开修理店,还有卫生所。

我走进一家名为"曹家坳卫"的卫生所。看到我的到来,一个躺在沙发上休息的中年男子立即坐了起来。我告诉他,我不是来看病的,是想来了解一些古驿道上的事情。听我这么一说,他又突然站了起来,要与我握手。他问,你是搞党史的吗。我说,我以前搞过军史,现在是个作家。他说,是要写曹家坳吗。我微笑着点头说,是的。他说,那太好了,曹家坳不仅有内容可写,也太值得写了。

乡村医生叫唐忠,今年54岁,祖祖辈辈生长在曹家坳。他说,虽然他是名医生,并且行医三十多年了,但他对历史感兴趣。以前的老驿道沿着山谷弯弯曲曲前行,后来修了国道,并且经过多次提质改造。

唐忠说,修建国道时,由于要把道路修直,319国道在曹家坳至少向南推了一两公里。老驿道消逝的影子,依旧在弯曲中相影随行。唐忠还说,民国时期,白箬铺不仅有小商店,还有小饭店、小旅店,来来往往的过客,可以在这里歇息,也可以在这里住宿。

"听我爷爷讲,他曾听我曾父辈讲过,民国初年的时候毛主席和几个年轻人来过白箬铺,经过了曹家坳。"唐忠用肯定的眼神说。

他肯定的眼神,只能告诉我他这句话的可信度,但这毕竟只是口口相传的故事。

我还在思考，没有急于回答，唐忠倒急了，说："这里是他们的必经之地，他们肯定来过这里。"

我站在卫生所门口，看着远处层层叠峦的山峰。

历史的那头，毛泽东他们正满头大汗地匆匆赶路。到达白箬铺时，他们已经非常疲惫，甚至饥渴。

没错，他们正面临行乞的第二道难关：饥饿。

毛泽东提议说，大家都饿了，我们开始分头讨饭吧，只有填饱肚子，我们才有力气继续赶路。

萧子升还嘱咐说，我们一边讨饭，一边打听打听有没有读书人家，假如有的话，我们可以登门拜访，那样能更快更好地解决饥饿问题。

于是，他们分别到附近的农家讨饭，这意味着他们的行乞生活正式开始。

"他们没有在这里待很久，解决饥渴之后，就直奔李肖聃家了。"唐忠说。

李肖聃是前清秀才、著名的教育家和学者，他的家在曹家坳西南约10公里处，桃林村的李家湾（今湘江新区白箬铺镇淑一村上湾组）。

三

唐忠听得最多的故事，还是1959年毛泽东经停曹家坳的场景。

对于那个定格在历史中的场景，《毛主席五十次回湖南》一书中是这样记载的：

那年6月25日，毛泽东回到阔别32年之久的家乡——韶山；6月26日，毛泽东与家乡的乡亲们交谈。6月27日，毛泽东又接见了部分群众、干部以及招待所的工作人员，听取了有关生产、群众生活等情况的汇报和意见,并和他们合影留念。吃过午饭,毛泽东就离开韶山,前往长沙。车队准备经宁乡、望城抵达长沙。

在经过宁乡的途中,毛泽东两次下车访问农民群众。车子开到离韶山20多公里的地方,这里距刘少奇的家乡花明楼不远,毛泽东叫司机赵毅雍停车,下了车,他健步走在田埂上,观看田垄里禾苗生长的情况。当看到禾苗绿油油的长势时,毛泽东高兴地对湖南省委书记周小舟等人说:"这个地方我小时候来过的呀!"这时,有个打雨伞的中年农民从田边路过,毛泽东立即走上去,亲切地和他拉起家常,问他叫什么名字,家住什么地方,家里有几口人吃饭,口粮有多少。这个农民一一作了回答。

小车继续行驶,路过望城的白箬公社曹家坳大队(今属湘江新区白箬铺镇)时,毛泽东又下了车。

此时约是下午3点。这时还骄阳似火,暑气逼人。大部分的社员还在家歇息。

"毛主席,毛主席!毛主席来了!"

最先发现毛主席的是白箬完小的几个学生:张声灿、易象如、郭海超。因为周末假回来,他们正准备到池塘里去游泳。张声灿机灵,他看到前面公路上从宁乡方向开来一辆接一辆的小轿车、吉普车,并且突然停在花海塘左侧,于是叫了易象如和郭海超跑到汽车旁。张声灿跑在最前面,他看到一位身材魁伟,上着米黄色绸衫、下穿蓝色布裤的领导,想到教室里挂的毛主席像和他一模一样,确认眼前的这位领导就是毛主席,于是兴奋地喊了起来。

毛泽东听到喊声,转身笑眯眯地朝他们走来。

"毛主席,您老人家好!"三个同学向毛泽东连行了两个九十度的鞠躬礼。

毛泽东拉着张声灿的手,问道:"这叫什么地方?"

"叫曹家坳。"张声灿高兴地回答道。

"是不是曹操的曹？"

"正是！正是！"

……

毛泽东一边和三个学生伢子交谈，一边沿着公路向前走。走到八大坵（因为面积为8亩，所以叫"八大坵"，后来为纪念毛泽东视察，改名叫"幸福大坵"）田边时，毛泽东停住了脚步。

"早稻插的什么架子？"毛泽东俯身察看禾苗的生长情况，还仔细数了两串稻穗，抬头问三个学生。

"3寸×3寸。"易象如说。

"3寸×4寸。"郭海超说。

"春上大队要我们学校的老师和同学支援插田，还要我们插挨挨寸（方言：很密）哩！"张声灿补充说。

毛泽东又对周小舟说："要因地制宜，合理密植嘛！"

毛泽东看了禾苗后，又与罗瑞卿、周小舟等人边谈边向前走。

"你叫什么名字？"毛泽东突然问张声灿。

"叫张声灿，张飞的张，声音的声，灿烂的灿。"张声灿回答说。

"这个名字起得好，前途光明灿烂。"毛泽东称赞着说。

接着，毛泽东又问张声灿："读几年级？入少先队没有？"

"高小六年级，是少先队员。"张声灿说。

听到这，毛泽东笑了。

看到公路两边葱葱郁郁的山峦和镶嵌在田间大大小小的明镜般的山塘，毛泽东又兴奋地说："这个地方不错，山清水秀。"

当走到坳坡上时，曹家坳生产队社员彭运钧扛着抃担，迎面走来。看到来了社员，毛泽东连忙向他招手。彭运钧一下子愣住了。

"你去搞么子咯？"彭运钧正疑惑，毛泽东笑着走上前去问道。

"替食堂里挑草烧。"彭运钧说。

毛泽东接着问:"你吃多少米一天?"

"我吃二十两(十六两一斤制)。"

"够不够?"

彭运钧抬头望了望毛泽东,又低头看看地下,犹豫不敢回答。

"有还吃得点,对吗?"毛泽东笑了笑说。

彭运钧点点头。

毛泽东他们一行继续向前走,登上了曹家坳坡顶。此时,社员们听说毛主席来到了这里,都从四面八方纷纷赶来。此时,大队党总支书记杨仲秋、大队长张凯威,总支委员、第一中队党支部书记李云汉等人也赶来了。

"你们早稻每亩能收多少谷?"毛泽东问杨仲秋。

"600多斤一亩会靠得住。"杨仲秋说。

毛泽东点点头说:"咯还有点像。"

那次,毛泽东一行在炎炎烈日下步行了一里多路,社员们也是里三层外三层地围着他。他满脸热汗淋漓,但精神仍旧很好,不断地向群众挥手致意。

当毛泽东看到人群中有一位抱着孩子的妇女,连忙招呼她靠近身边。毛泽东抚摸着孩子的脑袋夸奖说:"长得蛮好!"

坳背纱厂的女工们听到毛主席进冲的喜讯,蜂拥而来。毛泽东也是微笑着向她们招手。

"这是我们大队纱厂的工人。"杨仲秋向毛泽东介绍说。

毛泽东笑着说:"都是纺织工人啰!"

"大队纱厂才办三个月,现有工人60多个,主要用废次棉花生产棉纱、土布,计划年产值约两万元。"杨仲秋说。

毛泽东连连赞许:"社队办厂是个方向,工厂企业要办好,要增加收入。"

接着，毛泽东又向大队干部询问了大队的规模。

杨仲秋说："大队有 500 多户，中队 150 多户，生产队一般 10 多户到 20 户。"

"我们中队 138 户，140 多个劳力。"李云汉从旁补充说。

毛泽东对着李云汉问："你叫什么名字？"

"我叫李云汉，一中队的党支部书记。"李云汉说。

毛泽东又微笑着说："你叫李云汉，我们中央有个李维汉。"

接着，毛泽东又转向周小舟问道："这个大队是不是大了点？"

"老李，你们大队是个什么地形？是长还是圆？"周小舟问。

"是一把柴弯刀形。"

"那是大了点。"

这时，毛泽东又对周小舟说："大队可以划小点，中队可以不要。"

周小舟点着头。

事实证明，正是毛泽东的关注，后来人民公社的体制调整了，撤销了中队，大队的行政区域调小了。

最后，毛泽东转向人群问："这里有没有生产队长？"

这时，一个头戴草帽，身材高大的黑汉立即挤到毛泽东跟前。他叫彭泽江。

"你们生产队多大？"毛泽东紧紧地握着他的手问道。

"13 户，40 多人。"彭泽江说。

"六八四十八，你们食堂要开六桌饭啰！"

"不止，开了七八桌，我们有三个五保户，要单独开一桌，几个单身汉也要开一桌，我家五口人搭一对夫妇开一桌，我们开的乱席。"

"五保户单独开席好，你们要弄点小鱼和虾子，打几个鸡鸭蛋给他们开开荤。"毛泽东说。

接着,毛泽东又问彭泽江:"你们队的劳动力吃多少米一餐?"

"全劳力一人吃半斤米。"彭泽江说。

"还可以吃吗?"毛泽东问。

"还可以吃得点。"彭泽江说。

"你们辛苦啦,饭还是要吃饱嘛!"毛泽东说。

……

毛泽东对社员们的细心关怀,让在场的社员非常感动。

这时,罗瑞卿习惯地抬起手臂看着手表说:"在这里待了一个多小时,我们可以走了。"

"好吧!"毛泽东说。

毛泽东进入小车前,一再转身向送行的社员群众挥手告别:"再见,以后有机会再来看望你们。"

虽然车队向前缓缓驰去,但这一消息,就像长了翅膀,很快在当地传开。

四

我跟随唐忠来到距离卫生所仅有百米之遥的幸福大坮。

国道边立了一个"幸福大坮"标牌,标牌左边毛泽东与曹家坳的孩子们走在田间地头的巨幅图画,格外引人注目。

"毛主席为什么在曹家坳下车考察?"我问。

唐忠说:"看似偶然,实则必然。"

"怎么说?"我问。

唐忠说:"1917年那次经过曹家坳,他不可能没有印象。他不仅有印象,应该还一直在他心里。所以经过曹家坳时,他下车考察。虽然时间上相距42年,曹家坳也已发生了历史性的变迁,但他来这里考察的出发点没有变,时刻关注着普通百姓的生活和生存现状,心里始终装着人民。"

他只是一名普通乡村医生,但他的讲述,让我隆心敬意,甚至自愧不如。他道出了人民的心声。

又是64年过去了,今天的曹家坳一带的变化更是日新月异。

这里到处是生命的律动,青春跳动的音符。乡村振兴战略在这里生根、发芽、开花。村庄变美了,池塘的水清了,环境干净了,空气新鲜了,路宽敞了,路灯亮起来了,住在屋场的居民,无不拍手称好。这里不再是遥远的山谷,也不是村庄,而成了温馨的社区。

迷路

一

走出白箬铺，经过黄泥铺，毛泽东他们没有沿着长宁古驿道继续向西走向宁乡。他们暂时脱离了古驿道，向南拐了个弯。他们要去李肖聃家。那里叫李家湾，离古驿道七八里地。

对于李肖聃，毛泽东并不陌生。正好大他一轮的李肖聃，于1904年东渡日本，入早稻田大学。在那里，他与杨度、杨昌济、杨树达、陈寅恪等人相识，特别是与杨昌济成为特别要好的朋友。1911年学成归国后，初居北京为报馆撰文。1913年，任北洋政府司法总长梁启超秘书。再后屡却政界要人之聘，专事教书、卖文为生。1917年返湘后，主教湖南福湘女学、省立第一中学。杨昌济不仅经常向毛泽东提起李肖聃，还表达出对李肖聃学识和文笔的钦佩。1916年12月，李肖聃弟弟病逝，杨昌济还曾带着毛泽东等人陪同李肖聃回到李家湾奔丧。

来到李家湾时,太阳快到西边了。李家湾是大湾,这里地势平坦而开阔,房屋多而密集。每家每户的房子都是紧密相连的,小巷子纵横交错,就像迷宫一样。

当他们来到李肖聃家屋前时,纷纷赞叹起来。李肖聃家的房子,朝西南向,是一个砖木结构的大宅院,周围树木茂盛。房屋有槽门,三进六出,有以天井为中心的小院,亭廊相连,木雕华美,石刻精致。

学校放假,李肖聃已经回到家中。听说毛泽东他们来了,他热情地开门迎接。毛泽东恭恭敬敬地向李肖聃详细介绍了这个暑假行乞的计划,李肖聃表示称赞,还问他们从长沙一路走来是否顺利,遇到什么困难没有。

李肖聃留毛泽东他们在这里过夜,他们也没有客气,微笑着答应了。

天色还早,毛泽东提议在李家湾转转,感受一下这里的风土人情。那时,李肖聃的女儿李淑一,还是一个16岁的花季少女。

二

回到现实,我寻找毛泽东他们行乞李家湾的足迹。

我从多个角度打听这段历史,但大家都指向了同一个人——淑一村的老支书李哪。年龄并不老,只不过四十出头,还高大帅气。但当村干部的时间长,从2009年考白箬铺镇的后备干部开始,一直在村上干,还干过两届支部书记。

见面一聊,李哪的经历让身为作家的我感到惊讶与亲切。从小,他就对古体诗词和历史情有独钟,特别喜欢毛主席诗词。"我失骄杨君失柳,杨柳轻扬直上重霄九。问讯吴刚何所有,吴刚捧出桂花酒。

寂寞嫦娥舒广袖，万里长空且为忠魂舞。忽报人间曾伏虎，泪飞顿作倾盆雨。"二年级时，他就能把《蝶恋花·答李淑一》背得滚瓜烂熟。虽然他14岁就辍学了，但他并没有放弃学习，不仅能写古体诗词，还是望城区作协会员和长沙市作协会员，诗词歌赋、历史典故信手拈来。

回村里工作后，他不仅转让了在长沙城里开的公司，还迷上了淑一村党史资料的收集、整理与研究。为了建李淑一珍藏馆，他跑过北京、上海、湖北、广东等地，特别是说服并取得了李淑一儿媳妇和孙女的大力支持，收集了李淑一生前旧物和42封手稿等红色历史文物近400件。

他还与李淑一的堂妹李菊如成为忘年之交。

李哪说，李菊如是李肖聃的侄女，因为她父母过世早，便由伯伯李肖聃抚养。她在堂兄弟姐妹中排行老六，上了年纪后便被称为菊六娭。原来她就住在长沙城的河西，她老公是长沙市公安局副局长。2016年，99岁高龄的菊六娭驰辞世。

由于是由伯伯抚养长大，李菊如对李肖聃的情况非常了解。从小就给他磨墨，听他讲故事。伯伯在大学课堂里讲课时，她就搬个小板凳，坐在边上旁听。也多次听伯伯讲到1917年暑假毛泽东他们来李家湾的故事。

毛泽东他们来到李家湾时，天近傍晚，炊烟四起。李肖聃看是杨昌济的学生来了，非常热情，要家人准备了丰盛的饭菜。有鲜鱼，有腊肉，还有茶油炒饭。因为还不到吃晚饭的时间，毛泽东他们就到李家湾转一转。李家湾很大，房屋很多。他们左一巷右一巷地走着，左一弯右一弯地拐着。看着陌生人的到来，李家湾的狗追着跑，并在后面叫个不停。

太阳已经落山，暮色降临了，李肖聃家的晚饭已经做好。看着毛泽东他们还没回来，李肖聃只得出门寻找。找了半天，发现毛泽东他们还在巷子里转悠。李肖聃开玩笑说，润之，你们怎么搞的，在李家湾迷路了。毛泽东不好意思地说，不知道怎么回事，在巷子里，左走走不出，右走也走不出。

可能是饿了，毛泽东他们那顿晚饭吃得很过瘾。每人都吃了几碗米饭，还不断夸腊肉好吃。他们在李肖聃家留宿，第二天早上离开李家湾，准备沿长宁古驿道前往宁乡时，李肖聃还给了几十个铜圆，并反复嘱咐他们行乞路上注意安全。

"毛主席就是原来到李家湾的那个高个子年轻人！"新中国刚成立那会，曾经见过毛泽东的李家湾老人感叹不已。

三

"淑一村"——淑一村村口那块巨大的石头上写着的三个鲜红大字，"蝶恋花美丽宜居村庄"——上湾组木质的标识牌上充满浪漫的字眼，都在告诉我，毛泽东与李家湾，或者说与李肖聃家的情缘远不止于此。

杨开慧、柳直荀和李淑一，他们三人的命运紧密相连，共同书写了一段感人而崇高的革命史诗。

1920年，李淑一和杨开慧相识。二人都是在长沙福湘女中就读，是同班同学，杨开慧的父亲杨昌济与李淑一父亲李肖聃是老朋友，她们的关系自然也不会差。

那时，杨开慧正与毛泽东处于热恋中，而李淑一会很是亲切地称毛泽东一声"润之哥"。此时的杨开慧受毛泽东影响，成了一个进步女学生，把一头乌黑的长发剪了，成了班里面唯一的短发姑娘，那时老师看到她后会忍不住说她是"男不男，女不女"。

杨开慧是较早参加学生运动的,而李淑一一开始并不敢参加。直到有次,一个叫袁舜英的童养媳,因受不了夫家的欺凌投塘自尽,留下一封绝命书,而听闻消息的夫家却是没有任何解释,杨开慧实在气不过,就领着几名义愤填膺的同学去找毛泽东。在毛泽东的带领下,同学们积极与袁舜英的夫家周旋,直到他们付出代价。

这让李淑一对这位"润之哥"心生钦佩,也是从这时起,她开始与杨开慧一同参加学生运动。

1920年,杨开慧和毛泽东结婚了,不久杨开慧就搬出了宿舍,可与李淑一的感情却未曾减少过半分。为了能够让姐妹有个好归宿,杨开慧开始四处帮她张罗对象,最后把目标锁定在了柳直荀身上。

柳直荀是柳午亭的儿子,杨昌济和柳午亭是好友。1916年夏天,毛泽东和杨开慧兄妹还去拜访过柳午亭。毛泽东他们离开后,柳午亭还对自己的孩子说,一定要向毛泽东看齐、向他学习。年仅18岁的柳直荀谨记父亲教导。

1919年,五四运动爆发,毛泽东组织新民学会上街游行,此时的柳直荀虽还在上学,但也贡献着自己的一份力,他带头冲破学校阻挠,带领同学们参加到爱国游行活动中。与此同时,长沙成立学生联合会,柳直荀被评选为评议部长。

1921年7月,毛泽东、何叔衡代表湖南早期党组织出席中共一大回到长沙后,为了培养党的干部和掩护革命活动,于同年8月利用船山学社的社址和经费创办了湖南自修大学,贺民范任校长,毛泽东任教务长。在此期间,培养了大批党员,也借此机会,让更多学生走进来学习。柳直荀便是其中之一,他认真阅读革命理论书籍,受毛泽东指点,到工农群众中学习,思想觉悟有了提高。1924年,柳直荀经何叔衡等人的介绍,加入中国共产党。

在杨开慧介绍下,柳直荀与李淑一之间的接触也变得多了起来,没多久，二人就相爱了。1924年，他们在长沙结婚。

新婚时，柳直荀依旧忙于革命工作，二人虽聚少离多，但在柳直荀的影响下，李淑一接受了革命思想，十分支持丈夫的工作。那段时间，湖南农民运动发展迅猛，柳直荀的工作更忙了，甚至只有在会议间歇期才有时间回一趟家，李淑一虽然怀着孕，也从未有过半句怨言。

但是风云突变，革命形势日益严峻，长沙的环境也变得紧张起来。突然一天，柳直荀匆忙回到家，告知妻子自己要出门，并让他们尽快搬家，于是李淑一收拾了行李，于第二天回到娘家。这天，柳直荀也在岳父家吃了一顿饭，饭后便要走了，李淑一将他送到小巷尽头，二人依依不舍地诀别，不想这竟是他们最后一次相见。

李淑一为柳直荀生了一双儿女，柳直荀走后，她不仅要照顾孩子，还要赚钱补贴家用，更有甚者，时常还要面临国民党的抓捕，李淑一东躲西藏，日子过得很艰辛，再加上人们都知道她的丈夫是共产党，在国民党制造的恐怖环境下，谁都不敢聘用她做工作。万幸的是李淑一是女子师范毕业的高材生，有文化，于是她当起了家庭教师，虽然薪水不多，但勉强够一家人开销。

柳直荀走后一直想方设法与妻子取得联系，李淑一得知丈夫近况良好也是倍感高兴。1929年，身在天津的柳直荀给李淑一寄了封信，信中说准备接他们母子来津，不想这封信被国民党半路拦截，李淑一也因此被捕入狱，多亏柳、李两家的人出面保释，李淑一才免于牢狱之灾，但被要求不能离开长沙半步。

1930年，红军第二次攻打长沙时，湖南军阀何键把杨开慧抓了起来，对她说：只要你宣布和毛泽东断绝关系，就放了你。这位外表柔弱的女子拒绝了这个可以给她带来生路的选择。她被敌人杀害了，只有29岁。

惊闻杨开慧死讯，李淑一难以控制自己的情绪，她泪流不止，跟跄跄地赶到了杨家,望着杨开慧的母亲,她说道:现在开慧去了,那我就是您亲生闺女!

当时许多人对杨开慧的死,并不理解,始终无法想明白:一个女人怎么能对毛泽东痴情到这个地步,敌人只是让杨开慧脱离毛泽东而已,只要做了,就能保住自己的性命。要知道那时她上有六旬老母亲,下有三个儿子呀。

可是作为闺蜜的李淑一是理解杨开慧的,因为在此前不久,她也因丈夫原因,被关进国民党大牢中。在牢里,她做出的选择与杨开慧是一样的,不愿说出任何组织的事情来,誓死也不肯与丈夫脱离。

然而苍天不会去眷顾苦命人,1932年9月柳直荀在湖北监狱中被杀害。然而这个消息,李淑一是在第二年才从他人口中得知,她并不愿去相信,丈夫在信中明明说过:等环境再好一些,我就去接你和孩子们来天津。

1933年夏季的一天,李淑一再一次梦到了柳直荀,泪水无意识地开始往下落,打湿了枕头,他在梦里看到了丈夫不仅衣衫褴褛,而且浑身是伤。她强忍住眼泪拿起笔写下了《菩萨蛮·惊梦》一词:兰闺寂寞翻身早,夜来触动离愁了。底事太难堪,惊侬晓梦残。征人何处觅?六载无消息。醒忆别伊时,满衫清泪滋。

"活要见人,死要见尸!"成了李淑一的执念。由于战争年代及交通通信不便,在老家的李淑一没有得到确凿消息,直到新中国成立后的1952年春天,她才得到丈夫已经壮烈牺牲的确凿消息。此时此刻距离柳直荀牺牲已经30年,这真如五雷轰顶,使李淑一陷入了深深的悲怆伤感之中。

1957年1月,《诗刊》第一次公开发表了毛泽东在"马背上哼成"的18首诗词,李淑一读后,想起曾看到过毛泽东1921年写给杨开慧的那首《虞美人·枕上》。于是,她写信给毛泽东,请求抄寄全词。

同时，她还给毛泽东寄去自己1933年听说丈夫柳直荀牺牲时作的那首《菩萨蛮·惊梦》。

李淑一的《菩萨蛮·惊梦》和杨开慧牺牲前留下的那首《偶感》诗稿一样，表达着同样的情感，同样的思念。都是阳光下的月亮之歌。

读到李淑一的信和词，毛泽东没有把《虞美人·枕上》抄给李淑一。但李淑一的词，却在他的内心世界激起难以平息的涌潮。他虽然没有读到杨开慧生前想念自己的诗，却完全可以体会到杨开慧当时的思念之情。

这年的5月11日，毛泽东给李淑一回了信。

在回信中，毛泽东径直说，"大作读毕，感慨系之"，并嘱李淑一"到板仓代我看一看开慧的墓"。

还赋了词。

这时，毛泽东已经有了表达"感慨"的特殊方式。正是李淑一的《菩萨蛮·惊梦》，激起他的诗情，写下别具一格的悼亡之作《蝶恋花·答李淑一》：

我失骄杨君失柳，杨柳轻扬直上重霄九。
问讯吴刚何所有，吴刚捧出桂花酒。
寂寞嫦娥舒广袖，万里长空且为忠魂舞。
忽报人间曾伏虎，泪飞顿作倾盆雨。

词中的"杨""柳"指的是杨开慧和柳直荀。毛泽东在此词中以浪漫主义手法歌颂了为国赴死的先烈，与李淑一共同缅怀了自己的革命伴侣。

李淑一也因毛泽东的这首《蝶恋花·答李淑一》蜚声中外，但她没有醉入"花"丛，而是在极其平凡的人民教师岗位上，如蜡炬般献出光和热，似春蚕吐丝无悔终生。

这就是李淑一，被毛泽东称为"君"、被人民尊称为"李老师"、"李奶奶"的李淑一。

1997年6月13日，再未婚配的李淑一走完了她俯仰无愧的一生，在京安然仙逝，享年96岁。

四

从悲壮的革命岁月中走出，已经看不到李肖聃家三进六出的大宅院了。

李肖聃家的老屋，早在20世纪50年代末就被拆除，拆除下来的青砖和木材，主要用于建设桃花小学，也有一部分用于附近的居民建房子。虽然已经被杂草覆盖，但还依稀可见槽门和房屋地基的轮廓。唯一保存下来的是院内天井里的水井，叫"桃花口古井"。李肖聃回湘后，看到家人到水塘洗衣服和洗澡，怕不安全，便打了这口方井，并在井边上放个大水缸，方便洗衣服和洗澡。现在这口井成为县级不可移动文物。

正在附近菜地干活的一位男子热情地向我介绍起情况来。男子叫谭萼亮，今年59岁。他告诉我，虽然他没见过李肖聃家的老屋，但从小踩着他家老屋地基长大，哪里是槽门，哪里是正门，哪里是耳房，哪里是后罩房，哪里是厢房，哪里是天井……他都了如指掌。他用手比画着说，李肖聃家的房子原来有多么多么大，有多少间，是多么精致与气派。

李肖聃老屋旧址的右后方，有一栋平房，房前停了两台车，台阶上坐着一个老人。虽然老人行动不便，但思维清晰。她告诉我，她叫李启明，是李淑一的侄女，还曾到北京照顾过李淑一几年。她从出生就住在这里,已经住了86年了。她告诉我,原来李家湾是个大湾,这里人多,房子多,非常热闹。他们李家的房子也大,小时候,要好一会才能转出房子。她从小就听大人说,毛主席年轻时不仅到过李家湾,还在这里住过,还在这里迷过路。

而现在,我看到了淑一村浪漫而美好的现实。

他们一直在挖掘先辈留传的红色记忆和遗产,并谋划翻修整建李淑一及其父亲李肖聃故居,建造"蝶恋花"文化广场。他们想以红色景点为基石,提振乡村特色产业,带动红色乡村和产业兴旺同步共建、融合互动。来到淑一村的田间地头,放眼望去,到处都是郁郁葱葱的桃树,黄桃果儿也挂满了枝头。

看着眼前欣欣向荣的景象,想着浪漫而悲情的蝶恋花,我微笑的脸庞上不知不觉地挂满了泪花。

谜团和争论

一

进入宁乡前,有必要梳理一下谜团,辨别一些争论,好让探寻之路更加清晰明确。

萧子升在《毛泽东和我的游学经历》开始不久,便有"第二道难关——饥饿"一节。在这一节里,萧子升描写了古驿道的情况,炎热的天气,饥饿的情况,来到驿道旁小食店的情况,特别详细地描写了他们拜访一位刘姓翰林的情况。

在他们饥饿,准备行乞之时,打听到了刘翰林的情况:

> 另外在这店子后面那个小山坡上,住着一位姓刘的绅士。他是一位翰林,现在已告老在家。他没有儿子,但有几个女儿,都已经出嫁了。

他们决定以诗作为敲门砖，前去拜访刘翰林：

"润之！"我嚷着说道，"刘先生就是我们今天的东道了！我们第一个就该向他进攻。我认为最好的办法是写一首诗送给他，用象征的语言表示我们拜访他的用意。"

"好主意！"毛泽东表示同意，"让我想想，头一句可以这样写：翻山渡水之名郡。"

"很好，"我赞赏道，"第二句：竹杖草履谒学尊。接下去的一句可以写为：途中白云如晶海。"

"最后可以这样结尾：沾衣晨露浸饿身。"毛泽东结束了全诗。

萧子升打开小包裹，拿出笔、墨和信封，竭尽全力以他的最佳书法把诗写下来，并签上他们的真名。在信封上，他写下"刘翰林亲启"。来到刘翰林住宅前，他们不仅被这里的美丽风景迷住，更是被住宅所体现的文人气质所折服：

我们走到那座堂皇的住宅门前时，看到一副用正楷书写的嵌在油漆门上的红色对联。上联是"照人秋月"，下联是"惠我春风"。这副对联的书法令人赞赏，我们猜想这必定是出于刘翰林的手笔，因为他既参加过殿试，则书法和诗文必有相当的造诣。因为翰林都是出色的书法家。我们希望，这位书法家和诗文鉴赏家，对我们送给他的杰作，也感到喜悦。

可是刘翰林家围墙的大门关闭着，并在里面上了锁。从门缝往里看，可以看到大约十米之外的第二道大门，也是关闭着的。从两道门缝中看过去，那座房子坐落在一个大庭院内，门窗全都敞开着。他们在大门上敲了三四下之后，立刻便有几条凶恶的看门狗在院内狂吠起来。他们没有对付恶狗的经历，只好停下来商量对策。他们手中的雨伞是毫无用途的，这样的武器进攻恶狗会一折即断的。于是，毛泽东从附近的大树上掰来两根又粗又硬的树棍。每根有两米左右长，还非常坚硬。

他们继续敲打刘翰林家的门：

  这两根棍子使我们壮了胆子，就用它来敲打大门，我们愈敲，那些恶狗也就吠得愈厉害。但是我们现在已不用害怕了，不管它们怎么狂吠，我们仍然继续敲打不已。大约敲了五分钟光景，所得的唯一的结果就是那些恶狗似乎已经疲倦，吠声没有先前那样凶了。又过了几分钟，我们从门缝里看到一位短装老人从房子内走了出来。这一定是刘翰林的仆人了。他慢慢穿过庭院，走向第二道大门，半打左右的大狗随在他的身后，仍是在那里狂吠不已。他打开了第二道大门，便继续朝我们面前的头一道大门走来。到了大门边，他停下脚步，用粗野的声音问我们来干什么。毛泽东透过门缝说道："我们是从省城来的，替刘翰林带来一封书信。"

但他们还是有些忐忑：

  我们坐在石阶上等待着，除了屋后树枝上的鸟叫之外，一切声音都平静下来。我们耐心地等了十几分钟，毛泽东又要去敲门，但是我告诉他再等一会，因为刘翰林一定会对我们的诗大加赞赏。又等了相当长的一段时间，仍是静悄悄的，一无动静。我们等得不耐烦了，于是便再度敲门，那些大狗也再度吠了起来。几乎是在顷刻之间，那老头也走了出来，并且把大门打开。"少爷，请进。"他招呼道。我们随在他的后面，穿过两道大门到了内院。他又说道："对不起，我回来得稍迟一点，因为主人午睡刚刚转醒。看信之前，他又洗了把脸，看了信之后，他就告诉我立刻把两位请进来。"

他们终于见到了刘翰林：

刘翰林终于走出来了。他是一位年约七十岁的老人，生得矮而瘦小，并且略现驼背。白须稀疏得只剩下几根了，头顶已全秃。他穿着一件白长衫，手里拿一把绸扇子。我们向他深深鞠了一躬。他带着惊奇的眼光站在那里注视我们："你们为什么穿成这个样子？你们遭什么意外了吗？请坐！请坐！"

他们感受到了知识的价值。他们甚至与刘翰林探讨起《十三经》《老子》《庄子》等古书来。虽然他们没有在刘翰林家吃上丰盛的饭菜，但也得到了较为丰厚的回报：

最后刘翰林终于面带笑容地走了回来。但并没有提吃饭的事情，他只是从宽大的衣袖里拿出一个红纸包，微笑着递给了我们，未再说一句话。从那纸包的形状我们立刻猜知，其中必然是一些钱。借过来之后，从它的分量我已猜到那是一个不小的数目。我们两个人向他申谢之后，即行告别。他伴随我们走到房舍的门前，然后叫那老佣人送我们出去。穿过院子和那两道大门，我们走了出来。一出大门之后，我们便立刻闪在一棵大树的后面，将红包打开。忽然之间,我们富有起来了!原来红包中竟是四十个铜圆。

这节的结尾,他们交代了第二天的计划:

  在旅店吃过晚饭之后,我们讨论第二天的计划,我们立刻想到那位绰号"何胡子"的朋友何叔衡来。因为他就住在宁乡县区,于是我们乃决定去拜访他。我的日记本上有他的地址,据旅店的老板说,从那里前往约莫一百四十里便到,那需要一天的路好走。明天夜里我们就要与何胡子在一起了。

紧接着的两节,即"何胡子的家""从何家农场到宁乡县城",非常详细地描写了毛泽东他们来到何叔衡家的具体情况,何叔衡热情款待的情况,以及何叔衡家农场的情况。
在"从何家农场到宁乡县城"结尾,萧子升交代说:

  和何胡子握别之后,我们匆匆走向通往宁乡城的大路……我们有一位同学住在宁乡县城,但我们决定不去拜访。因为有了在何胡子家的经验,假定我们再用这种避重就轻的方法来解决生活,那么我们的叫花生活就失去意义了。宁乡县城本身并无什么奇特之处,在县城近郊,有称为玉潭的一泓清溪,广阔的潭面河上横跨着一座精巧的桥梁,桥附近则群集着很多小船。从潭边远望,可以看见一座小山岗,称为狮固山,山坡上种满松树。我和毛泽东坐在河边上,观赏玉潭和周围大自然的景色。我们写了一首小诗,我感到其中最得意的两句是:云封狮固楼,桥锁玉潭舟。

梳理这三节内容,有两个疑问:

其一，毛泽东他们行乞不久，便来到了刘翰林家。刘翰林可能是长沙县的，也可能是宁乡县的，或者可能是长沙县和宁乡县交界处的。萧子升在《毛泽东和我的游学经历》中对刘翰林的描写，具体而细致，但在现实中却找不到。

其二，根据萧子升《毛泽东和我的游学经历》的描述，他们从李肖聃家出来后，不是继续沿着长宁古驿道朝西，向离他们约20公里的宁乡县城方向走去，而是往西南方向走，先到离他们约70公里，位于宁乡西南的沙田杓子冲的何叔衡家。从何叔衡家出来后，他们再往东北方向走约70公里，来到宁乡县城。这显然不合常规与情理。因为何叔衡家就在沩山山下南面的杓子冲，翻过九折仑就是。毛泽东他们不可能到了何叔衡家后再转回县城，再折回原路上沩山。

二

疑问成了谜团，谜团引发了争议。

淑一村的老支书李哪认为，萧子升笔下的刘翰林，有可能就是李肖聃。虽然刘翰林与李肖聃有出入，但年代久远有出入在所难免，很多相似的因素不容忽视。如李肖聃家也有三进六出的大宅院，李肖聃不仅是晚清秀才，也是著名的教育家和学者，李肖聃家也有女儿，李肖聃不仅热情接待了毛泽东他们，还给了他们几十个铜圆。他还坚持认为，毛泽东他们从李肖聃家出来后，不是先去的宁乡县城，而是从雨敞坪直奔何叔衡家。他的依据是萧子升《毛泽东和我的游学经历》，这显然不充分。

宁乡沩山风景名胜区管理委员会原副主任、沩山文化研究专家喻立新，宁乡市档案馆副馆长姜小平则认为，毛泽东他们可能是乘船先沿湘江北上，然后从沩江逆流而上，来到宁乡双江口，从双江口到的宁乡县城。他们的理由是，从双江口到宁乡县城一带，有晚清翰林，而其他地方没有。这显然有些牵强。因为萧子升在《毛泽东和我的游学经历》中已经明确表明，他们从小西门渡过湘江后，一直沿古驿道往前走。

也有人认为刘翰林家位于宁乡县城到沙田枸子冲之间，还有的认为是在宁乡巷子口，说那里不光有翰林，还有状元，状元楼就是最好的证明……

萧子升的《毛泽东和我的游学经历》，虽然是见证者的亲自记录，也为他们1917年暑假行乞游学提供了一个基本轮廓，但由于并非实时记录，而是40年后萧子升根据记忆完成的作品，也存在诸多缺点和不足。

首先是观念上的差异。后来，由于萧子升与毛泽东的政治观点不同，容易戴上有色眼镜，以至于歪曲了毛泽东的正确观点。政治上的严重分歧，要使无政府主义者的萧子升，对坚信马克思主义的毛泽东的回忆和评价，做到不带偏见是比较困难的。

其次是史实上的不足。如萧子升在书中写道："新民学会由毛泽东和我于1914年筹备组织起来。""一个星期天的早上，在第一师范的一个教室里，我们十二个人聚在一起，十分庄严地举行了第一次正式会议。"这里有两个重要错误，即：成立日期不是1914年而是1918年；成立地点不是第一师范教室而是在刘家台子蔡和森家门前河滩树荫下。作者还说"毛泽东在会上一句话也没说"。这也是不可能的。据萧三回忆："会章是毛泽东和邹彝鼎两人共同起单的。讨论时，由毛泽东向大家作了说明、解释。"又如，萧子升把不是新民学会会员的李富春、李立三、周恩来及廖宜男说成是新民学会会员。再如，他把1920年的春天，蔡和森到了法国，说成"1919年春天，蔡和森到了法国"。1919年12月25日，蔡和森等30多人乘法国"央脱来蓬"

船于上海杨树浦码头赴法，于1920年1月30日抵法国马赛。当时毛泽东还赶到上海送别。还如，他把陈延年和陈乔年赴法错写成是"受父亲陈独秀之命，到法国建立共产党组织"。

再次是史实上的断层。从时间上来说，由于岁月久远，萧子升不可能完全清晰地记得40年前的事情；从创作规律上来说，他不是写事件的大事记与考察报告，而是写纪实作品，他无需面面俱到，只要把自己记忆最为深刻的写下即可。如此一来，造成这次行乞游学的史实断层并不意外。比如在长沙白箬铺、宁乡油草铺等地的行乞经历，《毛泽东和我的游学经历》则是空白。

……

毛泽东他们到底是如何走向宁乡的？

我希望通过自己的行走，通过文献资料，通过口碑资料，通过历史痕迹，通过理性思考，探寻到那条较为精准的行乞之路。

正在岔路口犹豫、纠结之时，长沙市图书馆副馆长龙耀华给我发来10页资料。那是1969年3月18日，宁乡县革命委员会毛主席革命纪念地建设领导办公室经过走访调查后撰写的《毛主席1917年暑假来宁乡农村调查的情况》。虽然龙耀华提供的这份资料不完整，但却让我欣喜不已。

他们通过对1917年暑假与毛泽东他们有过接触的人员的广泛调查，不仅还原了不少毛泽东他们行乞的细节，更是明确了行乞的线路：

> 他们到宁乡的路线是：从长沙市储英园楚怡小学出发—宁乡县城（住同学王熙家里，走访了劝学所、玉潭高小，游历了香山寺）—宋家潭（现白马桥公社珍州大队，住同学宋旦父家里）—廖家老屋（现万寿山公社洪山大队，住同学廖时旸家里）—回龙山白云寺—云山学校—黄材镇—横山湾（现在沙田公社高筍大

队）—杓子冲（现沙田公社长冲大队，住何叔衡烈士家里）—会龙桥（现沙田公社门口）—沩山。

回望历史，我看到三个年轻的身影，正向宁乡的油草铺走去。

第三篇

宁乡县

滂沱大雨，清新绿茶

一

　　毛泽东一行又走在了长宁古驿道上。走着走着，他们发现开阔的山谷逐渐狭窄起来，甚至感觉前面不远处地势险峻，犹如"一夫当关万夫莫开"的关口。两边的山上草木茂盛、郁郁葱葱，一座座泥墙黑瓦的房子隐藏在翠竹之中，露出黑色的一角，黑色和绿色互相映衬着。

　　他们赞叹着这里的美景。毛泽东从"不打无准备之仗"，总会提前了解下一站的自然风貌、历史典故。来的路上，他已经向两位老人打听了，前面便是宁乡境内，进入宁乡境内不久，第一站便是油草铺驿站，那里有小食店和小旅店，茶馆与伞铺。

　　其中一位老人还告诉毛泽东，油草铺驿站的那个关口叫石仑关，石仑关西侧的那座山，很像一匹马，叫天马山。老人见眼前的年轻人对历史感兴趣，又跟他讲起历史来。老人说，三国时期，刘备割据荆州，命关羽攻打长沙，长沙太守韩玄则让黄忠出战。他们战斗的地方，就是天马山一带。战斗中，关羽用计谋将黄忠困在了刀下，但向来听闻黄忠箭术精湛，为人豪迈，不忍心将他杀害，将他放回了自己的阵营。在第二天的比试中，黄忠也用计谋诱导了关羽，关羽陷入了埋伏，黄忠感谢关羽的不杀之恩，只是用弓箭将关羽盔甲上的璎珞射了下来，关羽早就听闻黄忠箭术了得，这么一见，果然不同凡响。长沙太守见黄忠没有杀死关羽，怀疑黄忠不忠心，命令将他斩首，还好魏延相救，黄忠和魏延一同投奔了刘备。关羽在刘备面前也力荐黄忠。关羽战黄忠，黄忠归降后，两个人很快成了知己。

夏日的天空变幻莫测，时而多云，时而云层低矮。不一会儿，一阵黑压压的乌云从西北方向过来，并很快就布满了整个天空。顷刻间，大雨滂沱。虽然毛泽东他们带了伞，但雨太大，根本抵挡不住。他们跑向石仑关东侧的油草铺驿站。

我想象他们来到石仑关（今宁乡市夏铎铺镇天马新村），利用自己的聪明才智，解决饥渴的场景。他们来到茶馆，拿出笔、墨和纸，把自己即兴写的，用书法的方式呈现出来。考虑到这里做生意的多，他们还写了一些象征吉祥的对联。写完后，他们挨家挨户地走，小食店、小旅店、伞铺等都走了个遍。有置之不理的，也有热情接待的。

伞铺老板姓李，爱好诗文，尤其敬重读书人。李老板认真琢磨了年轻人写的诗句和书法，边看边点头，边点头边微笑，嘴里还念念有词。老板娘端来了解渴的茶水，以及好吃的零食与水果。也有可能，李老板给了他们些许铜圆，还要给他们赠送油纸伞，但或许被毛泽东他们婉拒。

因为下雨，驿道上的过客都就近避雨，茶馆里的客人骤然多了起来。茶馆不大，三十来个平方，虽然设施简单，五六张方桌，二三十把长凳，但却显得古朴雅致、小巧玲珑。他们一边喝着茶，一边与行走在驿道上的"脚夫""马帮"聊天,了解他们的工作疾苦和生存现状。

偶尔,他们也会将目光投向石仓关对面的天马山。雨中的天马山,在雾气的映衬下犹如秘境一般,别有一番风味。

二

石仓关依然险峻,天马山依然横卧在关口。

古驿道难觅踪迹,这里也发生了历史性巨变。昔日的游学路,如今已成致富路。

走进石仓关,我仿佛进入另一种境地。其山水田园之美,蓝色天底下,绿意苍茫里,唯有深呼吸,才能感受它的味道。花团锦簇,绿树成荫,道路旁,民宿区,随处可见渲染着美丽乡村的生活气息。

来这里探寻前,我早有耳闻,这里正在打造"梦想小镇"、梦想广场、百年征程路、老茶馆民俗馆、毛泽东与宁乡党史陈列室等景点,串起一条红色长廊。这里成为远近闻名的红色旅游地,是青年毛泽东游学路红色教育基地、中小学劳动教育实践基地、县级爱国主义教育基地、县级党员教育基地、县级党员培训基地现场教学点等,每年接待游客5万余人次。

变化始于八年前。

天马新村计划与湖南一家文化旅游有限公司合作,开发石仓关梦想小镇乡村振兴项目。当时,多数村民以种植苗木为生,对陌生的旅游项目心生抵触,更别提还要把土地入股。事实上,当时苗木市场已不景气了,村民守着苗木过日子并非长远之计。当时的村干部一户户上门,讲政策、做工作,才慢慢扭转了村民的观念。

按照合作协议,村集体整合土地、房屋等资产,和村民共同占股,湖南的这家文化旅游有限公司投入资金,负责项目经营。村集体与村民获得田地租金和占股回报的双重保障，村民还可以通过就业、经商等方式参与景区共同发展，获得收益。

梦想小镇项目开发后，路灯、道路硬化、休闲广场、广播系统等均配置齐全，乡村面貌焕然一新。经营石仑关生态农庄的洪志章，最先尝到甜头。项目开发前，他的农庄"窝"在山坳里，交通不便，靠乡邻"捧场"。现在游客纷至沓来，最多的一天能坐满20桌客人，年收入有18万元左右。

来石仑关的游客越来越多了，也就带动了当地就业。那些上了年纪，不再方便外出打工的老百姓，在家门口就能找到工作了，轻轻松松就能拿到三四千元的月薪。

让我惊喜的是，2022年天马新村集体经济收入120万元，共同参与经营的村民增收3万元左右。今年，他们又开始与湖南一家中医药大学合作，打造智慧康养项目。

他们的乡村振兴之路越走越宽。

三

我问一个正在菜地里挖土的大姐，"毛主席与宁乡展览馆"如何走。

她放下锄头，用毛巾擦了一下额头的汗水，然后微笑着往右前方一指。

顺着她的指向，我走进了一条幽静的石板小道。小道两旁是茂密而翠绿的灌木丛，左边是研学基地，右边是个池塘。研学基地里，有一条从山上流下来的小溪，水声潺潺；池塘水不算深，但蛙声此起彼伏，仿佛在谱写一首生命律动的交响曲。

毫无疑问，106年前石仑关的小食店、小旅店、茶馆、伞铺以及民房，早已被岁月所侵蚀，出现在我眼前的"毛主席与宁乡展览馆"、油草铺驿站、茶馆等，都是近几年复建的。可能由于时间仓促，或者出于旅游开发的需要，还出现了一些有违史实的主观臆想。

"当他们到达石仑关时遭遇暴雨，来到李家伞铺，毛泽东现场赋诗《七律·游学即景》送给店主李爹爹：'骤雨东风对远湾，滂然遥接石龙关。（缺两句）野渡苍松横古木，断桥流水动连环。客行此去遵何路，坐眺长亭意转闲。'伞铺店主非常钦佩毛泽东的才华，随即热情款待两人，并拿出两把新伞相赠。"在"毛主席与宁乡展览馆"前的宣传栏里，我看到了对《七律·游学即景》残句的介绍。

透过《七律·游学即景》，看到的是一幅生动活泼的行乞游学画面：毛泽东一行离开远湾，遇上大暴雨，无处躲藏，冒雨行进，直至石龙关。苍松挺立，但见枯木横在无人的渡口边，流水，打着漩涡，一个连着一个，冲毁了河面上的小桥。渡口无人，桥也断了，还有哪条路可以前行呢？只能在渡口旁边的亭子里坐下来歇脚。眺望雨景，心情是何等悠闲呀！

但包括毛泽东在内的所有人，谁也没说《七律·游学即景》写的就是石仑关，虽然诗中描写的不少场景，石仑关也能找到。更何况，诗中是"石龙关"，而非"石仑关"。你当然可以认为，是诗人记错了地名，或者是笔误。

问题是，后来我在益阳市安化县清塘铺镇洞天村探寻时，当地人告诉我，《七律·游学即景》写的是洞天村，石龙关指洞天大龙山，苍松指现在的苍松仑。在桃江县高桥乡松柏村的石龙关，我还看到了一个巨大的标识牌，上面写着"石龙关：毛泽东第一首七律诗创作基地"，还附有《七律·游学即景》残句。这里有山，有关口，也有河流，还有渡口。那个石龙关，也是毛泽东他们1917年暑假行乞游学的途经之地，似乎更加接近诗中所描述的场景。

我无法明确《七律·游学即景》的创作地，但我觉得，将石仑关说成《七律·游学即景》的创作地，当然也需要较为充分的依据。不论如何，通过《七律·游学即景》，我们可以看到毛泽东一行行乞游学的一个场景，感受到那个场景里游学者的心情。

在李家伞铺旧址处，我又看到了这样的介绍："毛泽东当年游学途经宁乡石仑关时，突遇大雨，恰好此地有一家伞铺——李家伞铺，毛泽东与萧子升就想去伞铺买伞……"这样的表述同样有主观臆想的成分。当时毛泽东一行背上就背了雨伞，他们没有理由，也缺乏条件，去伞铺买伞。

但所有细节的构建，我都能理解，甚至认为，这是一种可贵的真挚的情感表达。

四

我有些渴了。

于是，我走进一户农户家，门口蓝色牌子上写着"天马新村十五组24号"。堂屋没人，厨房传来洗碗声。听到有人敲门，主人从厨房走了出来。是一位六七十岁的大妈，双手沾满油水。我告诉她，是来探寻毛主席一行1917年暑假在石仑关行乞游学情况的。她看了我一眼说："你先坐，我一会就忙完了。"

再从厨房出来时，大妈端来热气腾腾的茶水。大妈说，这是今年自家后山采摘的新春绿茶，泡茶的水也是石仑关的山泉水。我轻轻地吹着热气，杯内汤色嫩黄清澈，茶香缭绕。又轻轻啜饮一口，茶水在舌尖循环滚动，然后流入腹中，香郁回甘，沁人心脾，仿佛置身于青山绿水间。

或许，这就是油草铺驿站老茶馆的味道。我相信，这种味道上百年来未曾改变。

大妈告诉我，她姓李名淑华，今年68岁。因为她丈夫是上门女婿，所以一直住在李家，李家伞铺是她娘家开的，伞铺旧址就在她家隔壁。她父亲、祖父、曾祖父都是做伞的。从小她就听说伞铺做伞卖伞的故事，也知道石仑关曾经的繁华，也确实有毛主席他们途经石仑关的传说。

她还告诉我，小时候石仑关的古驿道还非常完整，山脚下是很长很长的麻石路，一直通到宁乡县城，也是他们出入的主要通道。后来，农业学大寨开荒造田，古驿道被毁，从此消失在他们的记忆中。

李淑华脸上洋溢着幸福的笑容。她说，石仑关原来是个小山沟，现在不仅柏油马路入村又入户，还打造了许多景点和民宿，生活上衣食无忧。天马山在她家正对面，每天一开门，就可以看到天马山。

两个女儿早已出嫁，家庭幸福。唯一的遗憾，就是老伴走得早了点，走了快八年了。苦日子都挺过来了，等到享受好日子时，却得病走了。

说到这，李淑华叹息了一声。

穿越时空

一

雨停了,毛泽东一行继续赶路。

驿道蜿蜒向前。经过夏铎铺、历经铺,走向玉潭铺,毛泽东他们发现,前面的地势渐渐开阔起来。眼前是大片大片的稻田,稻田里是绿油油的禾苗,里面蛙声不断。

他们没有急于赶路。在石仑关时,他们就打听好了,从石仑关到宁乡县城,也就二十里地的样子,并不算远。宁乡县城不仅有河流、桥梁等水乡风光,还有劝学所、寺庙等教育和文化场所,更有湖南第一师范的同学。想到这些,毛泽东心中充满期待。

前面不远,一条小街出现在他们的视野中。这是宁乡县城玉潭桥(今南门桥)东头的湘乡街。因为这里交通方便,有湘乡人在此从事印染行业,后来湘乡人在这里越集越多,渐渐形成一条小街,故名湘乡街。湘乡街越来越近,瓦房、茅屋上的炊烟,街上熙熙攘攘的嘈杂声,越来越清晰。

但毛泽东他们在宁乡县城及其周边的活动,萧子升在《毛泽东和我的游学经历》只有寥寥数语。

二

大家都不想让那些鲜为人知的故事,在岁月的风尘中慢慢走远。

1968年9月19日,益阳地区革命委员会毛主席革命纪念地建设领导小组组织一批党史专家,兵分两路,分赴长沙和宁乡、安化与桃江,调查了解毛泽东早期革命活动的情况。他们匆忙的脚步与毛泽东他们从容的步履形成了反差。

前往长沙和宁乡的那路人马,共三人。他们走访了湖南第一师范,以及在省文史馆工作的毛泽东湖南第一师范第八班同学田士清。他们很热情地提供了毛泽东早期在宁乡、安化等五个县革命活动的线索和材料。9月24日回到宁乡,他们又走访了宁乡原负责毛泽东早期革命活动调查组的向桂清和夏俊钦。当晚,他们还在县革委政工组召开了一个座谈会,交流情况。

他们在宁乡走访了三天。宁乡方面对这个工作高度重视,早在1968年上半年,他们就组织了一个调查组进行调查。根据他们介绍的情况来看,宁乡方面做了不少工作,同时也掌握了一些可靠的线索和材料。根据了解,他们得出结论,1917年暑假,毛泽东和萧子升、萧蔚然三人从长沙楚怡学校出发,并了解到萧蔚然是顺路回家,参加了前半程的行乞游学。毛泽东他们首先来到宁乡县城,在此逗留期间,到湘乡街湖南第一师范第八班同学王熙家住了一晚,还去了当时的劝学所,同时游了香山寺。他们在宁乡游历达半个来月。在此期间,毛泽东他们在珍洲等处，召开了农民座谈会，深入考察了农民生产、生活等情况；走访了宁乡劝学所等文教事业单位；游历了香山寺、白云寺、沩山密印寺等名胜古迹。他们甚至还了解到1917年暑假毛泽东一行来到益阳龙洲书院的情况。

但这次调查，由于时间较为短促，没有深入农村调查，只掌握了一些第二手的材料。他们决定再去一次宁乡，和宁乡县革委会负责调查的同志一道，深入农村进行细致的调查研究。

前往安化与桃江的那路人马，也是三人。他们前往安化、桃江进行了为期10天的毛泽东早期革命活动情况的调查，到了安化县城东坪、小淹、滔溪、山口、马迹塘、桃花江等地，访问了安化、桃江原来参加毛泽东早期革命活动调查工作的同志，毛泽东在湖南第一师范同学的一个家属，以及两个县的有关负责同志。

情况不容乐观。他们了解到，虽然安化与桃江早在1967年就组织部分人力进行了一段时间的调查，也初步证实了毛泽东他们的调查路线，还提供了毛泽东他们农村调查的具体活动情况的某些线索，但总的来说，还不具体与细致。他们甚至建议地区再发一次文，或者开一次全区性的专门会议，督促各县迅速成立专门领导班子，进一步推进调查工作。他们甚至呼吁，要与时间赛跑。因为时隔50多年，毛泽东他们当年的同学、同事和他们到过地方的一些老人已先后去世。他们甚至以"只争朝夕"作为调查报告的结尾。

一个礼拜后，两路人马又将各自的报告合二为一，写成《毛主席早期在益阳地区革命活动情况的资料汇编》。当然这个资料汇编中，除了1917年暑假毛泽东一行行乞游学的情况，还有1925年、1927年等时期革命活动的情况。

党史专家没有就此止步，他们努力走向真实与细节。

1968年10月到1969年3月，在益阳地区党史专家的支持下，宁乡县党史专家深入走访了湘乡街、劝学所、香山寺、宋家潭、廖家老屋、回龙山、云山学校、枸子冲、密印寺等毛泽东他们去过的地方，调查采访了毛泽东湖南第一师范同学宋旦父、田仕清、周世钊，以及同学王熙女儿王琼美等人。最终，他们形成了《毛主席1917年暑假来宁乡农村调查的情况》《毛主席1917年暑假农村调查到何叔衡同志家里的情况》《毛主席亲自播下的革命种子》三个报告。

1977年，安化县委宣传部组成"安化县革命历史调查组"，从3月开始到12月止，历时10个月，对毛泽东一行来安化进行革命实践的历史，进行了调查。通过广泛宣传，深入发动，召开了各种座谈会20余次，采访老党员、老红军、老干部、老烈属、老教师等200余人次，采访记录了文字资料6万余字。基本调查清了毛泽东一行1917年暑假到安化进行行乞游学的情况，并形成了毛泽东到安化的专题情况报告。

……

如果没有他们的辛勤付出，我的探寻将变得迷茫与苍白。

三

刚入宁乡境内时，我内心极其不安。

廖妹芳，长沙市委宣传部一位80后女干部。听说我的探寻计划后，她主动与我联系。她问我什么时候去宁乡，并表示可一同前往。原因很简单，家住宁乡万寿山廖家老屋（现回龙铺镇万寿山社区）的廖时旸，是毛泽东湖南第一师范第十四班的同学。虽不同级，但廖时旸与毛泽东一样热爱体育活动，两人算是志趣相投。1917年暑假毛泽东一行不仅到了他家，还在他家住了一晚。而廖时旸是廖妹芳的曾叔祖父。她还告诉我，关于曾叔祖父廖时旸的相关资料，她只是在纪录片里看到过，也听党史专家说过只言片语的信息，她特别想到宁乡市档案馆查一查这些资料，这是作为廖时旸后辈的一种责任。

这正是我所需要的，并且是急需的。

我们简单地分了一下工。我依然探寻，她负责到档案馆查阅资料。我告诉她，这个资料宁乡市档案馆肯定有，长沙市图书馆副馆长龙耀华告诉我，他发来的《毛主席1917年暑假来宁乡农村调查的情况》那10页资料，就是前几年从宁乡市档案馆查阅到的。我还一再强调，找到资料后一定要发个信息。

依然没有收到廖妹芳的信息，我的步履变得缓慢，甚至摇晃。那些资料，不只是信息，也是情感，会赋予我灵感与力量。

午饭时，我终于接到廖妹芳的电话。电话那头，她有些沮丧。她说，找了半天，硬是没找着。我急忙说，肯定有，肯定有的，不可能没有。我完全没有考虑她失落的心情。

但她很快就振作起来了。她说，她下午继续找，就算翻个底朝天，也要把它找出来。

几乎整个下午，我都是在不安中度过。

下午四点半左右，我的手机响了。廖妹芳兴奋地说，找到了，找到了，有两档案盒，包括三个走访报告、两个调查材料、一个资料汇编，厚厚的一摞，详细记录了走访调查毛泽东一行1917年暑假来宁乡的情况。有很多照片，还有廖家老屋的老照片，真是珍贵而亲切。

我舒了一口气后，步伐快速而矫健起来。

铜板的温度

一

来到湘乡街后,几乎没有费太多周折,毛泽东一行就找到了同学王熙家。

王熙是毛泽东湖南第一师范的同班、同寝室、同自修室同学,感情要好。虽然他家住在湘乡街,但只是佃住在一个周姓老板的房子,靠给湘乡老板打短工养家糊口。房子是木结构的,泥墙黑瓦,王熙一家就挤在两间狭小的房子里。但同学相见,格外亲切。特别是当王熙向同学们介绍自己的新婚妻子时,毛泽东他们纷纷握手祝贺。

虽然王熙家境贫寒,但他全家热情好客、勤劳善良。特别是他母亲非常宠爱这个满崽。王熙在兄弟姐妹中排行最小,从小听话懂事,学习成绩优异,后来还考上了湖南第一师范,给这个贫寒的家庭带来了新的希望。听说满崽省城的同学来了,王熙的母亲赶紧迎了上来,把毛泽东他们领进屋，泡上热气腾腾的茶水，并从自家菜园里摘来新鲜的果蔬。湘乡街上还有一个湖南第一师范的同学，叫刘凤仙。听说毛泽东他们到了湘乡街，他也来到了王熙家。

毛泽东和萧子升告诉王熙，他们是来行乞锻炼的，只在他家留宿，其他时间，他们想上街写对联、搞调查，特别想看看劝学所和寺庙，伯母千万不要专程为他们做饭菜。王熙笑着说，那怎么行，同学到了宁乡，我当然要尽地主之谊。

王熙带着毛泽东一行，先走访了湘乡街。湘乡街在沩江的东畔，宁乡县城玉潭桥的东头，这里也是宁乡到长沙古驿道的必经之地。王熙详细地向他们介绍着湘乡街的由来以及发展历程。毛泽东更感兴趣的，是在这里从事印染行业的手工业者、小作坊经营者的生存现状。他们一家家小作坊地看，与经营者攀谈。听着听着，毛泽东的脸色有些凝重。从谈话中，他深刻地感受到手工业者、小作坊经营者的不易。

走到湘乡街最西头，便是玉潭桥。坐在河边，看着玉潭对岸的吊脚楼，江中来来往往的乌舡子，河上横跨的那座精巧小桥，以及桥附近聚集的那些小船，特别是远远望去，能看见一座小岗，山坡上栽满了松树，毛泽东的心情又豁然开朗起来。

遥想岁月，并结合宁乡市档案馆馆长彭智勇的热情讲述，我努力还原1917年7月中旬某一天，毛泽东一行在玉潭桥东观景作诗的场景。

王熙向毛泽东他们介绍起玉潭桥的历史来。明成化年间，宁乡人唐有贤、江西临川人陈淑恭，在县城南门外沩江上（大约今南门桥位置）搭起简易木桥，这是宁乡第一座桥。那时沩江并不宽，桥长只有120米左右。不久桥被河水冲毁，后改为义渡。但也是屡建屡毁，后改为官渡。

明隆庆六年，宁乡县令陈以忠在县城东关门外阳春台前的藓花岩下，建石墩木面桥，形为玉带凌空，取名"玉带桥"。清乾隆十五年冬,又建码头石桥 10 丈。该桥存在了 170 多年,至清乾隆二十年被大水冲毁。

乾隆二十五年,宁乡县令刘善谟"打会"筹资修桥,南正街(现玉潭路靠沿河一段)商贸兴隆,县绅龙际飞、邓氏等考虑到利于生意,倡议将桥址从藓花岩移至南门口(现桥址),建石墩石面桥。乾隆二十六年八月开工,第二年,刘县令调走,停工 3 年。乾隆三十一年,知县曾应封又主持接修,第二年,曾调走,又停工 2 年。

乾隆三十四年,农民李廷清以自己辛苦打工一辈子所积纹银 100 多两捐献修桥,此举感动全县绅商,纷纷解囊捐助,此桥得以续修。至乾隆三十五年八月告成,费银 12000 两。因桥所在的县城叫玉潭,桥下又是碧玉之潭,便改"玉带桥"名为"玉潭桥"(后改为南门桥)。虽然之后多次水毁,但又多次修复。

一边是沧桑岁月,一边是亮丽风景。听了王熙的介绍,毛泽东他们赞叹不已。他们眼前的玉潭桥,已经成了宁乡的一道亮丽的风景。全桥长 193 米,宽 4.6 米,24 墩。桥头各立活灵活现的石狮两个,桥上有"惜字亭"一座,导示人们要尊重文化,敬惜字纸,另铸栩栩如生的"铁牛"一对,卧立于"惜字亭"两厢,每孔桥墩上嵌铁蜈蚣一对,均为镇桥之物。全桥结构坚实,气势如虹,"玉潭环秀"为宁乡十景之一,文人墨客多有诗词赞颂。

"对面那座种满了松树的山叫什么山?"有人问道。

"那是狮固山。"王熙说。

"我们也写一首!"不知道谁说了句。

"好啊!"他们几乎异口同声。

"云封狮固楼。"

"桥锁玉潭舟。"

……

毛泽东与萧子升一边思索,一边写诗,一句接着一句往下对。

岁月变迁,过去的宁乡县城和玉潭桥早已发生了翻天覆地的变迁。我看到的,是拔地而起的高楼大厦,是精致而气势磅礴的现代化桥梁,是风景秀丽的沿江风光带……

但玉潭依然清澈与碧绿,沩江依然蜿蜒向东北方向流去,都未曾改变。

二

毛泽东的想法是,要更快更多地走访宁乡县城文教场所。

或许是第二天早上,王熙就带着毛泽东他们来到了宁乡劝学所。王熙告诉他们,所长喻士龙是宁乡流沙河青山桥人,是清光绪年间的秀才,他学识渊博、思想进步、办学有方、待人诚恳。

毛泽东他们对此充满期待。众人从湘乡街出发,迈过玉潭桥后,沿着玉潭西岸向北,行走三四百米,便是劝学所。他们先在门口端详了一会,然后怀着一种敬重,迈进了劝学所的大门。

劝学所设在文庙内,文庙紧邻沩江。文庙又称圣庙,是祭祀孔子的地方。宁乡文庙有大群建筑,正殿为大成殿,宽七丈,长三丈,高四丈,雄伟壮观。殿中设孔子位,孔子位两边设颜回、子思、曾子、孟子四个配位。两廊设有先贤先儒左丘明、董仲舒、诸葛亮、张栻等150多人的祀位。殿堂高悬历代皇帝所赐御书"万世师表"等匾额。大成殿后有崇圣祠,东为崇圣阁,西为御书楼。大成门左右两边还有名宦祠、乡贤祠。

听说来了省城的学生,喻士龙微笑着出来迎接。他向毛泽东他们介绍了文庙的建筑情况,以及一些讲究。参观完劝学所后,他们又随同喻士龙,来到他的办公室。他们一边饮茶,一边探讨,深入了解了宁乡文化教育、文物典籍、文化名人等。喻士龙还介绍了宁乡的名胜古迹。毛泽东他们被喻士龙的开明思想、博学多才所折服,喻士龙也对省城年轻学子的勤奋好学、敢于探索的精神赞叹不已。他们抨击时政,引为知己。

与喻士龙临别时,毛泽东他们写了一副对联送给喻士龙,喻士龙也以一串铜钱作为回赠。

我在一些资料上看到,说毛泽东他们与喻士龙道别时,写下了"士乃国家宝,龙为江海灵"的对联,喻士龙回赠了"身无半文,心忧天下"的对联与一串铜钱。但我并没看到依据,虽然喻士龙的曾孙女喻芳在回忆家族的文章中也提及,但她并没说明对联的出处。

但毛泽东一行肯定到过劝学所无疑。

> 主席到过宁乡劝学所(现宁乡县城东门县水利局),所长喻士龙送过钱给主席。主席曾对谢老(即谢觉哉,1957年谢老回宁乡时对副县长尹泽南说的)说:"那年我'游学'到了你们宁乡,到了劝学所,所长打发了我们一串钱。"

我翻开益阳地区革委毛主席纪念地建设领导小组办公室于1968年10月15日发布的《毛主席早期在益阳地区革命活动情况的资料汇编》,认真阅读着这段文字。

接着,毛泽东他们又来到香山寺、玉潭高等小学等地,还在刘凤仙家吃了一餐中饭。

当年的劝学所,早已物是人非。提质改造后的龙溪路,看不到任何历史的痕迹。香山寺,在宁乡玉潭街道香山巷125号。

但此时的香山寺建筑规模,已经不是106年前的香山寺了。香山寺为唐代名相、醉心于佛教的裴休倡导所建,寺庙占地很大。寺内有古佛三尊,塑像高逾两丈,全身贴金,金碧辉煌,香火一时鼎盛无两。现在唯一留下的是药王殿。这是一处典型的民国庙堂建筑,由牌楼、香炉房、大殿、天井、大雄宝殿等组成。建筑原为木质结构。现在留下的,也是1993年所重建。

宁乡不仅历史底蕴深厚,艺术氛围也浓郁。彭智勇不只是一个行政干部,他还爱钻研传统文化,爱好旅游、音乐、书法、写作,著有《春花秋拾》一书,有文章散见于报刊。在他手舞足蹈的讲述下,劝学所、香山寺、玉潭高等小学等,在我心中渐渐清晰起来。

三

王熙带着毛泽东他们游历县城,他的母亲则在家琢磨着如何给儿子同学做一顿丰盛一点的饭菜。

家里没钱。怎么办?

王熙的母亲决定把一条尺贡呢夹裤拿到当铺当了。于是,她走过玉潭桥,来到县城的当铺,把那尺贡呢夹裤当了,买了点白干子和肉。

毛泽东他们最终还是知道了这个内幕。他觉得不应该,也很内疚,便和萧子升、萧蔚然决定,只在王熙家里留宿,吃饭的问题,尽量自己解决。

王熙母亲的这份温暖,毛泽东他们一直记在心里。决定离开宁乡县城前往珍洲宋家湾宋旦父家时,毛泽东他们与王熙进行了一场颇有仪式感的道别。毛泽东用双手捧着铜板,送给王熙的母亲。王熙的母亲连连摆手,不肯接受,但毛泽东执意要送给她。最终,王熙的母亲只好收下那几个带着体温的铜板。

毛泽东与王熙同学情深。看着王熙喜结良缘,他发自内心地欣喜与祝福。他早就和萧子升商量好了,写一副对联,画几幅画,送给王熙夫妇。

一副对联：爱君东阁能延客，别后西湖赋予谁。

还有两幅画：荷花与鹭鸶。

50年后，王熙的女儿王琼美详细完整地向来访的党史工作者讲述了父亲告诉她的故事。彼时，王熙刚刚过世一年多。是在长沙清水塘病故的，他把一辈子献给了教育事业。

关于农事

一

"从这里沿着古县道往西走十几里路，就可以到宋旦父家。他家住在白马桥珍洲上的宋家湾。"王熙带着毛泽东他们走出宁乡县城西门，指着前方县道说。

王熙还是不放心，又大声补充说："上洲要过悠渡，千万要注意安全。"

毛泽东他们与王熙挥手道别。

宋旦父是毛泽东湖南第一师范第六班同学，放暑假后，已经回到家中。宋家算是诗书之家，也是洲上的大户，家里有长工、短工。

虽然当时的驿站、铺递皆废，驿道也改称县道，但县道与驿道基本没有太大变化。毛泽东他们要去何叔衡家，还要去安化等地，必须走宁乡西线驿道。宁乡的西线驿道从玉潭总铺出发，西向经冷水铺、赤土铺（今腰铺子）、回龙铺、寻峰铺、玉堂铺、石子铺、双凫铺、茅栗铺、长桥铺、上岗铺（土岗）、黄材铺、芭蕉铺、迎水铺、新街铺（新开铺）、西门铺（西陆铺）、扶冲铺、司徒铺等铺，进入安化县界。这条驿道基本沿着沩江的河谷，蜿蜒前行。

来到珍洲后，是大片大片的水稻田，不少农民正在田间劳作。看着不远处的山峦，行走在稻田间，毛泽东他们不由得谈起农事的话题。他们一边问路，一边赶路，偶尔会与在田间劳作的农民交流。什么时候搬到洲上的？作了多少田？是自家的，还是佃田？收成如何？能不能填饱肚子？

毛泽东他们来到宋旦父家时，宋旦父正在忙碌，因为他的妻子临盆在即。宋旦父家是泥墙黑瓦房，屋前一口池塘，池塘边是竹林，不远处是成片的水稻田。宋旦父的父亲向他们介绍起自己的发家史，一开始，也是家徒四壁，穷得揭不开锅，后来他开始学着做点小生意，赚了点钱，就买了几石田。毛泽东说，他父亲也是靠着自己节省和积攒，买了几石田。

可能毛泽东他们到宋旦父家，并没费多大周折，但106年后我的探寻却有些麻烦。因为城市建设日新月异，从宁乡城区出来后，竟然找不到上珍洲的路。最后左转右转，左打听右打听，终于找到了前往珍洲的道路。上珍洲，虽然有较为宽阔的大桥，但来到珍洲后，却找不到宋旦父家房子的遗址。虽然洲上住了500多户人家，但打听宋家湾和宋旦父的情况时，大多数人直摇头，特别是年轻人，听到我的询问后，显得迷茫与无奈。

在珍洲新屋滩，碰到一个老人家，叫宋凡良。听说我是去宋家湾，打听宋旦父的事，他显得很热情，也很兴奋。他说：宋旦父虽然只有一个儿子，但却有四个孙子，最大的是宋建国，住宁乡城区。听我父亲他们说，毛主席他们到宋旦父家的那天，恰好宋旦父的妻子生小孩，当天晚上就把他们送走了。但宋旦父的妻子那天晚上生的那个小孩，后来夭折了。夭折的是小儿子，叫宋达。他还有一个大儿子，叫宋迪。按辈分来轮，我叫宋迪叔爷爷，应该叫宋旦父叔太公了。

随后，宋凡良带我来到宋家塘老屋湾。宋旦父家的老房子已于土改时分给附近的农民了，具体一点，便是宋立仁的父亲。69岁的宋立仁告诉我，宋旦父家的老地基，就是现在他家厨房、杂物间和菜园。竹林早就没有了，但池塘还在，里面微波粼粼。靠宋旦父家旧址那边，树木茂盛，倒映在池塘里，像极了一幅风景画。

二

午餐很丰盛。

宋旦父的父亲从屋前的池塘里捉了两条鱼，他母亲则杀了一只老母鸡，还有品种丰富的蔬菜。

但吃饭不是毛泽东他们的重点。

吃过中饭，毛泽东就提议找两个农民聊聊，主要了解他们生产和生活情况。

宋旦父想了想说，要不叫一个年纪大的，一个年纪轻的。

毛泽东点了点头。

没多久，一老一少两个农民来到了宋旦父家。年纪老一点的叫刘七阿公，五十来岁；年轻的叫宋冬生，二十多岁。

他们一番握手寒暄后，便坐着聊了起来。虽然宋旦父家算是洲上的大户之一，但家里兄弟多，房子并不算宽裕，再加上他妻子临盆在即，在屋内聊天的可能性不大。可能在池塘边的竹林里，竹林幽静而凉爽。他们还可能在稻田之间，一边漫步，一边聊天。

具体聊些什么，萧子升的《毛泽东和我的游学经历》只字未提。

50年后，已经退休住在宁乡县城的宋旦父回忆起当时的场景，依然历历在目：

> 1917年暑假，毛主席等三人，来到了宁乡，先到了王熙家里……后由王熙出西门指点，来到了我家，那时我住现在的珍洲大队宋家老屋，主席在我家吃了一餐中饭，下午找了当地的农民宋冬生、刘七阿公等人进行了座谈……

我继续回到历史现场。

毛泽东问了宋冬生和刘七阿公的姓名、年龄，念了几年书，家里都有些什么人，身体怎么样。当然，重点是农业生产生活情况。

"你佃作了几石田？"毛泽东问宋冬生。

宋冬生说："我佃作了十多石田。"

"今年早稻收成还可以吧？"毛泽东继续问道。

宋冬生说："马马虎虎，能填饱肚子。"

"您作的也是佃田吗？"毛泽东又问刘七阿公。

刘七阿公说："我也是作的佃田，是作的邱家的田。"

宋旦父后来的回忆文字告诉我：毛泽东一行与宋冬生、刘七阿公的座谈一直持续到太阳快落山。

本来他们还意犹未尽，但这时突然发生一件事。宋旦父的妻子突然临产发作了，一家人忙碌起来。毛泽东他们觉得不能再在这里"添乱"了，得赶紧赶路。加上家里房子少，没有铺，宋旦父没有过多挽留。

毛泽东他们甚至连晚饭都没吃，就在宋旦父的带领下，匆忙赶往湖南第一师范第十四班同学廖时旸家里。

三

廖时旸家在宁乡万寿山的廖家老屋,离宋旦父家只有十多里路。

廖时旸的家在山里面。山不高,也就是小山包。他家的房子坐西朝东,后背靠山,前面临水。前面的水,是一口池塘。廖家祖辈都是读书人,传统的耕读传家。廖家这个大家庭有几十间房子,二十多亩地,在当地算是殷实人家。正值暑假,廖时旸已从长沙回到家中,帮着父母干着农活。

由于天色渐晚,毛泽东他们无心欣赏沿途风景,只得匆忙赶路。

对于毛泽东他们的到来,廖时旸并不意外,在学校他们经常在一起进行体育锻炼。临近放暑假时,毛泽东跟他说过,这个暑假,可能会跟萧子升一起出来行乞游学。廖时旸大概向毛泽东他们介绍了家里情况,他父亲也是个老师,是玉潭书院的院长,因有事外出,不在家里;母亲是个农家妇女,平常操持家务;有一个哥哥,叫廖植璜,已经成家,主要在家种地,照顾家人;还有一个妹妹,叫廖时中,刚出嫁不久。

宋旦父不断向毛泽东他们表达着歉意,毛泽东他们更是显得内疚。毛泽东要宋旦父赶紧回家,照顾老婆孩子。宋旦父则对毛泽东他们下一步的计划十分关心。

我离开廖家以前,问主席准备还到哪里去。主席说:打算去安化。我向主席介绍了沿途的几个熟人,如张增益(湖南第一师范第七班)住喻家坳一带,但不十分便路。主席说:不便路就不去了。喻光亿住横市。沦陷时期,喻与我同事,我问喻:主席是否到了你的家里。喻说:没有去。

后来宋旦父回忆说。

廖时旸的哥哥看到家里来了贵客,赶紧安排好住宿的房间——有一张雕花木床的西厢房,还备好了新的干净的席子和薄被。

这张历经百年的雕花木床,现在依然在廖家老屋,被廖家后人珍藏着。

四

吃过晚饭后,廖时旸带着毛泽东他们先在屋前的池塘游泳。既可消暑,也洗去一天的疲惫。

接着,廖时旸又带着三位同学沿着塘边小道散步,边走边聊。他们聊到廖时旸家的田地与农活,也聊到了他们这一带的书院与寺庙。廖时旸告诉毛泽东他们,沿着古道向西,可以到云山学校。创建于清同治初年,坐落于水云山下。那里不仅风景好,办学理念和教育方法更是值得学习。校长叫姜梦周,是宁乡本地人。他推广新学,求实用、重劳动、不畏难、不享受,学校的老师也是言传身教、身体力行。即使是校长,也常常赤脚草鞋,带着学生搞劳动修操坪。有的学生和家长不理解,他总是心平气和地说明教育与劳动结合的重大意义。说到云山学校,毛泽东自然兴奋。因为何胡子(何叔衡)经常跟他说起在云山学校教书的情况,他们积极开展教学改革,学习西方科学,提倡学应用文,学校面目一新。也听他说过谢觉哉、姜梦周、王凌波等老师的情况。毛泽东说,我们不仅要去拜访何胡子,还要去云山学校看看,那可是何胡子工作过的地方。廖时旸还说,途中还会经过白云寺,那里也值得一看。毛泽东点头应允。

第二天吃过早饭,毛泽东他们没有立即离开廖家,而决定与廖时旸一起干点农活。

我民国六年五月十七日结婚的。解放那年，万五太公（原住我娘家上屋里，于民国十一二年迁来企湖谭家洲上我对门屋里）对我说：毛泽东……与你哥哥同学时，来到你娘屋里，跟你哥哥去看牛，他牵着牛，牛都不吃草，到底是有出身的人，真不是看牛的人。

1968年的某天，廖时中向来访的县党史工作者讲述道。

白云寺的眷念

一

毛泽东他们在古道上大步向前,直奔回龙山。他们盘算着,天黑前一定要赶到白云寺(今宁乡市双凫铺镇境内)。

到达双凫铺,他们利用歇脚的工夫,向当地的一位老人打听白云寺如何走。老人指着西边说,如果继续往西,前面便是楚江与沩江交汇处。老人又转过身指向南边说,从这里过沩江,然后向东南方向走,便是回龙山。

老人还告诉他们,白云寺最早建于唐朝大中年间,是光恩禅师开创的,比沩山上的密印寺只晚了10年左右。这座古寺历经沧桑,多次被毁,又多次重建,在当地名声很大。白云寺有殿宇房舍大小300多间,山林千多亩,水田千余亩,并管辖宁乡、益阳、安化三个县的48座庵堂,香火不绝。

对于寺庙，毛泽东当然不会陌生。他的母亲文七妹就崇信佛教，而且很虔诚。在毛泽东出生之前，文七妹还有过两次生育，但孩子都在襁褓中遗憾地夭折。1893年12月26日，文七妹生下毛泽东。由于前两个孩子的夭折，文七妹对毛泽东格外小心，精心护理，生怕"根基不稳"，还请来了八字先生为毛泽东卜卦算命，且算出他"命运好，八字大"，将来定成大器。但八字先生却有一个附加条件，一定要寄拜"干爹干娘"。于是，文七妹便让毛泽东拜了前来串亲的七舅父母为干爹干娘。但是，上一辈定的事，上上辈不放心，毛泽东的外婆贺氏还想为毛泽东再拜一个"干娘"。按湘乡当地的风俗，常用"畜名"给孩子取小名，诸如"狗伢子""猪伢子""牛伢子"之类，认为名字越贱孩子越容易养育。但贺氏不喜欢这些"贱名"，她要为外孙取一个好听的小名。

湘乡唐家圫的旁边就是韶峰北坡，北坡下有个龙潭圫，圫内有一股清泉，清香爽口，四季不枯。龙潭圫口有一块巨大的石头，石高二丈八有余，周长六丈不止。相传古时，这里曾有一条孽龙，经常兴风作浪，毁坏农田庄稼。为此，人们不得不每年杀猪宰羊祭祀孽龙。后来，有人在巨石上修了一座庙宇，取名"雨坛庙"，把孽龙压了下去。从此，这一带风调雨顺，太平无事，人们便把这块巨石当作天神朝拜，并称之为"石观音"。毛泽东的外婆贺氏看中了这块石头，便决定让毛泽东拜石头作"干娘"，给毛泽东取名"石山"（后称"石三伢子"），寓意他的生命坚如磐石，百年不倒。

听老人讲完白云寺的故事，毛泽东他们赶紧向回龙山赶路。

他们通过沩江上的简易木桥梁，然后翻山越岭，在天黑之时，赶到了回龙山上的白云寺。

但因为暮色降临，守门的和尚不让进。毛泽东他们说，他们是省城来的学生，途经此处，一是想拜访方丈，二是想借宿一晚。

说着，毛泽东和萧子升作了一副对联，萧子升写在纸上，让守门和尚送给方丈。老方丈一看对联写得巧妙，书法也写得漂亮，觉得这三个省城来的学生很了不起，就亲自出来把他们接进寺内，并招待了斋席。

二

虽然晚上备受虱子攻击，没有睡好，但并不影响毛泽东他们第二天游历白云寺的兴致。

第二天早饭后，他们在和尚带领下，先是参观了白云寺的主殿——诸天殿，接着参观佛殿、禅堂、法堂。在这里，他们细细阅读殿堂壁上的诗词和对联，品味佛学文化，翻阅书案上历代名僧、隐士所题诗词，还与老方丈和几个僧人聊天，了解佛理。

看到二十四位诸天神像，不仅放在楼上，前面还绕以铁链。毛泽东觉得很奇怪，便问老和尚。老和尚说，有一个晚上，山下几栋房子失火，火趁风势，使得人们不敢上前救火，眼看房屋即将化为灰烬，忽然天上降下几十位大汉，扑灭了熊熊大火，救出了火中的灾民。第二天，寺里的和尚去救神，只见诸天菩萨个个焦头黑面。原来前一晚救火的大汉就是这些神仙爷。后来，和尚怕神仙走失，就把他们从楼下正殿移到楼上，还围上铁链。

他们感觉白云寺不仅历史悠久，更是辽阔，院子里树木多，鸟也多。特别是庙前的小池塘里，全是历代和尚买来放生的乌龟、甲鱼，背上还刻了字。最有意思的是，和尚开餐时梆子一响，乌龟和甲鱼就一齐浮到水面，伸出脑袋等施舍。老和尚说，这是"灵龟朝佛"。从此以后，毛泽东对回龙山念念不忘。

我在《毛主席1917年暑假来宁乡农村调查的情况》中看到这样

的文字：

彭明甫（男，58岁，麦田公社利民大队社员，在回龙山上"劳大"当炊事员）说：关于毛主席到这里的事情，去年（1966年）也来人找性明和尚调查，听说毛主席到过回龙山山上，还歇了一晚。性明和尚于一九六七年四月初一跌死了。

在白云寺内"毛泽东眷念回龙山"的石壁上，还刻着这样一段话：

1958年，毛泽东在长沙游了岳麓山后，对陪同他的周世钊（湖南省副省长）说：你们宁乡的回龙山不错，1917年暑假，我跟萧子升到宁乡游学，我们在回龙山歇了一晚。那山真像条游龙，忽地回头，很有气势。山上古树很多，小溪环绕，尤其是山顶上那一片平畴绿野上耸立一座白云寺，显得超奇出众。那时寺里有百把和尚，我们送了老方丈两块大洋和一副对联，他们招待了斋席，还陪我们游了青莲古寺，看了山下的粟溪河。那时，最使我难忘的是左宗棠的"南楚灵山"几个大字，真是龙飞凤舞。于右任老夫子的"回龙古寺"几个字叫人赞叹不已……周世钊当即建议毛泽东重游回龙山，毛泽东风趣地摇着头说："现在不行啰，以后有机会总还是要去的。"

毛泽东为何对回龙山心心念念？周世钊曾进行过分析总结。

周世钊说，除了毛泽东对故乡的那份特殊的情感外，回龙山和白云寺的"五奇"肯定也给他留下了难以磨灭的印象。蜿蜒曲折如游龙，在沩水中游的江滨开阔地突然掉头回顾，真有点"回龙望祖"的气派，这是第一奇；宁乡地势西北高东南低，回龙山却在平畴绿野上拔地而起，这是千峰万峻中难觅的佳处，又是一奇；一座四百多米高的山上，苍松、翠竹、怪石、瀑布齐全，山顶生盆地，山下绕溪流，鸟鸣蝉唱，花香扑鼻，可谓具备名山风光之大全，这是第三奇；山上观音石、半山亭、青莲寺、白云寺等名胜古迹甚多，"灵龟朝佛""菩萨救火""观音坐石"等神话传说楚楚动人，这是第四奇；更奇特的是古今名人题写的诗词、字句，读来叫人心旷神怡，乾隆御匾题的是"回龙望祖"，李东阳题词是"此处可成仙"，于右任、左宗棠、陶汝鼐、陶澍等的题词都为名山古刹增添了色彩，就连唐生智这位马上将军竟然也写出了"地净尘嚣，在绿树丛中，白云窝里；缘多香火，是西天活佛，南国名山"这样声情并茂的对联。

三

从回龙山白云寺下山途中，彭智勇馆长给我讲了一个故事。

从白云寺下来后，毛泽东他们继续西行。在回龙山下，他们看到有个大屋，这户人家因老母过世，正在做道场超度亡灵。怀着去当地领略民俗风情的目的，他们走进了这户人家。

账房先生见几个年轻人颇有气质，忙请他们吃饭，同时暗地在账房里写好一首诗，有意讽喻他们是来讨要包封的，以此炫耀自己的文墨，并试探几个青年人的才华。

待毛泽东他们吃完饭，账房先生将写好的诗给他们看，只见纸上的四句诗是："萱室倾摧我正忧，忽闻高士远来游。饭供韩信君须饱，榻下陈蕃我不留。"诗中引用了漂母赏饭于韩信和徐孺下榻陈蕃的典故，意思是吃一顿也就罢了，想留宿就没门。

毛泽东看了，心想账房先生将他们看成讨要包封的人了，于是他们就在账房提笔步其原韵，也写成四句诗："萱室倾摧我亦忧，特来贵府作悼游。悼仪未至先饱肚，中途自有丈人留。"

　　账房先生看了，深感这几个省城来的学生不简单，连忙道歉留宿，但毛泽东他们因需赶路去云山学校，随即告辞。

　　虽然这只是个无法考证的传说，但依然耐人回味。

《酒狂》和《高山流水》

一

前一天双凫铺的那个老人已经告诉毛泽东他们，要去水云山下的云山学校，还得原路返回。毛泽东他们走下回龙山，走出山峦，过沩江，来到双凫铺，沿着县道继续西行。

来到横市一打听，当地人告诉他们，前面过步云老桥，过桥再继续走两里地，便是云山学校。

他们互相点头微笑，然后大步向前走去。

云山学校位于横市的水云山下，三面环山，佳木葱茏，鸟语花香。暑假了，虽然大部分教员和学生已经放假回家，但还是有不少学生住在学校。何叔衡经常提起的姜梦周、谢觉哉、王凌波（三人与何叔衡被誉为"宁乡四髯"）就在这个学校，姜梦周是校长，谢觉哉、王凌波是教员。但谢觉哉、王凌波当时不在学校，姜梦周和一个叫萧述凡的老师在。

书院创办后，受维新变法影响，教学课程里掺杂着自然科学和社会科学知识内容，这里一度成为宁乡新文化运动中心。姜梦周看到是省里来的学生，还是何叔衡的同学，并且颇有见地，便热情接待他们。他还通知一个叫颜永吉的工友，准备了中饭。

姜梦周首先向他们仔细介绍了云山学校的发展历史。

云山学校，原来叫云山书院，与一个叫刘典的宁乡籍爱国将领有关。1820年出生的刘典，祖上世代务农，至刘典开始读书求学。他年轻时以县学生员的身份，曾在长沙的岳麓书院、城南书院学习。太平天国运动爆发后，他在家乡办团练，后应征加入左宗棠军幕，总司营务，不久即成为左宗棠手下的一员虎将。后转战江西、江浙一带。在江西浮梁、乐平等地打败太平军李秀成部，因功升任直隶知州。此后，刘典因作战英勇，指挥有方，屡建战功，因而不断得到提升。同治元年任知府，后改浙江按察使。三年奉命帮办苏皖军务，后改为帮办福建军务。为清政府镇压太平天国立下了汗马功劳。

同治二年，刘典倡办云山书院。他首次捐款就达23220串，接着又捐白银1170两，钱2000串。在他的倡议和带领下，当地士绅和民众都积极参与，大力支持。

三年多后，云山书院落成。刘典《云山书院记》说：建正屋四楹，最上为先师殿，次为山长课艺处、讲堂、出入总会之门。左右各建两楹，分十六斋，共一百五十八间。"外垣可数百步，凿池以导源，泉流而不滞，池畔植桂竹与兰，亦馨亦郁。院后重峦叠嶂、佳木葱茏。"讲堂悬挂刘典亲撰一联："为将十年，每思禁暴安民，愧无格致诚正本领；读书万卷，须知明体达用，不外君臣弟友常经。"

院舍规则仿长沙城南书院，建有东西云门、大门、讲堂、崇道堂、希贤堂、先贤堂、藏书楼、仰极台、凌云亭、奎光阁、文昌阁等。堂台亭阁均镌楹联,颇具云光山色。

教学、祭祀、藏书是书院的三大功能。云山书院有藏书千种,达数万册之多,其中仅《皇清经解》190种就有1408卷。刘典将军也曾一次捐钱购书达数千册。

书院建成后,周边风物形成了长桥夕照、云寺钟声、奎阁凌云、鉴泉印月、悬崖飞瀑、太素元泉、方塘倒影、水榭看山、双江云树、云壑晴岚等云山十景,以及亭台楼榭等景观。

书院的建成,真正方便了上宁乡学子就读,几乎同时建好的步云桥,更是解决了学子的涉渡之苦。

毛泽东他们还了解到,学院是辛亥革命后改为学堂的,先后有13任院长,3任校长。

听完这些故事,毛泽东他们感慨于书院的精神和气息,这里的每一个老师和学生,都不简单。

特别让毛泽东感动的是,这个学校居然倡导学习与劳动同样重要,还强调对学生体魄的锻炼。在学校周边,他们看到了一畦一畦的菜土,方方正正,辣椒、茄子、空心菜等多种夏季蔬菜都有。教员和学生正在里面忙碌着。在学校的操场里,有个别学生正在那里锻炼身体。

风华正茂、书生意气、挥斥方遒的青年学子,遇到具有新理念的校长和教员,必然碰出思想的火花。他们肯定进行了深入谈话,也或许是彻夜长谈,谈国家形势、人们生活现状、教育理念……

第二天早上,姜梦周送毛泽东他们出校门时说,学校还有些事情要处理,过几天在何胡子家见。

50年后,毛泽东湖南第一师范第四班同学,时年74岁的吴祥高回忆说:"听王熙生前说过,毛主席他们从长沙出发,去到宁乡,先到了王熙家里,还到过劝学所……后来还到过云山学校、黄材、沩山等地。云山学校当时谢老(谢觉哉)及王凌波在校教书。"

106年后,云山学校现任校长周志刚介绍说:"1917年暑假,毛主席怀着朝圣的心情来到了云山书院……点燃了云山书院的星星之火。"

他们的这些话语虽短,但内涵丰富,意蕴悠长。

二

漫步在云山学校展览馆,我缓步前行。

这是一所值得追忆与铭记的学校。

自1909年到1926年,"宁乡四髯"何叔衡、谢觉哉、姜梦周、王凌波先后执教于斯,使云山学校成了从旧学走向新学的典范,更使云山成为湘中革命的重要发源地之一。

1919年6月,受"五四"爱国运动的影响,云山学校师生组织"爱国十人团",检查横市、黄材商店,禁止运销日货,互相监督不用日货。

从这时开始,云山学校学生不再关门读死书,而是关注社会,参加爱国运动,投入革命斗争。

"宁乡四髯"就是革命的光辉典范。

何叔衡、谢觉哉、王凌波、姜梦周都是宁乡文化人,1904年结为盟兄弟,因志同道合,五四运动后都来长沙参加革命活动,四人先后加入中国共产党,并都为革命事业作出了重要贡献,何叔衡、姜梦周还为革命而壮烈牺牲。

这里只说姜梦周的故事。

1917年冬,因顽固势力的造谣中伤,34岁的姜梦周被人诬陷,被县政府撤销校长职务。五四运动后,他受聘为宁乡县劝学所劝学员,致力于改造乡村私塾,成绩显著。同时,在何叔衡影响下,他在宁乡积极参加了反对张敬尧的斗争,并于1921年3月创办宁乡文化书社,推销新书刊,向各校师生宣传革命思想。

1922年5月,他辞去劝学员一职,来到长沙,经何叔衡介绍,进入湖南自修大学学习,并加入中国共产党。第二年11月,湖南自修大学被赵恒惕政府封闭后,中共湘区委员会为继续培养干部,又筹办了湘江中学,由他担任管理员,实际负责学校的日常全面工作。湘江学校以"启迪学生,使为健全的战士,为国民除障碍,为民族争自由"为宗旨,特别注意培养学生的民族独立思想与革命精神。

姜梦周为办好这所学校,竭尽全力。为了培养学生的爱国思想与革命精神,他在授课中增加了近代国耻史和农民问题的内容,指导学生参加各种爱国活动,培养报效国家、关心国事的思想。他开办的农村教育部,为乡村教育培训了一批教师,有些人还成为农民运动的骨干。长沙《大公报》《湖南民报》报道说:湘江中学师生在长沙各项斗争中站在最前列,是"湖南革命的先锋"。

在白色恐怖、无校舍、无经费的条件下,姜梦周始终不渝地坚持为党办学,呕心沥血,费尽周折。他不仅任劳任怨、不屈不挠地克服了在三次租佃校舍、三次迁移校址和两任校长相继离职等许多困难,而且在经费极端困难的严重关头,当机立断,毅然变卖家产,解决学生吃饭问题。1927年3月湘江中学停办后,他任湖南省教育厅第三科科长。

大革命失败后,姜梦周改名换姓来到益阳达人工厂,以做工为掩护,从事党的地下工作。1928年10月15日,因叛徒出卖被捕。被捕后要他供出何叔衡、谢觉哉、王凌波三人,他愤然拒绝说:"身犯身当,我岂能做这等事,有死而已!"

姜梦周被严刑拷打,但坚贞不屈,于1929年3月18日在长沙浏阳门外识字岭被杀害,终年46岁。

"一、我不是为匪为贼而死的,而是为民族、为国家、为主义死的。二，努力维持家事，教育弟妹继承我志……"就义前，他给儿子益吾留下遗言。

让他们引以为豪的是，他们自己还培养了甘泗淇、夏尺冰、谢南岭、萧述凡、刘雪初、严岳乔等一大批革命人才。

如谢觉哉的学生甘泗淇，1919年夏从云山学校毕业后，考入长郡中学。1926年，他加入中国共产党，历经大革命，土地革命战争，长征，抗日战争，解放战争，抗美援朝，1955年被授予中国人民解放军上将军衔。1955年国庆典礼上，谢觉哉见到甘泗淇，脱口而出：昔日小学生，今日上将军。

从展览馆走出，我眼中的云山学校愈发雄壮伟岸起来。

三

我被一阵曲调清新自然、旋律流畅婉转，给人以宁静和悠远之感的古琴声吸引住了。

"为什么放古琴曲？"我请教校长周志刚。

他是宁乡大成桥人。个头不高，皮肤黝黑，身穿黑色唐装，说话浑厚有力，不仅是名出色的教师，还极度热爱历史文化，对中华传统文化尤为推崇。

周志刚说："这是我们的上下课铃声。"

"上下课铃声？"我多少有些惊讶。

"刚才是下课铃声，用的是古琴曲《高山流水》，节奏平缓，提示同学们从容不迫。"周志刚解释说，"上课铃声用的是古琴曲《酒狂》，节奏轻快，催促同学们赶紧回到课堂。"

在古香古色的走廊里，我不断遇到穿汉服的小学生。他们年纪不大，但礼仪很到位。一见面，他们就淡定自若地弯腰向我送上一个拱手礼。见到这个阵势，我竟有点慌乱，急忙说道，同学好，同学好。学生们又朝我弯腰鞠躬。我承认，我从未受过这方面的专业训练，感到内疚与自愧不如。

周志刚告诉我，现在云山学校有400多名来自全国各地的小学生，在这个翻修过的古朴书院中学习、生活，或是在风雨长廊下嬉戏打闹，或是在百年古树旁阅读成长。但云山学校与其他小学有较大的区别，他们既注重创新，也注重传承，继承书院文脉，弘扬传统文化。现在云山书院已被湖南省人民政府列为省级文物保护单位，远离了革命和战争的书院看起来无比宁静、祥和，但却又保留着"吃得苦、霸得蛮、耐得烦"的湖湘文化精神。

他甚至认为，云山学校不能简单地定位为一所小学，而应该是中国传统文化在农村推而广之的一块试验田，也是国学教育的试验田。他向我一一列举了他们的四大举措。

第一大举措，设置六大经典教育。文化功底是一切学生的基础，文化童子功是人生的终身财富，他们便设置了经典诗文诵读、经典音乐、经典舞蹈、经典国画、经典书法、经典武术教育六大课程，努力使每个学生真正成为功底扎实、素质优秀的人才幼苗。

第二大举措，训练十大行为习惯。习惯是一种顽强的力量，它可以主宰人的一生，决定孩子的命运。从孩子入校的第一天开始，他们就系统地接受礼仪习惯、饮食习惯、睡眠习惯、卫生习惯、说话习惯、学习习惯、做事习惯、节俭习惯、交通习惯、惜时习惯等十大习惯的训练。使每个学生真正成为习惯良好、训练有素、知行合一的好学生、好人才。

第三大举措，塑造十大高尚人格。儿童的人格状况如何，将直接关系到国家前途和民族命运。他们对所有孩子开展孝亲、诚信、谦恭、宽容、合作、担当、勤奋、自主、坚强、创新等十大高尚人格塑造教育，努力使每个学生真正成为德才兼备、以德为先、具有中华民族气质和人格的优秀公民和人才。

第四大举措，注重个性潜能开发。孩子个个是天才，儿童的发展潜能是巨大的，关键是要从小开发和培养。他们在相关教育专家、心理学专家、国学经典教育专家和学校管理专家的具体指导下，对每个孩子的天赋潜能进行有计划的开发与培养，努力使每个孩子都成为有理想、有道德、有人格、有文化、有个性的人才。

他们不只是在教孩子知识，更是在教孩子做人。

我为《酒狂》和《高山流水》的旋律所陶醉，也在《酒狂》和《高山流水》的旋律中沉思。

四

从云山学校返回横市，再次经过步云桥时，毛泽东他们便有了更加深刻的感悟。想起姜梦周说的，步云桥是四五十年前当地老百姓自发捐赠修建的，并且这里是云山学校连接横市的唯一道路，他们似乎感受到了这座桥的温度。

从横市沿县道继续西行，他们便风尘仆仆地来到了黄材铺。有可能在这里，毛泽东、萧子升与萧蔚然分别了。萧蔚然继续沿着古驿道西行，经芭蕉铺、迎水铺、新街铺（新开铺）、西门铺（西陆铺）、扶冲铺、司徒铺，赶往雷鸣洞的家中。而毛泽东与萧子升则准备南行去何叔衡家。但毛泽东与萧蔚然已经约好，他们不仅要去安化，还要来雷鸣洞和梅城。

我企图找到相关依据。

刘咏扬（男，74岁，贫农，住黄材镇立新大队一号）说：

大约是民国七八年的时候,黄材街上来了两个游学的,他们年纪与我差不多。

《毛主席1917年暑假来宁乡农村调查的情况》中,刘咏扬的回忆,明确是两个游学的。

我今年60岁,当时只有八九岁,在家里还没有上学。毛主席当时和另一个姓萧的人到过我家里,这一点可以肯定。

《毛主席1917年暑假农村调查到何叔衡同志家里的情况》中,何叔衡小女儿何实嗣的回忆说。

另外,从地理位置、方便程度、目的性等方面来说,毛泽东、萧子升与萧蔚然在黄材分别合情合理。

毛泽东他们打听好了,从黄材到沙田的杓子冲只有三十多里地,当天完全能赶到何叔衡家。

他们决定先在黄材街上行乞,既了解古街历史,又填饱肚子。

黄材是宁乡西路十七铺中的大铺,是上宁乡一处重要的物资集散地,这里水运发达,黄材名字的由来就与这独特的区位优势有关。

毛泽东他们还打听到,唐朝时,因为黄材是集散地,很多木材都要从这里运送出去。当时人们把木头扎成木排,漂在沩江中。一天,一个叫司马的头陀,路经黄材去沩山时,见江漂黄木,于是把这里叫作黄木镇,后来就演变成黄材铺。他们还了解到,黄材还有一个名字叫青羊。据传唐朝时,有人在芙蓉山看见青石板上有只青羊,大家认为这是一种祥瑞的象征,于是黄材铺也叫作青羊铺。因为水陆交通四通八达,黄材铺造船业也在全县闻名,经济繁荣。

他们还来到沩江上那座闻名遐迩的姜公桥上。它不仅是古驿道上的交通要道,千百年来还见证了黄材姜氏乐善好施、与人为善的美德。他们坐在桥上听老人讲姜公桥的故事。

老人说,这座桥与一个叫姜厚德的人有关。姜厚德本来是江西吉州太和人,是一个后唐进士,官至大理寺评事。后唐庄宗同光年间,姜厚德是衔诏移民而至黄材的。民间传说,他当时用车子装载了一些物什,身上还挂了一块牌子。原是毫无目的地行进,看走到哪里身上的牌子坠地,就到哪里安家。后来牌子在黄木江坠地了,他便在这里安下家来,繁衍子孙。

那时候的沩江河上没有桥,上宝庆(今邵阳)、出安化,当地老百姓往来,都苦于河水阻隔,交通困难。姜厚德决定建桥。他先是发动族人捐献,建起了义渡,并置买义田维持义渡的日常开销。接着又搭建了木桥,而后见木桥不甚坚固,年年要修复,便进一步建成了石拱桥。桥建好后还要适时维修,这维修的费用也是族人捐献。修桥筑路是行善积德的事,姜氏族上一脉传承。桥修好了又坏,坏了又修。到了清朝时,当地的沈氏人丁兴旺,便要求也出一点钱来修桥,但被姜氏婉言谢绝了。他们认为祖上人少修得起桥,如今人多了,反倒要外姓出钱,那样还对得起祖先吗?姜公桥就这样由姜氏族人义务维修了千把年。

毛泽东和萧子升听得很入迷,这些传说与故事,犹如涓涓细流,流向他们的心灵深处。

毛泽东和萧子升不仅被这里的繁华、美景和美好的传说吸引,还在这里写字行乞。

何叔衡的侄孙何雨君后来回忆说:

我父亲(何亮仁)送毛主席到会龙桥(今惠同桥)……在同路过程中,毛主席问我父亲:你到过黄材吗?他答:到过,还经常去，很熟。毛主席又问：你熟，晓得黄材有哪些大铺面？他答：那就不记得。毛主席接着就背出了黄材镇的许多大铺面来。我父亲很钦佩毛主席的记性好。

刘咏扬还回忆说：

他们学问好，特别会写字，用脚趾夹了笔，手腕夹了笔，口咬了笔，都能写字，写得很好。当时很多人都围着看，我也挤去人群中看过，他们在替铺家写招牌。

刘咏扬的回忆文字还说，毛泽东和萧子升在黄材镇待了几天，住在小河桥的饭店里。

我怀疑刘咏扬的记忆出现了某些错误。那刻的他们，应该没有太多心思待在黄材，恨不得马上见到何叔衡。

两个奇怪的家伙

一

我担忧和纠结起来。

为什么?

其一,前往何叔衡家,毛泽东和萧子升离开了宽敞的古道,走进了弯曲狭窄的山路,他们的行走将变得艰难与缓慢。

其二,虽然萧子升在《毛泽东和我的游学经历》中,对到何叔衡家这段作了较为详细的描述,但在到达何叔衡家的具体时间、在何叔衡家住宿的天数上,与何叔衡亲属后来回忆说的存在较大出入。萧子升说,他们是深夜到达何叔衡家里的,简单地吃了点东西,喝了点酒后,已经是凌晨了。他还说,他们是第三天吃过早饭后,离开何叔衡家的。当时何叔衡的侄儿何品珍已经十五六岁,后来他回忆说:"那天,毛主席和一个叫萧子升的由何玉书大阿公领路送来杓子冲,到杓子冲时,我家正在吃晚饭……毛主席他们在我家里住了六天。"何叔衡的侄媳何亮三,当时已经二十出头,嫁到了何家,她后来回忆说:"我住在杓子冲时,毛主席他们到了我们家里住了四五晚,就住在我家的客房里(何叔衡的书房)。"

其三,何叔衡后辈后来的回忆,信息量大,这让我欣喜。但描述简单,缺乏细节,也给我的写作带来了困惑。

于是,我仔细地阅读着每一本相关的书籍、每一份相关的资料,采访时不放过与此相关的任何一个人物和痕迹,我想让他们从回忆文章、口碑资料中走出来,从杂草丛生的山野中走出来。

二

那天下午,毛泽东和萧子升在黄材街上一番写字行乞后,便赶紧前往沙田杓子冲(今沙田乡长冲村杓子冲组)何叔衡家。他们想在夕阳西下之时到达,正好赶晚饭。

一开始,他们并没有紧迫感,而是边走边聊。

萧子升说起了他的表哥、姐夫房白纵,说他是个怪人。

毛泽东说,我听说过房白纵,你说说他的故事。

萧子升说,房白纵是我外公的第四个孙子,我小时候叫他振球哥。我父亲和我母亲结婚时,我父亲的风度和文采颇为人称道,但家境并不太好。所以我外公便拨出一些田产给我母亲做嫁妆,以备不时之需。三十年之后,我母亲因为需要供我弟弟读书,便把那块地卖掉了。我外公家至此也已家道中落,大部分土地已经卖掉了。所以房白纵也无法完成他的学业了。

毛泽东说,不上学了,干什么去呢?

萧子升说,他开了一间小杂货店。后来,他又学纺织,接着转向缝纫、建造房屋，最后是制造家具。奇怪的是，他在所有这些工艺制作中都表现出优异的才能，尽管他从未正式拜师学习过。类似裁缝这类手艺，至少要学徒两三年，但房白纵几天工夫就上手了。他善于模仿的出众天赋，使任何出自他手的东西都能达到完美的地步。

毛泽东惊讶地说，你姐夫真是难得的人才，只可惜无人重视，无人加以培植，倘若他生在意大利，他就有可能成为另一个米开朗琪罗。

萧子升说，房白纵从小就对制造各种木材和竹子的玩具有浓厚的兴趣，因此家人便给他弄了一套小巧的工具，斧子、刀子、锯子等，应有尽有。事实上，他等于从小就拥有了一个小作坊。虽然他在手工制造上极具天赋，但在书法和绘画方面却没显出半点才华。

毛泽东说，各人才能不同，在教育上要重视因材施教的原则，这样才更有利于人才的成长。

萧子升说，以后有机会，我介绍你们认识。为了天黑前赶到，毛泽东与萧子升加快了脚步，也没有再聊天了。

让他们烦恼的是，不断遇到岔路口。

他们又遇到了一个岔路口。那里异常偏僻，根本没有人可问。究竟何去何从？经过一番讨论，他们认为两条路差不多，于是便决定向右转出山的那一条，希望到山下之后，能找到人询问。此时接近傍晚，山中的树林，光线也暗了下来，而且听得到野兽的叫声。两个大男人结伴而行，他们并不害怕。

走完山路，出现在前面的是一片广阔的平原，一条大路贯穿其间。他们又不知道怎么走了，于是走到较近的一户人家问路。房主告诉他们，走错路了，在岔路口处应向左转，而不该向右。

每逢岔路口，他们总要到附近的人家去询问。当他们确认已到达沙田一带时，看到有房屋，他们就会上去问，是何叔衡家里吗？这样问了几次，都得到了否定的回答。

最后，他们问到一个阿公。

毛泽东问，请问这里是杓子冲吗？

阿公说，这里不是杓子冲，是横山湾一字墙。

毛泽东问，杓子冲还有多远？

阿公说，不远了，只有七八里。

毛泽东问，您知道那里有个叫何叔衡的人吗？

阿公微笑着问，你们是何叔衡什么人？

毛泽东说，我们是他湖南第一师范的同学。

阿公赶紧迎了过来说，你们是省城来的学生吧！我是何叔衡的兄弟！

毛泽东他们喜出望外。

阿公告诉毛泽东和萧子升，他叫何玉书，本来住在杓子冲，去年因为佃了一字墙的田地，便和二弟何玉明搬了过来。

随后，何玉书领着毛泽东和萧子升直往杓子冲赶。

赶到何叔衡家时，他家正在吃饭。

"何叔衡！老何！"

"何胡子！何胡子！"

还没到门口，毛泽东和萧子升就兴奋地喊起何叔衡来。

何叔衡走了出来，看到是毛泽东和萧子升，惊讶地说，润之、旭东，你们怎么会走来的？我做梦也想不到你们两个会到这里来。请进！请进！

何叔衡是毛泽东的忘年挚友，见面自然亲切，他还开玩笑说，何胡子，你在咯个茅庵里呀！

引得大家都笑了。

何叔衡向省城来的两位同学一一介绍了家庭成员，父亲、妻子、女儿，还有两个哥哥、一个弟弟、侄儿们。母亲在何叔衡五岁时便已去世。

一番寒暄和介绍之后,何叔衡问毛泽东和萧子升,你们这是从哪里来呀?

萧子升说,我们从长沙来。

毛泽东接着说,我们从长沙一路走来,是来拜访你的。

何叔衡说,不敢当,不敢当。看到你们真是高兴,非常欢迎。但你们为什么走着来呢?一定累坏了吧!

萧子升说,走走路并不坏,事实上,我们正打算徒步穿越全省呢!

毛泽东接着说,我们在进行一项尝试,尝试着不带分文地旅游,愈远愈好。我们真像是叫花子一样!

何叔衡感到吃惊,说,像叫花子一样?

萧子升说,对!我们离开长沙时口袋里没有一文钱,所以一路上我们只有沿街乞讨。

何叔衡说,但是我实在搞不懂你们为什么这样做。

萧子升说,这样做不过是想看看自己是否能适应困境,是否能在不备分文的情况下随心所欲地旅行和生活。一句话,我们锻炼着去克服困难。

何叔衡笑了,说,你们真是两个奇怪的家伙。你们做的事真乃怪哉也!

何叔衡的弟弟拿来了一瓶酒,一定要陪他们喝点。毛泽东和萧子升盛情难却,只得喝了点。

由于长途跋涉,毛泽东和萧子升感到疲倦,便上床就寝了。何叔衡临时将自己书房改成客房。

何家是典型的勤劳之家,尽管受到来客打扰,第二天破晓时分,全家仍旧早起。毛泽东和萧子升也跟着起床了,他们先是各自在日记上记下前一天的经历。

三

何叔衡故居坐东朝西，粉墙黛瓦，土砖院落，建筑面积800平方米，平面呈倒"凹"字形布局，面阔三间，一进两间，共有正房、左右厢房等大小房屋23间。我在心里数着属于何叔衡烈士的房子，正房、书房、堆房、横屋、厨房、杂屋，还有他父亲何绍春住房等，大小共九间。故居于2013年被列为全国重点文物保护单位。更重要的是，这里早已成为人们心中的精神坐标。

我小心翼翼地翻开关于何叔衡的历史书页。

何叔衡家是个普通的农民家庭，他长到五岁时，母亲因病去世，父亲没有再娶，独自一人将六个子女带大。由于勤劳节俭，他家的情况也不算很差。

何叔衡的生日是端午节，在家又排行老五，按宁乡农村的说法：男子要午又得五，逢五就是福。占着如此多个"五"，全家对他另眼相看，节衣缩食省钱供他一人读书。1902年，时年26岁的何叔衡考上了秀才，本来县衙门给这位新晋秀才安排了一个轻松管理钱粮的差事。但他却未到任，理由是"世局之汹汹，人情之愦愦"，因此返回家乡种田，连带在私塾教书，让更多条件不好、没有机会上学的孩子们接触到书本上的知识，了解外面的世界。

辛亥革命爆发后，他率先剪去头上的辫子，又动员周围的男人剪掉辫子，说服女人放脚。看到那些守旧的妇人不肯解裹脚布，便说看来只动笔动嘴不行，还要动手动刀。说罢操起菜刀，将家中的裹脚布和尖脚鞋全部搜出当众砍烂。

1913年春，当了10多年私塾先生，已是37岁，且爱情稳固、家庭幸福的何叔衡，却出奇地决定再进学校读书。学校主事颇为惊诧，他解释自己求学原因说：深居穷乡僻壤，风气不开，外事不知，急盼求新学。

他与毛泽东同时考入湖南第四师范，又一起并入湖南第一师范，毛泽东在第八班，他在教师讲习班。1914年夏，何叔衡在校读书一年半后提前从湖南第一师范毕业，被聘到长沙楚怡学校当主任教员，毛泽东则继续在湖南第一师范求学。尽管两人同学的时间仅一年半，却从此成为志同道合的挚友。毛泽东经常去楚怡学校找他，有时在那里彻夜长谈。何叔衡也非常欣赏这个比自己小了17岁的同学，常对人说："毛润之是个了不起的人物。"

毛泽东对何叔衡的评价也非常形象。

毛泽东说何胡子是一条牛。何家家境并不宽裕，粮少人多，逢到青黄不接时父亲就限制孩子们的饭量。何叔衡7岁时，有一次几口就把定量的饭吃光了，仍感到十分饥饿，他说吃饭要是像牛吃草那样，能放肆地吃饱就好了。站在一边的父亲听后对他说，你长大了像牛一样地做事，就一定会吃得饱的。何叔衡牢牢记住了父亲的话，始终"像牛一样地做事"。

毛泽东还说何胡子感情一堆。一次，好友萧三去楚怡学校看他，遇见他与一个犯了错误的学生谈心，说着说着竟然哭了起来。萧三后来说，我当时觉得非常奇怪，事后才知道他容易激动，和学生谈话不止一次地哭过，但在学校威望极高，因为他把学生看成自己的孩子，犯了错误不是横加训斥，而是以理服人、以情动人。

虽然他比毛泽东大很多，却是毛泽东最早的合作者和追随者。一般说来，少年追随长者很常见，长者追随少年却稀有，而何叔衡就是这样的奇人，认准了就矢志不移。

1918年4月，毛泽东、何叔衡、蔡和森等人发起成立新学学会，何叔衡成为学会中年龄最大的成员，毛泽东对何叔衡的评价是"叔翁办事,可当大局"。

1921年7月23日,中共"一大"在上海正式开幕,全国各地共产主义小组的13名代表出席了会议,长沙共产主义小组代表有28岁的毛泽东,另外一位便是45岁的何叔衡,何叔衡是当时13名代表中的年长者。

中共"一大"后,何叔衡回到湖南,参与建立了中共湖南支部。为了掩护革命活动,他与毛泽东又发起成立了湖南自修大学,后来学校被军阀查封,何叔衡又建立了湘江学校并担任校长。北伐军占领长沙后,何叔衡担任《湖南民报》馆长职务,还在惩治土豪劣绅特别法庭工作。

1927年大革命失败后,何叔衡经化装由湖南前往上海,被派到街头做宣传鼓动工作。当时国民党警察密探在街头到处抓人,何叔衡不会讲上海话,又不熟悉当地情况,很快便被捕了。在警察局审讯何叔衡时,审讯官认真端详了何叔衡后,觉得何根本不像革命者,穿着旧式读书人的长衫,一副学究模样,看上去既老又笨,迂腐气息极浓,不像是热血青年,就试探着问:"你知道什么是共产党,什么是国民党吗?"他故意摇头晃脑,用抑扬顿挫的声音答道:"吾乃学者,岂能不知?共产党三民主义是也,国民党五权宪法是也!"随后,何叔衡又讲起了《论语》,审讯官一听,便把惊堂木一拍,让何"快滚!"何叔衡不紧不慢地走开了。随后,审讯官又审问别人,当得知刚才放走的是何叔衡时,就派人去追,这时何叔衡早已不知去向了。

1928年,何叔衡被派往莫斯科中山大学特别班学习,此时他已50多岁,仍然精通了俄文。1930年,他由苏联经东北回到上海,任秘密救助遇难同志的全国互济会负责人。

1931年,他化装成富商大贾,经香港、广东、闽西到达中央苏区中心瑞金,担任中华苏维埃共和国临时中央政府工农检察人民委员、内务人民委员部代部长的职务。后来，何叔衡因反对极"左"的肃反政策，被诬为右倾并撤销了全部职务。1934年秋，红军长征开始，何叔衡被组织决定留在中央苏区，帮助当地乡政府做动员工作。

1935年2月24日，他们在江西转移福建途中，做饭时被敌人发现追击，何叔衡年老体衰跑不动，怕连累大家，猛地甩开搀扶他的同志，跳下山崖壮烈牺牲。当时跟他一起的同志后来回忆说，他生前最后一句话是："我不能走了，我为苏维埃流最后一滴血。"

20世纪60年代，公安部门审讯当年的反动团丁，才知何叔衡跳崖后并未马上牺牲。他们搜山，见崖下躺着一老人，头破血流的，衣服里有银元和港币，在搜身时他突然苏醒，抱住凶手的腿欲搏斗，结果被连击两枪打死。

如今，在福建省长汀县梅迳村附近的山上，矗立着一座红色碑亭，石碑上镌刻着：何叔衡同志死难处。

四

回到1917年季夏，郁郁葱葱的杓子冲。

虽然何叔衡的父亲何绍春已经是73岁高龄的老人了，但热情好客，特别是对于省城来的有知识有见识的学生更是尊重。

第二天吃过早饭，何绍春老人就带着毛泽东和萧子升去参观他家的农场。

首先去了猪栏。

一个猪栏里有十头猪，有白色的，也有黑色的。何绍春老人告诉他们，这些黑猪是他最宝贵的财富。毛泽东他们仔细观看着这些黑猪，其中一头肥大的猪，除去背上的黑色斑点，简直是浑身雪白，看起来看头小牛。

毛泽东问何绍春老人，这头猪大概有多重？

何绍春老人说，三百斤出头了。

毛泽东说，这么重呀！养了多久？

何绍春老人说，猪要是养到两年，肉就太老了，不够鲜美了。这头猪只有十一个月大。

毛泽东发出赞叹说，十一个月就养这么大，你家的猪长得很好，也养得很好。

萧子升问道，才十一个月，怎么长得这么大？

何绍春老人解释说，猪的个头大小，要看它的品种和饲料。这头猪的品种极好，我打算把它养到四百斤。

毛泽东他们从未见过这样优良的猪种，觉得好奇，便在猪栏之前徘徊了好一阵子。

何绍春老人笑着说，你们可有了作诗的好题材了。

走出猪栏，他们向菜园走去。

走向菜园途中，何绍春老人感慨地说，这些猪是我们家产中的宝贝。没有这些猪，我们的生活就很难维持了。今年的肉、油、茶、盐等开支都是从它们身上得来的，还有盈余。真的，没有这些猪，我们实在难以为生。

毛泽东和萧子升也深知这些家畜对湖南农户的重要性。他们还知道，湖南是中国最重要的猪肉生产区，甚至还可提供大量的出口猪肉。

开阔的大菜园里长满了鲜美的蔬菜，园中更是整齐清洁，连杂草都很少看到。

当毛泽东他们向何绍春老人提到这点时，老人很是高兴，并用书呆子口吻摇头晃脑地说，杂草有如人品低劣、心术不正之徒，一定要铲除之，其对秀美之菜蔬之为害也，大矣哉，"君子乎"，"圣人乎"！

这时，站在一旁的何叔衡由衷地笑着说，你们看我父亲的古文怎么样？不错吧！有其父必有其子！

何叔衡还说，这些菜园都是二哥在管理。

毛泽东称赞说，菜园里的菜长这么好，离不开二哥的精耕细作。

接着，他们又来到了何叔衡家的稻田。

稻田里满灌着水，但新的秧苗已经露出水面了。何叔衡的弟弟正在稻田里忙碌。

毛泽东问何叔衡弟弟，早稻收成如何？

何叔衡弟弟说，还可以，今天中饭你们就可以吃到新米了。

毛泽东又问，晚稻还要多久收割？

何叔衡弟弟说，再过两个月，大概八月中秋时就可以收割了。

毛泽东还问，你们家人口这么多，够不够吃？

何叔衡弟弟说，够了，够了。

何绍春老人说，他们自己养猪、种菜、种稻，过着自给自足的生活。当然，光有这些还不够，他们家还种了胡麻，用来纺织之用，还会买些棉花，用来做棉衣和被子。

他们行走在田埂上，绿油油的禾苗随风飘荡。

五

大家在参观何叔衡家的农场时，何叔衡的妻子，他的哥哥嫂子们，有的杀鸡，有的从屋前的塘里捉鱼，还有的从菜园里摘回最新鲜的青菜，一大家子忙得不亦乐乎。更让毛泽东和萧子升没想到的是，何绍春老人还特意杀了一头猪，并通知住在五里堆的女儿、女婿、外孙、外孙女到杓子冲吃中饭。

当毛泽东和萧子升从外面回到何叔衡家时，发现菜已经上桌了。更让他们惊讶的是，桌上竟然摆上了十几道菜，荤素齐全，应有尽有，各具特色。

毛泽东和萧子升感到实在过意不去，觉得有些愧疚，便说，你们真不该这般破费呀。别忘了我们现在还过着叫花子的生活呢。

何叔衡正要开口，何绍春老人抢先一步说道，你们两位都是学者，并且都是叔衡的好友，你们是我家的贵客，怎么能说是叫花子呢！

毛泽东和萧子升两人会意地笑了。萧子升对毛泽东说，何老先生对我们为什么要过叫花子的生活，是永远无法理解的。他对我们在他家做客，确实有蓬荜生辉之感。毛泽东说，何老先生虽然不理解我们，但我们对他却是甚为了解的。既然他不喜欢我们称自己为叫花子，我们便谨慎地不再提起这件事。

吃饭时，何叔衡的外甥女陈运香看到客人，有些腼腆，甚至不敢上桌夹菜。毛泽东问陈运香，今年多大了。陈运香依然红着脸，不敢说话。毛泽东说，这样怕客怎么得了，以后还要走向社会的，要大胆解放。何叔衡也在一旁说，听你毛叔叔的，胆子放大一点。

考虑到"贵客"身份与他们的计划不符，于是在吃过中饭后，他们再三谢过主人，提出要继续赶路。

何绍春老人不高兴了，问道，这是为什么呢？你们远道而来看我们，吃了一顿饭就要走。你们至少要住一个礼拜。我已经杀了一头猪，还准备了许多菜，你们现在却说要走了，你们还没有品尝到我们的菜呢。你们一定要多住几天。今天下午，我领你们到山上去看看我们的林地。

毛泽东和萧子升悄悄商量对策。毛泽东说，如果坚持要走，何老先生会不高兴的，要不我们干脆多住几天，多做几天"贵客"，顺便到附近走走。另一方面，他们又给何叔衡施加压力。萧子升在《毛泽东和我的游学经历》中说："后来，我们偷偷逼着何胡子，叫他劝父亲不要强留我们了。"

喝过茶后,何绍春老人和何叔衡便带着毛泽东和萧子升去看他家的林地。何绍春老人介绍说,他家所用的柴火都是出自这片山林。树林中大部分是松木,但其中也有许多他们并不熟悉的树。有一面山坡上长满了竹子。何绍春老人说,有了这片竹林,他家不但春天能吃上幼嫩的竹笋,而且将来成材的竹子也可供家用。

从低矮的山坡顶上望去,可以看到脚下一大片辽阔的平原地带,一直延伸到远处。他们在松树下坐了下来,观赏着面前的景色。清风阵阵,凉爽宜人。

何绍春老人开始讲述起他早年为生计奋斗的故事。毛泽东对此很感兴趣,认真倾听,偶尔也会问话。何叔衡是个感性之人,容易感动流泪。他坐在那里,低着头,认真听着父亲的讲述。当他父亲讲到某些辛酸的往事时,他竟感动得流下泪来。

晚餐又是丰盛的,毛泽东和萧子升依然不安。这与他们预计要过的节俭生活大相径庭,跟原先的想法背道而驰。但也只能客随主便了。

他们完全融入了何家的生活节奏。

每天早早起床后,便到对面禾场里打拳锻炼身体,打拳打累了,他们就会看书。白天就在附近的村子跑,有时跑得很远,他们每人带个本子,又讲又写。每当天黑的时候,他们就在水塘洗冷水澡,水塘里养了很多鱼,有时他们还会在塘里捉鱼。晚上屋里太热,他们就拿着席子、蒲扇睡在塘基上一棵大树下,他们喜欢聊天,一聊就聊到了深夜。

这一幕幕细小的场景,刻进了何叔衡女儿幼小的心灵中。何叔衡小女儿何实嗣后来回忆说:

当时那个姓萧的口咬着笔写字,周围的人都认为这两人很有本事。当时我爸爸还领他们上农民家里去过,去哪家,我不知道,有时去得很远……

六

一次,何叔衡带毛泽东和萧子升去了何秀骨家。

何秀骨住草冲董家山(今属宁乡市流沙河镇),离杓子冲不到十里地。按辈分算,何叔衡是何秀骨的堂叔。但因为他们年纪相当,一起读过私塾,特别是两人都喜爱读书,少年叔侄如兄弟,他们关系非常要好,经常在一起探讨学术问题,有时还会讨论时局。

去何秀骨家的路上,何叔衡对毛泽东他们说,何秀骨既是读书人,又是个作田人,对读书和作田都有着切身的体会,你们可以好好跟他聊聊,了解一下我们这山里人种田的难处。虽然何叔衡是个读书人,也一直在外当老师,但始终关注普通百姓的生产、生活情况,他们要是遇到什么困难,总会伸以援手。

何叔衡还气愤地向毛泽东他们说起中国土地占有的不合理现状。他说,农民向地主、富农租佃土地,必须先订租约,写明租率、租期、交付租谷质量等。地租一般占年收获量的50%,高的达到70%。地主、富农还采用大斗进小斗出、造假字据,改写租约等毒辣手段进行残酷剥削。害得农民倾家荡产,家破人亡。贫困农民因缺生产资金、耕牛、农具,或遇婚丧喜庆无钱办理,则向地主、富农借贷,受其高利盘剥。有的还规定借钱还谷,农民无力偿还,被迫将土地、房屋抵债。丧失生产资料的贫农、雇农,为了生计,常以廉价的劳动力受雇于地主、富农。雇工有长工、月工、短工多种。长工期限多为一年,也有数年乃至终身的。长工一年的工钱多为12石谷左右。他们终年劳累,吃的是粗茶淡饭,住的是侧房牛棚,经地主多方克扣,实际所剩无几。

不少长工生不能安家，死无葬身之地。

毛泽东一边走，一边静静地听着，什么话也没说。

来到何秀骨家，他们一家人正在忙碌。何秀骨的妻子、弟媳等人，正在帮他的老父亲洗被帐和衣服，男人们则在水稻田里忙碌着。

何秀骨赶紧对孩子们说，这可都是省城来的大学者。这个是五伯伯（何叔衡），这个是毛伯伯，这个是萧伯伯。

孩子们看到来客人了，欢快地跑着，叫着，五伯伯好，毛伯伯好，萧伯伯好。

毛泽东关注的焦点在水稻田。他走到水稻田边，与正在田里忙碌的何秀骨的弟弟和侄儿们聊了起来。

毛泽东问何秀骨弟弟作的什么田。何秀骨弟弟说，作的佃田。毛泽东问，怎么个作法？何秀骨弟弟说，三七租，三成自己留，七成交租。毛泽东说，太少了，现在作田就是受压迫，收的谷子大部分都交给人家了，自己吃什么？将来要想办法把田收归自己。

何叔衡还带着毛泽东、萧子升拜访了姜梦周。姜梦周已经忙完云山学校的事，回到了沙田罩鼓冲（今属宁乡市沙田乡五里村）。姜梦周的家门口有一棵大樟树，还有一棵梅树。虽然在云山学校进行过深入交流，但毛泽东与姜梦周还是有聊不完的话题。

七

他们没有理由不相约去会龙桥（后改为惠同廊桥）。

会龙桥是流经沙田涓水河上的一座桥，离杓子冲的何叔衡家约八里地，也是他们的必经之地。涓水河是沩江的一条支流，虽然只有18米长、4米宽，却是一条要道，不仅是何叔衡他们的必经之地，也是连接安化、湘乡的重要驿道。其实毛泽东和萧子升去杓子冲时，经过了会龙桥。但当时天色已晚,加之赶路,他们根本就不知道经过了会龙桥,更没看清会龙桥的真面貌。

他们约好姜梦周、谢觉哉在会龙桥相见。前往会龙桥的路上,何叔衡和他的侄儿陪同毛泽东和萧子升前往。何叔衡告诉他们,会龙桥始建于光绪九年,后来改建成石桥,桥上建有长亭、长凳,可供行人休憩、喝茶。桥下是永不停歇的流水声,上面凉风习习,坐在那里喝着茶,好不惬意。

不久后,他们来到了会龙桥。毛泽东和萧子升看到,这是一座石木结构的建筑,桥面、桥墩、栏杆、廊柱全为巨石砌成,廊房为木结构建筑,造型典雅,古香古色,保存完好。桥大致呈东西走向,由两菱形石墩支撑桥体,桥墩迎水面为尖状,利于破水分流。桥墩上刻的蜈蚣纹,是宁乡地区古桥梁建筑的一大特色,也有镇水避邪的寓意。北侧为长条麻石,桥沿两端安装有长条木靠椅,俗称"美人靠",中间为麻石护栏,为来往行人必经之道,南侧为木结构建筑,共有房屋3间。

毛泽东和萧子升被独具特色的会龙桥吸引住了。

何叔衡的侄孙何雨君后来回忆说:

> 我父亲送主席等到会龙桥,主席问:是什么地方?他答:叫会龙桥。主席看了看,就在桥旁边坐下来休息了一会,姓萧的同学把桥和茶亭绘画起来,主席写上了字。歇息后,就往石板上方向走了……

一个叫吴惠钦的,他家原来就住在会龙桥的桥头处不远,上世纪60年代末他曾回忆说:

毛主席到过这里,我都看见过,是现在去安源的相(油画《毛主席去安源》上毛主席的形象)。毛主席从何叔衡家出来,还有姜梦周、谢觉哉等人,到会龙桥要经过我家。毛主席他们到会龙桥时,从袋子里拿出本子把桥亭画起。当时我问姜梦周,这是哪一个?梦周胡子说:这是毛泽东呢!

不久后,姜梦周、谢觉哉等人先后来到会龙桥,毛泽东和萧子升也停止了绘画。他们一边欣赏着美景,一边喝着茶水,一边畅谈理想。几个文化人在一起,他们肯定会说到楚沩十景,说到沩山、灰汤、罘罳峰等,也肯定会诗兴大发,举杯对赋。

10年后,何叔衡长兄何玉书倡修茶亭于其上。

八

天下没有不散的筵席。

我能感受得到,毛泽东和萧子升在何叔衡家的这几天时光,是多么快乐与充实。他们的心灵得到了最大程度的放松,他们说了最想说的话,也说了最多的话,他们看了农场、稻田、林地,还看了自己想看的朋友。

与何叔衡一家道别时,氛围有些伤感,大家都依依不舍。毛泽东和萧子升一个劲地表示着自己的谢意,何绍春老人握着两个年轻人的手久久不愿松开。

何叔衡坚持要送他们一段。何叔衡向他们介绍了沩山的美丽风景,以及密印寺的悠久历史与诸多传说。何叔衡还极力劝他们带点钱在身上,以备急需之用,但毛泽东和萧子升坚决不收。毛泽东说,何胡子,你尽管放心,我们不会有事的。虽然我们马上又要过乞讨的生活了,但对挨饿却并无恐惧。何叔衡笑着说，你们真是两个怪人，你们多半饿不死，不过，千万要当心，这可不是学校。最后，何叔衡坚持要将钱放在毛泽东他们的包袱里，他们不好再推，只好接受。

渐渐地，两个年轻的背影消失在何叔衡湿润的视野中。

九

沙田是一片红色的土地。

这片赤诚的热土，应该是历史的，也应该是现实的。

我在沙田的探寻得感谢刘钊，是她陪我走过毛泽东和萧子升曾经走过的每一个地方。她对这片土地过去与现在的熟悉程度，令我惊叹。

个儿不高，甚至小巧的刘钊，是名95后，湖南桃源人，清华大学政治学硕士。她是2021届湖南省直定向选调生，曾任宁乡市沙田乡长冲村党总支书记助理，现在是沙田乡人民政府副乡长。

很多事情，并非缘分，而是选择。刘钊告诉我，她选择清华就是选择了一生的责任。在校读书期间，她曾多次前往西柏坡、延安、井冈山、遵义等革命纪念地砥砺初心，在广西边陲和贵州山区开展实践调研，感受时代发展的脉搏，埋下在基层干事创业的种子。毕业季，她积极响应母校"到基层去，到祖国最需要的地方去"的就业号召，立志将个人选择与国家的前途命运结合起来，在奉献中实现人生价值。2021年7月，她婉拒高薪就业机会，告别繁华都市回到基层一线，从北京校园的"大学生"变成宁乡沙田人民的"小学生"。

沙田乡位于宁乡西部山区，距离城区70多公里，在宁乡算是比较偏僻的乡镇了。离城远，她就少回城，以沙田为家，带着一支笔、一个本子、一部手机，利用周末休息时间开展走访。路不熟，就绘制简易地图，标注门牌号和户主信息，拍下照片供下次参考；听不懂，就多同村民"打港",田间地头多搭把手,在日常交流中模仿学习。渐渐地,她从"新来的大学生"变成了"村里的钊妹子",就像一滴水汇入群众的海洋。刚到沙田时,她所联系的网格在距离村部10公里外的山上,但她克服困难定期走访山上的100余户村民,用脚踏实地的工作赢得了大家的认可。一年多来,她以脚步丈量乡村,收集涉及人口、资源、产业、民生等7大项205小项村情要素,解决群众困难30余次,这些诉求对干部来说是千头万绪的一缕,对群众而言则是牵肠挂肚的大事,使她汇聚了"天下大事必作于细"的底气。

刘钊告诉我,做事不辞牛负重,感情一堆烈火燃。这是沙田乡老一辈无产阶级革命家、中共"一大"代表何叔衡同志光辉一生的真实写照,也是沙田干部群众的一面镜子。她带着如火般的热情下沉到基层党建、疫情防控、自建房安全、防返贫与产业发展等中心工作中,为乡村振兴事业添砖加瓦,并在《湖南日报》发表沙田乡经验信息2则。乡村要振兴,产业必振兴。她全身心投入沙田乡集体经济发展工作,深入全乡6个村形成1篇集体经济发展专题调研报告,为沙田乡"惠同"经济合作联社的建设与运营出谋划策,与领导同事一起走访沙田村农户,成功流转涓水河两岸1000余亩土地种植彩色稻、洋西早,凝聚合力拉动村集体经济增收。与此同时,她还在宣传阵地巩固红色沙田品牌,积极推动乡村新时代文明实践所(站)建设,组织全乡26支志愿队伍开展理论宣讲、环境清扫、交通劝导、帮扶慰问、文化宣传等志愿服务活动70余次,服务群众达5000余人次,助力乡村物质文明与精神文明双丰收。

刘钊还告诉我,起得早来眠得晚,能多做事即心安,这是沙田乡另一位无产阶级革命家、人民司法制度的奠基人谢觉哉同志家书中的谆谆教导,也是激励刘钊在服务群众"最后一米"过程中多觅良方、多谋实事的动力源泉。特别是担任乡团委书记以后,她团结沙田乡青年干部发扬"党有号召,团有行动"的优良传统,始终坚持"党旗所指就是团旗所向",两个月内开展学雷锋主题教育、植树护绿、走访慰问、爱心义诊、青春普法等10余次青年志愿服务活动。工作之余,她依然在思考如何发挥自身所长为乡村孩子撑伞和护航。"读书改变命运",沙田虽然地处偏远,但从不穷教育,教学成绩名列宁乡前茅。她曾带着刚毕业的年轻志愿者进行上门学习辅导和心理疏导,还积极争取社会各界爱心人士对沙田儿童教育的支持。

回望沙田,层层梯田里、大小沟壑间,处处绿意盎然、生机勃勃。

世间美景与人间冷暖

一

我看到毛泽东和萧子升出了沙田,来到巷子口。

来到沩山,前往密印寺,他们便身处宛如仙境的美景中了。沩山之所以著名,一方面由于它美丽的景色,另一方面由于位于沩山山腰、毗卢峰下的密印寺。密印寺建于唐代,规模宏伟,远近闻名。他们踏访这座名刹有两个目的:一是要看看寺庙的结构和组织,以了解僧侣的生活和生存现状;二是渴望结识那里有名的方丈。

他们并不急着赶路,只是信步而行,一边海阔天空地聊着,一边欣赏着变幻莫测的自然风景。当然,他们也并没有完全沉浸在美景之中,他们还有行乞与思考。巷子口有个叫汤公庙的地方,这里住着毛泽东的同学王一凡。这里是他们前往密印寺的必经之地,但萧子升没有提到这个同学,我也没有在其他的文字中找到"王一凡"的任何信息。萧子升却在《毛泽东和我的游学经历》中,详细描述了沩山的世间美景与遇到的人间冷暖。

我漫步沩山,感受着他们的惬意。他们攀上了一座不知名的小山。远远望去,可见正面山坡上裸露在外的嶙峋大石。山坡上有棵长势茂盛的古松,枝杈向四周生长开去,有如鸟翼一样,形成巨大的阴影。周围则有许多突出的巨石,像一条锁链锁住了树身。

他们卸下包裹和雨伞,背倚古松,坐在"锁链"上。在清爽馨香的氛围中,顿感心旷神怡,异常松快。他们依然回味着在何叔衡家时的美好时光。

萧子升打开了话题,何老先生以耕种土地而自食其力,日出而作,日落而息。这种生活不是很快乐吗?

毛泽东说,他一直说他是快乐的,遗憾的是早年他没有机会读书。你可以看出来,他没有受过多少教育。

萧子升说,他从事的体力劳动使他的心境很愉快,这是他之所以健康而且自得其乐的原因了。你记得"替古人担忧"这句话吧?如果何老先生读过书,恐怕就不会如此快乐了。

毛泽东非常赞同地说,是的。有知识固然是件好事,但有些时候没有知识反而更好。

萧子升说,何老先生唯一关心的事,是稻谷的收成和猪的长势。一旦获得足够的家用,他就快乐而满足了。但是要知道,他是自耕农。他为自己而劳作。这才是他快乐的原因。那些必须为别人而劳作的农夫却是痛苦的。他们五更起半夜睡地干活,到头来必须将劳动成果拱手送给地主。

毛泽东深有同感地说,是的。更不幸的是,有些想在田间出卖劳动力的人,却无人雇用。这类事情在中国屡见不鲜。

……

他们在清凉的微风中聊着，感到异常惬意和舒服，聊着聊着竟不知不觉地睡着了。

也不知道过了多久，他们都醒了，互相微笑着。

毛泽东说，睡了一会，我感到精神多了。

萧子升提议说，像佛祖在菩提树下一样，我们也在这儿打坐几天，你以为如何？

毛泽东说，如果像他那样静坐，我会毫无疑问地再睡着的。

萧子升说，我是认真跟你商量这件事，你是否愿意在此多待几天？

毛泽东笑着说，首先，我要到密印寺去看看僧侣，看看他们如何静坐。然后，我们再回到这里来，照此演习一番。

萧子升说，我赞同你的意见。肚子有些饿了，我们应该下山讨饭了。

毛泽东说，肚子确实咕噜咕噜叫了，我们下山吧。

虽然他们极不愿意离开那棵古松，却不得不把小包裹背起来。

他们朝古松和巨石鞠了一躬，感谢它们给他们提供的憩息条件，接着往山下走去。

二

他们来到了山脚，看到前面有栋房子，急忙赶了过去。

四周一片寂静。这户人家没有养狗。他们不由得想到刘翰林家几条凶狠的狗狂吠不止的场景。

正当他们揣摩屋里是否有人时，一个老年男子走了出来。

老年男子面无表情地问，有什么事吗？

萧子升说，老人家，我们是叫花子，能不能打发一点吃的。

老年男子脸色阴沉地说，叫花子！我自己都吃不饱，有什么给你们吃的。

毛泽东感到很恼怒，以同样的态度回敬他说，叫花子怎么啦，叫花子就不是人啦。我们肚子饿了，你总不能看着我们饿死吧。

老年男子说，我们没东西来打发叫花子，你们再等下去也是白搭。

萧子升说，你连打发叫花子的饭都没有，那算是什么人家？你根本就不是什么好人家。

老年男子嚷道，住嘴，给我滚开。

毛泽东说，除非你能给我们满意的解释，为什么不打发叫花子。否则，我们决不离开。

说完，毛泽东和萧子升就坐在老年男子家的大门槛上，让他无法关门。他们还紧紧抓住包裹，担心被他抢去。

老年男子看他们没有走的意思，便狂怒起来。他甚至带着恐吓的神情质问道，你们真的不走了吗？

毛泽东说，除非你告诉我们为什么不给叫花子饭吃，要不拿些饭给我们吃，我们就离开。我们走了这么多地方，不曾见过不给叫花子饭吃的人家。

萧子升也附和着说，你们究竟是什么样的人家？讨饭并不犯法。只有残忍和心地不良的人才拒绝给叫花子饭吃。

老年男子见来硬的不行，又来软的。他脸上泛起笑容说，我没有熟饭。不过，我可以给你们一点生米，你们走不走？

毛泽东坚持说，除非你答应以后好好对待上门讨饭的乞丐，并且给他们饭吃，否则我们就不走。

老年男子没有说话。他坐在那边，似乎没有听毛泽东刚说过的话。

毛泽东重复着刚才的话说，除非你答应以后好好对待上门讨饭的乞丐，并且给他们饭吃，否则我们就不走。

老年男子终于说话了，好吧，好吧，我答应你们。

于是，毛泽东他们拿起包裹，向老年男子道了谢。

转身离开之际，他们还对老年男子说，过几天我们回来路过这里时，会再向你讨饭的。

三

我将目光转向另一户人家。

大概走了一里地，他们又来到另一户人家。与上户人家不同，这户人家异常热情。和善的老夫妇给了他们足够的饭菜。他们还进行了一次很有趣的谈话。老人姓王，他告诉毛泽东他们，他有两个儿子。大儿子十年前到了外省，但已经有五年杳无音信。二儿子在宁乡县城开了一间茶铺，生意不错。两个孙子也住在县城了。

萧子升恭维地说，老先生，您看上去很不一般，想必是出身书香门第吧？

王老先生说，以前我酷爱读书，但因家境艰难，只上过四年学。后来我便跟着一个裁缝学徒。幸运的是，我又找到了在县衙门里当守卫的差事，在那儿赚了不少钱。但是你们两个小伙子看上去绝非乞丐，可为什么以乞讨为生呢？

毛泽东回答说，我们家境不好，但我们想旅行，因此唯一的办法，便是一路乞讨。

王老先生说，当叫花子没什么不好的。叫花子总比强盗好得多。

萧子升辩解道，叫花子是最诚实的人，甚至比做官的都要诚实得多。

王老先生接着说，言之有理！多数为官之人都不廉洁。我在衙门做守卫时，县太爷满脑子想的就是钱。他每审一个案子，给他钱多的那一方照例打赢了官司。向他求情是没用的，除非花大价钱贿赂他。

毛泽东问，我想您在衙门当守卫，也得了不少钱吧？

王老先生说，只是一点零用钱。这与县太爷得的相比实在不足挂齿。

萧子升好奇地问，他们用钱贿赂县太爷，您又是怎么知道的呢？

王老先生说，他们告诉我的。

萧子升又问，倘若原告和被告都出钱行贿，那么，他又如何处理呢？

王老先生说，那就要看哪边的钱给得多了。出钱多的一边必赢。输方总是异常恼怒，他们便常常将关于行贿的事告诉我。

毛泽东问道，县太爷不怕被人告发吗？

王老先生反问道，怕什么？

毛泽东解释说，输官司的一方可能到省城告他一状呀！

王老先生说，他不会在乎的！在省城里打官司比在县城里花费更大。如果没有足够的钱去行贿县官，在县城里就没有打赢官司的希望。连在县里贿赂县太爷的钱都拿不出，那就更支付不起在省城里行贿所需的钱了。总之，官官相护，这是人所共知的。

听到这，毛泽东感慨道，这是什么世道！

王老先生连忙补充说，但也不是说完全没有好官吏。我在县衙门做了七八年守卫，总共经历过三个县官。头一个是贪官，另外两个却都正直廉洁。然而一般人似乎没有是非观念。在这个社会中根本无正义可言。贪官污吏虽遭抱怨，但一般人对两位拒绝受贿的县官也同样抱怨不已。我告诉那些人说，贿赂是没有好结果的。但他们怎么都不相信。他们会这样说，这算是什么官，竟然不肯接受礼物。他们绝不相信会有人不接受钱。他们甚至认为那两位廉官比贪官更加恶劣。在这种情况下，叫人怎能不接受金钱呢？恐怕这就是好官不多的原因了。

毛泽东和萧子升纷纷点头。

他们得赶路去密印寺了。他们向老夫妇道别，继续行走在沩山茂密的树林里。即使上路了，但他们依然谈着刚才与王老先生讨论的话题。

山里人家告诉他们，密印寺快到了。远眺沩山，好似一片低浮的云。当他们慢慢走近后，山的形状就渐渐显露出来。

那是沩山主峰毗卢峰。密印寺就在此峰下。他们将进行一次具有特殊意义的体验与考察。

本源，本真

一

来到毗卢峰下，看着占地广阔、殿宇宏伟的密印寺，我想象得到毛泽东和萧子升当时激动的心情。

到达沩山主峰时，暮色已经降临。随着他们的走近，先前看起来呈一色碧绿的背景，渐渐显露出是围绕着寺院的树木。他们迫不及待地从山脚往山坡上爬。

两个和尚来到山门前欢迎他们，并陪着他们走进寺院。他们以为毛泽东和萧子升必定是历经长途跋涉到佛地来进香的。为了不产生误会，毛泽东和萧子升告诉他们，我们本是为乞讨而来。两个和尚微笑着说，阿弥陀佛，拜佛和乞讨本来就是一回事。

毛泽东和萧子升不太明白这句话的含义，但又总感觉其中蕴含着深奥的哲理。这可能符合佛祖众生平等的教义。他们没有再询问，而是随着两个和尚穿过了第二道门，来到了后面的禅院。里面约有上百僧人正缓缓踱步。毛泽东和萧子升被领到一间禅房后，两个和尚叫他们放下包袱，先去洗个澡。毛泽东和萧子升异常感激，欣然接受了。

洗过澡后，两个和尚要他们到佛前进香。毛泽东他们解释说，我们并非为进香拜佛而来，而是为了见见方丈，了解一下寺院的情况。两个和尚打量了他们一下，说道，方丈拒绝见任何人！接着又补充说，当方丈讲经说法时，你们也许能够见他。毛泽东他们解释说，我们不但想见见他，而且想和他谈谈，就在今晚。毛泽东他们的一再坚持打动了两个和尚，但考虑到方丈不认识毛泽东和萧子升，两个和尚也不敢前去打扰。最后毛泽东他们决定写张便条，表达了想拜访方丈的想法，请两个和尚送交方丈。

大概十分钟后，两个和尚回来说方丈愿意马上见他们，并请他们进去。来到方丈室，毛泽东和萧子升在心里打量着跟前的方丈。五十岁上下，面目慈祥。屋子的四壁摆满了书籍。除了佛教经典和论说之外，还摆着《老子》《庄子》等著作。屋子中央的桌上，摆放着一个装着鲜花的高花瓶和一个矮些的兰草瓶，别无他物。

方丈首先向他们介绍了密印寺的沧桑历史。密印寺是中国佛教南禅五派之一沩仰宗的起源地，禅宗有"一花五叶"之说，沩仰宗为五叶之首。唐宪宗元和二年（807），灵祐禅师来沩山开法，几十年后，由时任潭州观察使、后任唐朝宰相的裴休奏请朝廷，唐宣宗李忱御笔亲书"密印禅寺"门额，建立了这座寺庙。密印寺有藏经阁、裴公庵、裴公墓、仰山居室遗迹、香严岩、回心桥、盘陀石等。千余年间，历经兴废，清康熙年间曾予以重修。灵祐在沩开山之后，他的弟子慧寂又到江西仰山举扬宗风、弘扬佛法，他们共同开创了佛教禅宗五派之一的"沩仰宗"，法脉远播日本、东南亚地区。

方丈跟他们讲了一个故事。当年灵祐禅师报请官府划地皮建寺院，官府问他需要多少地。灵祐说,不用多大,有一块袈裟大的地就行了。官府不解,问,袈裟大的地怎么能建寺院呢?灵祐说,我现在把袈裟向空中抛去,你们把袈裟遮住太阳光的那块阴地给我就行了。说完,灵祐脱下身上的袈裟向空中一抛,整个沩山都在袈裟的阴影下。于是,官府就把整个沩山地区都划归给寺庙管辖,一共有5000多亩。

虽然他们无法和方丈讨论佛典,但他们彼此却兴致勃勃地谈起中国古代经典著作。

他们谈得很尽兴,方丈对省城来的两个年轻人的才华钦佩不已,并邀请他们一起共进晚餐。

晚餐后,毛泽东和萧子升回到大殿。这里又聚集了许多僧人,他们看到毛泽东和萧子升从方丈室中出来,并且刚与方丈共进晚餐,猜想他们必定是一流的贵客,纷纷起身问候。他们觉得毛泽东和萧子升应该是一流的学者和书法家,于是纷纷请他们在扇子上和卷头上题字留念。

僧人很多,排着长长的队伍,毛泽东和萧子升却异常认真,一笔一画,认认真真地写,忙到半夜。

二

毫无疑问,毛泽东和萧子升的见识与才华,得到了方丈的赏识。

第二天早上,毛泽东和萧子升决定离开密印寺去安化。有和尚告诉他们,方丈请你们再留几天,今天下午他还想再见见你们。

毛泽东和萧子升不好拒绝,当然也正合他们心意,他们来密印寺的一个重要目的,就是结识这里的方丈,与他进行深入的沟通。上午,和尚带着他们参观了菜园、大厨房、斋堂,以及藏经阁、裴公庵、裴公墓、仰山居室遗迹、香严岩、回心桥、盘陀石等其他地方。他们发现,园丁、厨师和担水夫等都是由和尚担任。

下午,毛泽东和萧子升再次来到方丈室,方丈又热情地接待了他们。萧子升在《毛泽东和我的游学经历》中描述了他们与方丈再次见面时的场景:

> 这次他显然决定要和我们谈"生意"了。他用极婉转的口吻对佛教的美德加以称颂,要唤起我们对宗教的兴趣。但我们无意讨论宗教问题,只是礼貌地倾听着,极力控制自己不表露出同意或不同意的态度,他继续说下去,最后提到孔子和老子,我们发现了自己熟悉的题目,便表示我们的意见。真正使我们感兴趣的并非佛学,而是佛教在中国的组织。于是我们在这方面问了他一些问题。

毛泽东问方丈,寺里到底有多少僧人?

方丈笑着说,大约一百人属于本寺,但经常有些来自远方的游僧,所以寺里通常住有三四百人。游僧一般住上几天便上路了。若干年前,这里一度住有八百僧人,是建寺以来的最高纪录了。但那是在我以前的事了。

毛泽东好奇地问道,数千里之外的和尚,为什么会跑到这里来呢?他们来这儿干什么呢?

方丈解释说,他们是来听经和受戒的。本寺方丈素以说法著名。这里寺产甚丰,招待挂单和尚停留数日,是不成问题的。全国僧人大多知道本寺。你们也知道,和尚是出家人,所有的寺院都是他们的家。云游四方,在各寺内谈经论道,彼此都得到启示。

毛泽东一边点着头,一边在本子上认真地做着记录。

萧子升又问,全国有多少和尚?

方丈说，这没有确切的数字，除蒙古和西藏之外，全国至少有几万和尚。蒙古和西藏的僧人比例极高，加上他们，就约有几十万人了，甚至更多。

萧子升问，全国有多少像沩山这样的讲经中心？

方丈说，至少也有百处。如果算上规模较小的地方，那大约有千处。

毛泽东问，有什么佛教方面的书籍出版吗？

方丈说，有的，而且还很多，尤其是在上海、南京、杭州这样的中心。

毛泽东点着头。

萧子升又说，我们打算探访一些大寺院，您是否可以给我们写些介绍信？

方丈解释说，这不必要，因为你们所到任何之处，都会受到像我们这样同样的欢迎。

……

毛泽东和萧子升向方丈开始道谢了，并告诉方丈他们次日动身离开。方丈说，既然执意要走，我也不便强留，但希望你们离开之前，再和我们见上一面。毛泽东他们说，我们喜欢一早趁天气凉快动身，就不必惊扰方丈了。方丈微笑着说，阿弥陀佛。

毛泽东和萧子升走出大殿时，和尚们又起身致意。他们得知毛泽东和萧子升第二天要走的消息，于是又纷纷请他们题诗留念。他们将毛泽东和萧子升团团围了起来，有礼貌地提出自己的要求，毛泽东和萧子升尽可能地使他们获得满足。

但我的思维一时无法从毛泽东、萧子升和方丈交谈的场景中走出。

三

法一，是毛泽东和萧子升密印寺之行的情感收获和珍贵记忆。

当时密印寺有五个十四五岁的小和尚，其中一个叫法一，与毛泽东、萧子升有过深入的交流，并给他们留下了深刻的记忆。

法一15岁，是方丈的贴身服务僧，毛泽东、萧子升与方丈的联络都是通过他。别看他年纪小，但很会说话，字也写得漂亮。毛泽东和萧子升一到密印寺，法一就很喜欢。毛泽东他们在密印寺期间，法一绝不放过任何一次和他们说话的机会。毛泽东他们问法一是哪里人，出家前的姓名是什么。法一告诉他们，他自己也说不清是哪里人，以及出家前的姓名。他只记得有人告诉他，他是在一岁的时候到寺里来的。

毛泽东和萧子升喜欢上了法一的勤快、可爱、机灵，以及上进好学。法一跟毛泽东和萧子升说，他希望能学习一些佛经之外的儒家著作，以及唐诗，虽然他也能够背诵一些唐诗了。

一次，毛泽东和萧子升对法一说，你也可以放弃这种隐居的僧侣生活，去体验一下尘世的生活。法一说，我很想这样做，但又有点害怕。我和俗家素无往来，我也没财产。毛泽东他们说，为什么不能像我们一样，不名分文，只带一套换洗的衣裳，自由自在地飘游呢？法一说，这倒是不错，但我还是觉得不妥。毛泽东他们没有再说，也不好再说。如果法一真是下决心要离开密印寺，跟着他们走那该怎么办？这样一来，方丈也会认为他们在引诱法一逃走。况且法一还太年轻。

毛泽东和萧子升改变了话题。毛泽东说，法一，你现在还年轻，当务之急是多读些书。萧子升也说，你们寺里有不少和尚的学问甚好，你可以向他们请教，并不要急着离开寺院。

离开密印寺的前一天夜晚,萧子升用自己最好的书法给法一题了首诗。

第二天天刚破晓,毛泽东和萧子升就离开了密印寺,向山下走去。

法一送他们到山脚下,依依不舍地看着他们渐渐走远。

远远回望,毛泽东和萧子升看到法一小小的身影,正在往山坡上的古寺爬去。看着孤单而弱小的身影,他们心中不禁一酸,升起一股莫名的忧伤。

1956年,毛泽东在北京接见时任宁乡县委书记张鹤亭时,还专门交代:"沩山是个好地方,有个密印寺,要好好保护。"

20世纪60年代末,宁乡县革命委员会组织的党史专家,也找到了法一。彼时,法一已经还俗,姓姜,住在黄材镇。他经常跟人讲起毛泽东和萧子升来密印寺的经过。

四

我的思绪,一会在历史中,一会在现实里。

我想让自己的探寻回到事物的本源,呈现一种本真。

作为千年古刹,密印寺跟随中华民族一道历尽沧桑。这里不仅风景秀丽,更是积淀了厚重的历史文化底蕴,还有刻骨铭心的神秘色彩。

我时刻提醒自己,这是一次关于青年学子行乞游学之路的历史探寻,是一次努力还原本真的报告文学写作。

拨开历史的烟云,古刹云雾缭绕,密印寺清晰可见,两个年轻人的脚步轻盈而铿锵。

第四篇
安化县

考证

一

在安化与宁乡的交界处,或者说前往洢水源途中,我的写作变得更加谨慎起来,甚至不得不停下笔。

山区岔道众多,古驿道纵横交错,我必须保持清醒而理性的头脑,否则就会迷失在山野之中。我脑海中不断回味着探寻时的情景,在电脑中反复观看历史现场和相关物证的照片,再次逐字逐句地阅读着探寻时搜集到的和记录的口碑资料——1984年5月21日安化县党史办修改整理的《毛泽东同志两次到安化的情况》,萧子升的《毛泽东和我的游学经历》,斯诺的《毛泽东自传》等。边看边想,边想边看。

我想,毛泽东和萧子升来安化的缘由非常丰富,也达到了高度共识。

他想来了解安化的历史和风土人情。毛泽东他们是废科举、设新学后湖南第一师范的首批新学学生，大家学了地理，都想出去看看祖国的名山大川。另外，当时毛泽东已经是湖南第一师范四年级学生了，已经学到唐、宋、元、明、清等朝的历史，特别是在与安化同学交流中得知，安化是宋神宗时期才开发出来的，还只有九百多年，以前是南蛮之地，与历朝历代无往来。黄河流域的文化已经有几千年了，安化这个地方发展为什么这样迟？这是毛泽东好奇的。

他想通过游学拜访同学，一是增进同学感情和友谊，二是了解安化的教育。毛泽东在湖南第一师范有安化籍同学23个，其中同年级同学就有5个，即黄益智、贺梯、罗驭雄、萧蔚然、黄起超，其中黄起超和毛泽东还是第八班同学。并且安化同学都非常优秀，各有所长。如萧蔚然写字、作画全校有名，罗宗翰、贺梯的学习成绩总是名列前茅，李汉超在长沙各校国文会考中获得第一名。

他想到更艰苦的地方锻炼自己。安化位于湘中偏北，是大山区，山高路远，崇山峻岭，长年野兽出没，是毛泽东力主"文明其精神，野蛮其体魄"的理想实践地。

二

争议在于行走的线路。

在前往安化的途中，萧子升在《毛泽东和我的游学经历》中没有提到他们途经地方的具体地名，只描述了途中的自然风景。也因为萧子升没有提到具体地名，文中描述的地方似曾相识，导致后来在安化流传了几个不同线路版本。

考证过程艰辛而又漫长。

安化的党史工作者、文化工作者，乃至历史爱好者，为了还原历史真相，纷纷前赴后继，从未间断。

20世纪60年代末，安化县委宣传部文教科的卢智朗、安化一中教师熊仲之沿司徒铺等"八铺"大路、梅城至马迹塘一线，进行了20天的调查，访问了毛泽东湖南第一师范的同学与家属，及当地男女老年人，共计106人，同时他们还去了武汉罗驭雄的家了解情况。虽然后来益阳地区组织了相关党史专家来到安化，认为他们的调查还不细致、不彻底，但初步证实了毛泽东和萧子升1917年来安化行乞游学的路线，同时还找到了他们具体活动情况的某些线索。卢智朗和熊仲之起草撰写的《关于毛主席一九一七年在安化农村调查情况的调查报告》称：

> 从宁乡、沙田到安化，经司徒铺、高明铺、驿头铺、清塘铺、茅田铺、梅城、仙溪、大福坪至桃江（一说经仙溪、山口、长塘至桃江）进行社会调查。

1977年，安化县委宣传部再次组成"安化县革命历史调查组"，历时10个月，对毛泽东一行来安化进行革命实践的历史，开展了细致的调查。那次调查，基本查清了毛泽东一行1917年暑假到安化进行行乞游学的情况，并查出了一个新情况：毛泽东1925年又来安化进行革命活动。

当时，写出了一稿，上报省委办公厅、韶山陈列馆、湖南省博物馆。接着，他们又修改了二稿。但由于当时人们思想还不解放，认为1925年毛泽东到安化没有历史文字依据，不能成立，县委审查也不敢表态。所以，二稿就此搁下。

1983年，安化县党史办将毛泽东两次到安化作为重大党史专题来抓。他们便重新整理了资料（第三、四稿）上报省委党史资料征集委员会、地委党史办。省委党史资料征集委员会和地委党史办高度重视。1984年4月11日，省委党史资料征集委员会副主任王中杰、研究处副处长唐振南，益阳地委党史办主任吴雪清、副主任王若武亲自到安化落实毛泽东1925年到安化的历史，听了安化方面的汇报，查阅了他们的原始记录，召集了知情人贺远春、简建国进行座谈，并到梅城察看了毛泽东1925年住过的孔庙旧址。经过分析研究，得出结论：毛泽东1925年到安化是实在的。

于是，安化县党史办再次整理，并请唐振南在文字上斟酌修改，形成报告《毛泽东同志两次到安化的情况》，并于1984年5月21日发布。这个报告明确了毛泽东和萧子升1917年到安化行乞游学的具体路线：

> 从长沙到宁乡，游了沩山寺，进安化，先到雷鸣洞同学萧蔚然家，看了雷鸣洞风景，到伏口，在罗驭雄家吃中饭后，上横坡仑去久泽坪。当晚住久泽坪，给当地秀才吴幼安送了一副对联，再经清塘铺到安化县城——梅城。以后走仙溪去益阳。

这个报告还收录了1977年4月27日，时年82岁的罗驭雄的一段口述实录：

> 进安化，毛泽东和萧子升先到同学萧蔚然家，在此看了雷鸣洞风景，洞内可摆几十张桌子吃饭。然后从雷鸣洞到伏口，正是中午，他们先到街上去找罗宗翰，因罗钓鱼去了，他们就来到我家，我父亲开"小补堂"药铺，他们要我去喊罗宗翰，我去喊来了……

三

此时,行走线路基本确定,但在个别线路上还存在争议。

如毛泽东和萧子升夜宿沙滩、遇见"黑老虎石"到底是哪个地方,就存在较大争议。一般认为是在安化东山的大墈(现属大福镇),但也有人认为是安化县大福镇的印石村,还有认为是安化梅城的洢水河沙滩。

安化县委办三级调研员、安化县党史联络组副组长廖建和,近年来潜心研究毛泽东与安化的党史。他坚定地认为,毛泽东和萧子升夜宿沙滩、遇见"黑老虎石"之地,就是东山的大墈。他还和其他党史专家一起做过详细的考察。

廖建和根据萧子升《毛泽东和我的游学经历》中"在沩山山脚下与小和尚法一作别之后,走了百码左右,我回过头来看他时,他细小的身影正在慢慢向着山上的古庙爬去"的描述,对照密印寺的老照片,互相印证得出:他们走出密印寺之后,不是向右绕着寺庙围墙前往安化的新桥,因为这样是无法看到法一返回寺庙的身影的。他们应该是走出密印寺向前行走,然后过石拱桥,并与法一在此告别。萧子升的手绘图,也证实了他们是在密印寺前的石拱桥旁分别的。

廖建和还查看了《大沩山古密印寺志》,文中记载,顺着沩水而上可到宁乡与安化交界之处——花马仑沩水源,并且在前往沩水源的途中还有密印寺众多历代高僧留下的足迹和奇石瀑布等景观。这与萧子升在《毛泽东和我的游学经历》中提及的"但我们无须赶路,因为沿途风景很美"极为相符。他还从清同治十年《安化县志》六条古道中找出相对应的一条,全程120多里,需要两天的行走时间,与萧子升在《毛泽东和我的游学经历》中说的"走到安化县城需要两天的时间",是很符合的。

他们还以此道路为实地考证,同时选取了萧子升《毛泽东和我的游学经历》中的"茶馆""一条沿着一座高山山脚下的路""这座高山的山坡上正是满种茶树""山上数以千计的杉树""我们行经路边一家茶馆之时,便决定停下来休息……时间已近正午""当我们缓缓地再上路时,已经是下午四点左右了""一个小户农家,讨得一餐非常满意的晚饭""沿着一条不知名的河岸,向前慢慢地游荡""那条小路却仍然沿着河岸而下""这沙滩岂不也可以作舒服的床吗?""发现那只凶猛的大黑老虎原来是一块天然的黑石头!""决定仍然沿河岸继续前进""桥的石板上刻着'到安化县城走右边'几个大字""在一个小山脚下的路边,有一个由四根柱搭起来的方形凉棚""山顶上有一座小庙"等关键性的词句,并最终选取了"沙子坡茶馆""非常满意的晚饭处""夜宿沙滩处""石桥处""凉棚与小庙处"五个点进行实地考证。

结果相当吻合。

在沙子坡,他们打听到,原来这里有两个茶馆。一个属宁乡,是连接宁乡巷子口与东山道路中的休息处。另一个属安化,是连接安化至宁乡沩山、巷子口道路中的休息处。虽然现在两个茶馆都被毁,但仍保留了一些断断续续的石板古道。古道两边的山多杉树,当时安化的百姓房屋多用杉皮作为屋顶,现无人再去剥树皮做屋顶了,但矮坡上依旧可见茶园、茶树。

廖建和他们从沙子坡茶馆下山,一路随处可见荒废的青石板古道。大约8里,有一个小村落,其中有一家曾作为生产队的活动地,现已荒废。从房屋青条石地基和房屋大小来判断,曾经是一家比较殷实的农户。毛泽东和萧子升从茶馆出发约莫是下午四点,到这家比较殷实的农户家,讨到一顿非常满意的晚餐,时间和距离上是合理的。

从荒废的农户家出来之后，有一条小溪流，顺溪流而下，大约10里，便进入了泥溪上游东山大堨。在当地老人的引导下，廖建和他们在河床一旁找到了一块大黑石，形状神似老虎。老人还告诉他们，民国时期这里没有房屋，有大片长达五六十米甚至上百米的河床白沙丘，河床中有许多奇形怪状的大石头，河床中还有很多杂树。

从大堨继续沿泥溪而下，途经东山八角亭，约10里，有一座古石桥，向右进入周梅村。这是当时通往安化老县城梅城唯一的一座石桥。

从周梅村途经杨家里、桥坑里、灯盏村，在灯盏村的山下，有一座茶亭。村支书向他们介绍，因修建公路改道，老茶亭已毁，合并村之后，一村有三庙，凉亭山顶上有一棵硕大的老古树，树下有一个古庙，听老人说以前叫"刘邦庙"，现在称灯盏村扶王庙。

廖建和还告诉我，古道虽然蜿蜒曲折，只有三尺来宽，却是古梅山地区进出的主要通道。比如湘安古道，地处雪峰山东麓，四周高山险峻，山坡陡峭，重峦叠嶂，错综复杂。毛泽东和萧子升他们行走，基本上不可能离开古道，偏离古道，就得钻荆棘茅丛，风险极大。他们先在安宁古道行走，后经湘安古道，再转到"八铺大道"，最后到达梅城。

毛泽东和萧子升游历安化的路线也逐渐清晰：离开沩山后，进入沩水源，经过东山大堨、凉水井，再到司徒岭、扶王山、雷鸣洞、伏口、久泽坪，再经清塘铺、石磴铺、曾家桥、山溪铺、太平、茅田铺进入梅城，在梅城游览几天后，走仙溪、山口、长塘、马迹塘前往益阳县城。

也有人认为夜宿沙滩、遇见"黑老虎石"在安化县大福镇的印石村。

以黄正芳为代表。今年68岁的他，是安化县第十七届人大代表，安化县毛泽东思想学会会员，安化县作家协会会员，安化县梅山文化研究院会员。他曾历时三年多，走访大福镇各处原型地，调查一些当地老百姓，列出了八个方面的证据，并写出《青年毛泽东游学到大福的实践考察调查报告》。

还有认为有可能是安化梅城的洢水河沙滩。持此观点的，是县作协副主席、梅城分会主席廖小雄。63岁的他，是从中国农业银行安化县支行梅城营业所退休的。虽然个头不高，但身材敦实、热情豪爽，文学、书法、摄影样样都会。2020年秋，他和梅城的胡鼎魁、李靖凡、郭建富、龙子明、戴茂文，共六位老党员，自发寻找毛泽东两次来安化的足迹。他们历时100多天，途经长沙、湘潭等四市五县，行程5000多公里，寻访萧蔚然、罗驭雄故居，乐善亭遗址等。重走毛泽东在安化境内所经过的吴幼安、贺梯故居，及文武庙、东华阁、永兴庵、芙蓉山等十七处重要活动地，走访百余人次，搜集了大量的历史资料和重要图册。

这是争议，更是汗水、智慧和情感，并汇聚成奋进的力量。

我掩卷覃思，毛泽东和萧子升在安化行乞游学的线路变得清晰起来。

浪漫而惊险的一夜

一

萧子升详细讲述了这段浪漫而惊险的历程。

毛泽东和萧子升向安化县城梅城走去。安化是湖南重要的粮食产地，也是典型的山区。他们估摸着走到梅城尚需两三天，但他们并不着急，因为沿途有优美的风景，他们还有很多话题来消磨时间。

走到一个小茶馆时，他们决定停下来休息一会，写下他们的日记。密印寺之行，使他们对僧侣的生活有了不少了解，他们写下了游历的经过和自己的感悟。

离那家茶馆不远，有一条一直伸向高山山脚的小路。虽然他们不知道那座山的名字，但已知在安化境内了。安化以产茶闻名，山坡上布满了茶树。萧子升惊讶地问，润之，快看，那些杉树树皮都被剥下了，只剩下裸露的乳白色的树身站在那里。毛泽东说，旭东，那是湖南山区的重要物产，那些树皮用作盖房顶去了。当然，树皮还有其他一些用途。

山高路陡，他们走得很辛苦，肚子也饿了。他们从一户农家讨到了一份非常令人满意的晚餐。饭后，他们沿着一条不知名的小河慢慢地继续向前走了几公里。

河床很宽，但只有一线水涓涓流过。白色沙岸上覆盖着圆圆的鹅卵石。路旁几棵树伸展着树枝，低低地垂在河岸上，好像在讨水喝。

是晴天。月亮出来了，把山野照得异常明亮，犹如白昼。夜渐渐深了，山也渐渐静了，在寂寞的午夜行走，他们的影子异常清晰，就好像有四个人走在路上。

他们不知道还要走多远才能找到旅店，偏远山区人烟稀少，连个问路的人都碰不到。偶尔遇到一户人家，但早已熄灯歇息，他们不想打扰人家。明亮的月光和清晰的影子，形成一种新奇动人的景色。走着走着，他们走累了，便在柔软的沙岸上坐了下来，想好好欣赏一番眼前的美景。

毛泽东说，我真不知道我们要走多远才能到旅店。今晚我们真没主意该住哪里了。哪也见不着人影，周围一片空寂。

萧子升说，是的，四周茫茫然。但我们也空无所有了，我们现在一文不名，所以即使我们找到旅店，如果店主知道我们无法付钱，肯定不会收留我们的。

毛泽东说，这倒是，我全忘了我们已没钱了。你说我们今晚就在这儿过夜怎样？这沙岸不是很舒适的床吗？

萧子升说，是啊，你说得太对了，这沙岸就是我们的床，我们甚至可以睡比这更差的地方，就让蓝天作为我们的帐幔吧。

毛泽东一边拿起包裹，一边说，那棵老树是我们的衣柜，现在就让我把包裹和雨伞挂到衣柜里。

萧子升说，这月亮不就是一盏大灯吗？今晚就趁着这灯光睡觉吧！

他们又找来两块又大又平的石头作为枕头，但因为石头太大，他们只得把石头的一半埋在沙里。当他们躺倒时，几乎异口同声地说道，真舒服！

躺下不久，萧子升坐了起来说，在睡觉前我得到河边洗洗脚。

毛泽东说，我们过叫花子生活，又是睡在野外，你今晚就试试不洗脚，看能否睡得着。

萧子升说，我睡觉前总是洗脚，这是我多年来的习惯，如果不洗，就睡不好觉。

毛泽东说，我知道了，原来你是个绅士叫花子呀！

毛泽东一边说，一边倒头大睡起来。

于是，萧子升从包裹里拿出毛巾，走到小河边洗脚。小河里的水都是山泉水，有些冰凉。他返回时，毛泽东已酣然入梦了。他感到很干净，很清爽。只是冷水使他完全振奋起来，一时没有了睡意。

忽然，萧子升发现一个人沿着河岸小路快步走来。显然，他是个赶夜路的人，可不甘心像他们一样睡在野外。那人走过去后，萧子升想，如果他们两人都睡在路旁，那挂在路旁树上的包裹，说不准会被人家拿走。他们的财产已经少得不能再少了，实在经不起偷。萧子升想，还是睡在离大路远些的沙滩上为好，这样也不会太显眼，包裹也不会丢。于是他去叫醒毛泽东。

但毛泽东睡得太熟了。萧子升一边摇撼他，一边喊叫他起来，但结果竟是毫无反应。他甚至还在毛泽东脸上打了几下，最后他才睁开眼睛。萧子升立刻告知自己的想法，催毛泽东赶紧起来挪动一下位置。毛泽东却半睡半醒，嗯嗯啊啊地说道，你不必担心有什么贼，就睡在这里好了……话未说完，毛泽东的眼睛就合上了，又睡得昏天黑地。

萧子升知道要想再叫醒他，一定会比头一次还要困难。即使能够把他叫醒，他多半还会赖着不动。可是，在另一方面，假如勉强睡在这里，他也会放不下心来。

萧子升考虑了一阵后，决定自己转移。他拿着包裹和雨伞，来到约莫四十米外的一个沙滩。这儿被一些小树遮住，离大路也较远。他把"卧床"准备好，很快就入睡了。

二

进入深夜，或者来到凌晨，故事开始推向高潮。

夜里醒来，毛泽东发现萧子升不见了，树上挂着的包裹和雨伞也不见了。他站起来，高声叫着萧子升的名字，但没有回音。此时的萧子升已经呼呼大睡，听不见任何声响了。

毛泽东无法判断萧子升在哪里，河床旁的沙岸很长，分成很多块的沙岸上有好多小杉树，树遮住了萧子升。毛泽东叫了好几声，得不到回应，便断定是萧子升拿走了包裹和雨伞，一切平安无事，于是又躺下睡去了。

虽然萧子升不曾听到毛泽东的喊叫，但睡得也并不安静。他曾醒来过。望着那一轮明月，他触景生情，想到宇宙是何其博大，而人类在宇宙面前是何其渺小和微不足道啊。曾经有多少人惊奇地注视过同样明亮的月亮，凝视过头顶上那无穷无尽、令人生畏的夜空。

看着，想着，萧子升又睡着了，甚至做了一个噩梦。他梦到一只老虎雄踞在河边的高坡上，目不转睛地注视着他，弓腰作势，随时可能冲下山坡，以钢牙利齿向手无寸铁的他发动攻击。他全身颤抖，猛地惊醒过来。

此时，月亮已经移了位置，但仍静静地望着他。他深深地抽了一口气,原来是噩梦一场。

他下意识地转脸向山坡望去,感觉心都要从嘴里跳出来。一只又黑又大的野兽正盘踞在那里,注视着他。此时的他,完全是清醒的,并没有做梦。这是一只真的"老虎",它似乎嗅到了萧子升的所在,蹲在那里,准备随时扑过来。防卫感或某种第六感已经在先前的梦中向他警示,他能从梦中醒转过来,获得脱逃的机会。但是怎么逃脱呢?他不敢动,只是静静地躺在那里,用眼角注视着"老虎"的行动。

萧子升就这样紧张不安地躺了十多分钟,但"老虎"并没有什么行动,于是他开始生出一线希望,"老虎"并没有真正发现他。它可能认为那只不过是一根倒下的树干罢了,它可能刚巧停在那里休息。但若他一移动,它一定会看到他,闪电般地向他扑过来。所以他仍然躺在那里装死,大气也不敢喘。

过了一会,他想起毛泽东还在熟睡,对眼前的危险全无所知。如果他醒来走动或喊叫,"老虎"一定会扑向他的。他开始感到毛泽东随时可能醒来,于是他拼命地想,怎样才能拯救他。

萧子升觉得,去叫醒毛泽东是他的责任,他必须即刻冒任何必要的危险。他必须爬到毛泽东睡觉的地方。他想,如果他爬得很慢很慢,"老虎"可能不会察觉到他的动作。于是,他开始移动了,一寸一寸地向前爬,更像是向前蹭,犹如一只蜗牛。照这个速度,头一米的距离,他花了一分多钟。他以极大的耐心,经过一个多钟头,才爬到一片能够掩护他的树丛下。"老虎"并没有动静,他感觉自己的耐心还是值得的。他觉得,他已经安全了。

但是,他还得越过一段相当长的空旷地,或是做一个大的迂回,还得花上个把小时,才能彻底逃到"老虎"的视野之外。于是,他迅速站了起来,全速跑向毛泽东那里。毛泽东正酣睡。萧子升仍不敢出声。他不敢叫毛泽东,害怕一叫醒他,他会高声讲话,那样就会把"老虎"引过来。

萧子升悄悄地在毛泽东的旁边躺下,努力入睡。但精神高度紧张,不可能睡着。不一会,农夫们开始出现在田里,并且有好几个人已从他们身边很近的路旁走过。毛泽东睡醒了。天已破晓,有人在附近走动,危险可以说过去了。来不及告诉毛泽东昨天夜里虎口余生的经过,他便跑到那边树下取他们的包袱和雨伞。

把东西取下来之后,萧子升准备以最快速度往回跑之前,他还是匆忙转头朝昨夜"老虎"踞坐之处一看,发现那只大黑老虎仍然在那里。它一动不动,再定睛一看,发现那只凶猛的大黑老虎原来是一块天然的黑石头。

我认为,这是萧子升《毛泽东和我的游学经历》中最精彩的部分之一。

远大

一

　　毛泽东和萧子升决定仍然沿着河岸走,因为这是到安化唯一的路。
　　就在他们拿起包袱,准备开启行程之时,离毛泽东不远的草地里突然钻出一条蛇。他们吃了一惊,因为这条看来含有剧毒的蛇夜里肯定就在不远处。假如当时它发现了毛泽东,是否会咬他一口呢?又假如它爬过来,萧子升也会处在危险之中。那只"老虎"原来只是萧子升神经过敏幻想出来的,这条毒蛇才是实实在在的危险。在这种偏僻的地方,被蛇咬了是十分危险的,因为附近没有医生可以来及时治疗。萧子升对毛泽东说,真是太危险了,以后别在野外露宿了。
　　他们就那样单调地走着,那条河岸似乎无穷无尽。沿着河岸,每隔一段距离,便有一段又矮又直的树丛。他们走过之时,感觉像是军队阅兵的样子。那些树丛便是军队,正向他们敬礼。

二

走了约一个钟头,他们来到一座石桥跟前。"到安化县城走右边。"桥的石板上刻着几个大字。他们走过石桥,然后向右拐,离开了那条河,向一个山冈走去。山下路边有座亭子,这是一个由四根柱子搭起来的方形凉亭。四边无墙,有个供路人歇息的长凳。

他们在那条长凳上坐了下来。萧子升往四周一看,看到一条羊肠小道,直通山顶。山顶上有座小庙。

萧子升对毛泽东说,润之,你等我一会儿,我到山顶上看看。

说完,萧子升便跑向山上,并很快就到了山顶。他发现那座庙非常小,只有四五米宽,高也不过七米左右。庙中间供着一尊佛像。庙墙是白色的,没有刻字。那里景色迷人,站在山顶极目远眺,东、南、西、北一望无际。他走下山去,从包袱里取出笔墨,然后又回到庙里,在白墙上写下两个大字:远大。

萧子升再次回到山下毛泽东休息的地方时,看见他正与一个过路人交谈。

毛泽东对山顶小庙感兴趣,便问萧子升,旭东,那座庙叫什么名字?

萧子升说,不知道叫什么名字。不过我刚刚在墙上写了"远大"两个字。你记得吗,在学校里杨怀中(昌济)先生教育我们人格修养的五个原则,其中头一个便是"远大"。他说"远大"的意义,便是一个人的行为和思想应该放得远,目标应该放得高,一个人总应该超脱一些。我永远不会忘记那一课的,这些话印在了我的脑子里,很有意义。

毛泽东点了点头说,旭东,你说得很对,人的目标应该放得高。

"远大"二字,又何尝不是那个年代杰出青年的追求与梦想呢。

三

离开凉亭不久,他们便遇到一个小茶铺。他们肚子有点饿了,该吃早饭了,便停下来乞讨早饭。

茶铺的主人是一个二十岁左右的年轻女人。她人很善良和通情达理,不一会便给他们一人一碗米饭。吃饭的时候,他们打听起小庙的来历。

萧子升问年轻女人,前面山上那座小庙叫什么名字?

她回答说,这是刘邦庙。

毛泽东有些诧异,问道,刘邦?那两个字怎么写?

她说,我不会写字,只知道那个庙叫刘邦庙。

毛泽东继续问,这附近有叫刘邦的人吗?

她说,这个我不知道,我是安化人,嫁到这里才两年,我不太知道这里的事。

毛泽东想了一会,说,刘邦是汉朝的开国皇帝,他不是这里人。他生前是否巡幸过这一带也成疑问,因此我实在想不出这座庙为什么要取他的名字。

她说,我真的不知道,我连刘邦是汉朝头一个皇帝也不知道。

毛泽东追问道,你知道为什么把庙修在山顶吗?

她很有耐心地答道,那我更不知道了。

他们正着说,年轻女人的丈夫走了进来。于是,他们又向他请教关于小庙的问题。

他说,小庙为什么叫刘邦庙,这个我也不太清楚。有人说刘邦是个皇帝,有人说这个刘邦是同刘邦皇帝同名的另一个人。究竟哪个说法正确,我也不知道。这座小庙倒是有个有趣的故事。很多年前,有个人病得快死了,大家都觉得他没有康复的希望了。后来有天晚上他做了一个梦,梦见有个叫刘邦的人给他开了个药方,告诉他吃了药就会好的。他醒来之后,便叫他的儿子照方煎药。服药之后,病果然好了。为了纪念梦中的刘邦,他便修了这座庙。

毛泽东和萧子升听得很入迷。

萧子升问,这刘邦是皇帝吗?

他说,我不知道,有人说是,有人说不是,我也不清楚。

毛泽东又问,这庙修了多久了?

他说,这我也不知道。我今年已经二十六岁了,记得我小时候就有这座庙。有人说这是座古庙。这种说法是否可靠,我就无法判断了。

向店家夫妇道谢过后,拿起包袱和雨伞,他们又踏上了行乞游学之旅。

同窗情

一

司徒铺村随处可见的古迹让我惊讶。

这个村位于安化县高明乡东北部,东与长沙宁乡市巷子口镇扶峰村交界,北与安化县大福镇建和村相邻。该村为古代安化到长沙的"三十六铺"之一。司徒岭古驿道修建于宋代,至今留存3公里。

进入村口,可见一条穿山过坳、蜿蜒东行的清溪,这就是回龙溪。沿着溪边新修的石板路,路过一个漂亮的凉亭,溪上的回龙桥隐隐约约出现在茂草绿树丛中。走近一看,桥由长条形麻石铺成,长8米多,宽近2米,由两个棱形桥墩稳稳支撑。

让我惊奇的是,桥墩上各刻蜈蚣一条。我向一位在桥头树下乘凉的老人打听。老人告诉我,传说龙怕蜈蚣,古时回龙溪进入司徒铺村时,宽达30余米,溪水奔腾,可放竹排,为止溪患,刻蜈蚣于桥墩上,阻龙缓溪。后山体滑坡，溪变窄了，回龙桥也被埋了一大段。我又问他，这座桥到底修建多久了？老人说，他爷爷的爷爷在世时，桥就有了。老人还告诉我，这样的古桥在司徒铺村的山上山下有10余座。

不仅有古桥，还有新桥和新亭。近年来，司徒铺村党支部还想方设法，修筑了12公里的石板便民栈道、5公里的石板创业山道，建了20个凉亭，修了5座桥，建了一座大型文冠桥、一座大型文冠楼，建起了青年毛泽东游学广场和桥廊。这里古桥新亭交相辉映，乡村振兴处处新景。

虽然现在这里寂静又落寞，但当毛泽东和萧子升沿着安宁古道来到这里时，却被这里的繁华吸引了，并在这里住了一晚。但第二天一早，他们就出发了，他们早就与住雷鸣洞的萧蔚然约好，要到他家看看，雷鸣洞的风景很好，洞内也很大。

前往雷鸣洞时，他们经过了高明铺，有可能还经过了驿头铺。在高明铺，他们不只是途经，还有行乞。我在《毛主席早期在益阳地区革命活动情况的资料汇编》中看到这样的细节：

> 高明铺六十四岁的佃中农余保元说："民国初年，我家开饭店。当时我在高明读私塾，一个（应为两个，作者注）带宁乡口音的、二十来岁的游学先生，他们各带一个包袱、一把雨伞，还带有笔墨，身穿蓝布衣，白天到学校里来，自己做对联，自己写送给学校，学校的教书先生送点钱给他们。当时教我们书的先生说，这两个人年龄不大，但好才学。"

或许在驿头铺，毛泽东和萧子升偏离安宁古道，前往雷鸣洞和伏口（今属涟源市伏口镇），会见同学。

他们经过黑泥田、石门，来到雷鸣洞萧蔚然家。

虽然分别才十天左右,但好似久别重逢。他们显得格外亲切。萧蔚然一边嘱咐家人做好吃的,一边带着同学到雷鸣洞四处走走,并参观了雷鸣洞。

当毛泽东和萧子升看到如此宽敞的天然洞,并听着因水流产生的如雷鸣般的声音时,无不感叹大自然的鬼斧神工。

丰盛的晚餐后,他们长谈到深夜。

二

毛泽东和萧子升继续前行,经过白鹢、甘溪,来到伏口。

他们来找罗宗翰、罗驭雄和罗卓雄。罗驭雄和罗卓雄是同胞兄弟,罗宗翰与他们是同族兄弟。他们的家都在伏口街,两家相距仅500余米。他们是湖南第一师范的同学,其中罗驭雄在第七班,罗宗翰在第十二班,比毛泽东低一个年级,罗卓雄在第十五班。

罗驭雄和毛泽东的关系更为密切些。他俩虽不在一个班,但声气相投。湖南第一师范的课程非常多,毛泽东把大部分精力放在了自己喜欢的文学、历史、哲学等课程上。罗驭雄也酷爱这些课程,一遇到不懂的问题,经常向毛泽东请教。毛泽东也乐于和他交流学习心得。一来二去,两人成了好友。1915年6月,毛泽东写了"驱除校长张干"的宣言,罗驭雄和同学们连夜将其张贴在校园的各个角落。同年11月,袁世凯阴谋称帝,毛泽东编辑了《汤康梁三先生之时局痛言》的小册子。罗驭雄冒着生命危险,与同学四处散发。

毛泽东和萧子升来到伏口街后,先去了罗宗翰家。但罗宗翰不在家,出去钓鱼了。于是,他们来到罗驭雄家。罗驭雄家是做小生意的,开了个"小补堂"药铺,还有自己的小作坊。吃中饭还早,罗驭雄兄弟俩就带着毛泽东和萧子升参观他家碾香料的水碾房,还在伏口街转了转。毛泽东还要罗驭雄把罗宗翰叫回来，一起吃中饭。

吃饭时，罗宗翰来到了罗驭雄家。几个同学一边吃饭，一边热火朝天地聊了起来。都是读书人，当然聊历史、文化、教育方面的内容。毛泽东问罗驭雄，安化有什么宿学（有学问的人），如果有机会，我们想去拜访拜访。罗驭雄想了想说，有个叫夏默庵的，60多岁了，是后善溪人。他毕业于清代两湖书院，学识渊博，尤以经、史见长，有著作《中华六族同胞考说》《默庵诗存》《安化诗抄》行世。他以廪贡生，举孝廉方正，考授六品顶戴，补用知县，辞官后任安化县劝学所所长。大湾塘还有个叫陈璟梅的，清光绪十七年的举人，当过浙江布政使司文案、淮阳盐运使署盐场大使、湖南谘议局议员等。后来因病回到安化，曾主崇文书院（今安化一中前身）讲习三年，民国初年又创办中学，他担任校长。有《遂园文初编》《遂园文次编》等著作。毛泽东非常高兴地说，安化真是人才辈出，我们一定要去好好会会这些宿学。

吃过中饭，罗驭雄他们劝毛泽东和萧子升多在伏口待几天，但毛泽东和萧子升执意要往安化县城梅城赶。

三

毛泽东和萧子升离开伏口，罗驭雄、罗卓雄和罗宗翰执意要送。

伏口是湘安古道上的一站。

五个年轻人行走在湘安古道上。湘安古道，起点湘潭，终点安化梅城，是原来朝廷管辖梅山的一条重要的驿道、兵道、茶道、盐道。曲曲折折的山路时而陡峭时而平缓，陡峭处石阶紧密犹如楼梯，平缓处数米一阶甚是宽坦。大小石块铺设的路面时而宽阔时而狭窄，宽处几近两米，窄处不足半米，石面已被脚步打磨光滑。

古道两边的树，郁郁葱葱，生机勃勃，充满着幽幽意境。他们就像是走进了一段悠长的历史。他们一边漫步，一边谈论关于梅山的话题。罗驭雄告诉毛泽东和萧子升，这里曾经真实地凝聚着古梅山瑶、汉、苗、侗等众多兄弟民族珍贵的情谊，这里曾经真实地挥洒着古梅山先民的汗水和鲜血。光洁可鉴的青石板路，或残缺，或断裂，似乎有点散乱，但仍然能够感受到它的沧桑、它的苦难。这里的每一块石板都印满了古梅山人的脚印，每一个脚印都灌满了古梅山人苦涩的汗水。沿着这条古道，古梅山人不顾辛劳，或肩挑，或手提，或背杠。他们将大山里无穷无尽的茶叶、烟叶、药材、兽皮、山果、木炭、煤炭等物产，运送到大山外面去，希图能换回自己所急需的食盐、布匹、百货等商品。正是他们的艰辛奋斗，桥头河、梅城等各大都市、各商埠、各行业才得以发展和繁荣。当然，古道上有时也走动着一些条件稍稍好些的旅客，他们可能或牵着骆驼，或骑着马匹，或坐着轿子，这给原始、沉闷而单调的古道增添了些许亮色。

罗驭雄还向毛泽东和萧子升介绍说，湘安古道沿途有许多美丽的自然风光和人文景点。如久负盛名的七星、伏口老街，历史悠久的星罗古寺，清凉幽静的"梅岭""寒泉"，乐善好施的茶亭驿站，接二连三的商铺书院，不可胜数。古驿道的修建，使人流、物流更为畅通，催生了沿途大量的商铺和茶亭，形成了以石板路为中心的村落群，大大促进了当地的经济文化发展，有的还成了不可多得的景观。

因为他们聊得很投入，感觉时间也过得飞快。不知不觉，五人便来到了离伏口街约三里地的横坡仑乐善亭。乐善亭在横坡仑的半山腰上，山势陡峭，迂回盘旋。茶亭坐北朝南，视野开阔，往来商贾宾客都在此歇息、吟诗。

毛泽东和萧子升认真观看着乐善亭。有一副用红纸写的长对联，贴在殿中两边柱子上："刘为兄，张为弟，兄弟们，分君分臣，异姓结成亲骨肉；吴之仇，魏之恨，仇恨中，有忠有义，单刀匹马汉江山。"

他们又来殿外过亭坐凳背后，这里有一些石碑，记载了清咸丰八年安化前后九乡农民攻打县城后写的禁令。如禁止甲长坐轿下乡收粮税，改用各地选派户首送粮等等。毛泽东和萧子升都作了认真的记录。

罗驭雄又向毛泽东和萧子升介绍起乐善亭的来历。几百年前，这里因地势太陡，荒无人烟，过往行人非常不便。白鹞一个妇女，牵头在藏兵桥一个风水很好的地方修建茶亭，取名乐善茶亭。茶亭修起后，给这条路带来生气，周边渐渐建起一些商铺。南来北往的过客，因山势陡峭，走到这里就不得不歇息、打中火。一些村民也逐渐将房子建到了这地势陡峭的地方。慢慢地，荒山野岭成了村落。

毛泽东和萧子升与同学互相辞别，前往久泽坪方向。

"你们到达久泽坪后，最好在吴幼安家过夜。他是个秀才，是个殷实人家。"罗驭雄嘱咐毛泽东和萧子升说。

四

在罗驭雄故居前久久凝思，漫步在幽幽古道，我感慨万千。

令我感动的，是他们之间的同窗情。

伏口"三罗"之一的罗卓雄，过早地去世了。

另一位"罗"也是英年早逝，可他的生命之火在燃烧中发出了耀眼的光芒。他就是罗宗翰。

在《毛泽东早期文稿》、湖南党史大事记中，我发现多处罗宗翰的名字。后来，他不仅成为新民学会会员，也是以毛泽东为团长的赴京"驱张"代表团主要成员。在毛泽东离京赴沪后，他还主持了平民通讯社社务工作。

1920年6月，"驱张"运动取得胜利，罗宗翰考入北京大学。

1922年秋，在湖南第一师范附小教书时还兼任中共史上"第一所党校"——湖南自修大学附中教员，并参与湖南省党组织掌握的舆论阵地——《湖南通俗报》的编辑工作。自修大学被赵恒惕封闭后，他与毛泽东、姜梦周等建立湘江学校，还主持过校务工作。1924年3月，罗宗翰辅佐夏曦等筹建了（国共合作）中国国民党湖南临时执行委员会，夏任主任委员，罗任委员。1925年夏，在长沙秘密召开的国民党湖南省第一次代表大会上，罗宗翰当选为执行委员。

1926年，当时身兼国民党湖南省党部执行委员、湖南省建设厅秘书等数职的罗宗翰，积劳成疾去世（也有资料说，是被国民党右派暗杀）。毛泽东、何叔衡、李维汉、谢觉哉、郭亮、易礼容及各界人士数千人参加追悼大会。毛泽东的挽联是："羡哲嗣，政教长才，竟成千古；叹吾党，革命先锋，又弱一个。"

罗驭雄则是20世纪30年代后"三罗"仅存的一个。

1918年6月，他从湖南第一师范毕业后独下广东，经历一番波折后，考上了国立广东高等师范文史系。1922年，他与人组织民权社，发行《民权周刊》，宣传民主革命，撰写了大量批评时政的文章，引起了孙中山的注意。1924年，他当选为国民党北平特别市党部执行委员会常委。这年11月，孙中山北上，成立国民会议促成会宣传委员会，他任宣传委员。第二年3月，孙中山在北京逝世时，他任治丧委员会第十一组副主任。后经李大钊等介绍，他到安徽大学任教。1926年，孙传芳在安庆搜捕国民党员，罗驭雄无法立足，只得回湘，担任省立一中校长，后来又到省联中当校长。从此，他一边教书，一边参加政治活动。1927年，四一二反革命政变发生，罗驭雄率全校师生员工两千余人通电反蒋。"马日事变"时，又发表宣言，历数反革命破坏学校罪行，结果上了国民政府通缉名单。虽然名字上了通缉令，他依然冒着危险，设法掩护在校工作的共产党人李维汉脱险。而在第二年，他自己被国民党关进了监狱。出狱后，他还是办学教书。

　　1949年，在全国即将解放前夕，罗驭雄写信给毛泽东，要求为国为民做点事情。当时正处于全国政协会议准备阶段，毛泽东实在没空，就简短地复信，叮嘱他"工作之事，我的意见就地安排"。1950年，毛泽东再次给罗驭雄复信：所指干部中的缺点错误，所在多有，必须整饬。倘有所见，尚祈随时示知。来京一节，似可从缓，工作或学习均以就近从事为宜，未审尊意以为然否？

　　1951年，土改复查时，"出身不好"的罗驭雄自然是打击对象。就在准备枪决他时，人们却从他身上搜出了毛泽东的来信，罗驭雄得以幸免。事后，罗驭雄感慨万千。1957年以后，罗驭雄进入武汉大学工作。1983年，88岁的罗驭雄病逝于武汉。

　　老人作古，人间已换，古道依然，情谊芬芳。

一副对联，二元银洋

一

这是一段艰难的路程。

过了乐善亭，毛泽东和萧子升开始攀登大龙山。

大龙山是横亘在安化南境的连绵群山，山势极高极峻，有石板小道贯通伏口与清塘铺。这里是湘安古道最为险峻的一段。其地下，却蕴藏着丰富的煤炭资源。

大龙山下，充满着浓浓的烟火气。小桥流水，稻浪点缀，阡陌板屋，细柳低垂；老叟抽着旱烟牵牛而过，溪旁农妇浣衣洗发，一片美好的田园风光。

路越来越陡峭，人烟也渐渐稀少，茂密的树林中不时传来一些野兽的叫声。也时常有挑着满满一担煤炭的挑工，从他们身边走过，在青石板上留下黑黑的印迹。那些挑工，一个个被煤炭弄得乌黑，全身满是臭汗。

毛泽东和萧子升聊起挑工来。萧子升说，我们只背个包袱，拿把雨伞，走来都气喘吁吁的，他们肩上挑着一两百斤重的煤炭上下山，得有多辛苦呀！毛泽东说，关键是，他们这样拼命干，工钱却要被老板剥削掉大半，养家糊口都难。这个世道，真是太不公平了！

经过奋力攀登，夕阳斜照时，他们终于来到了山顶的村庄——久泽坪。他们来到山崖边，举目远眺，只见山势雄伟，犹如苍龙。

但暮色降临，得考虑投宿的问题了。他们不约而同地想到秀才吴幼安。

二

他们如何走进吴幼安的家门，那天晚上又聊了些什么？

我只得仔细查看各种资料。

萧子升的《毛泽东和我的游学经历》没有提及，久泽坪村（今属安化县清塘铺镇）也没有留下什么口述资料。倒是在由安化县梅城镇人民政府、安化县梅城文化馆、安化县作家协会梅城分会办的内刊《梅山》（2021年第1期）上，我看到了廖小雄的《湘安古道访乡贤——毛泽东、萧子升安化游学路上的故事》，袁新风、廖正华的《大地茫茫风雨骤，晓雾重重盼日出——1917年青年毛泽东第一次在安化游学的故事》却有详细的描写。他们描写的故事很细致，也很精彩，像小说一样精彩。因为太过精彩，又无法得知史实的出处，这让我心里非常不安。

我不得不将目光再次投向1984年5月21日安化县党史办修改整理的《毛泽东同志两次到安化的情况》。我找到了关于久泽坪极其有限的记录。1977年4月27日，罗驭雄回忆说：

当晚，毛主席他们住久泽坪，给当地秀才吴幼安送了一副对联，吴的堂客周三婆婆送了毛主席他们二元银洋。

但我知道，毛泽东和萧子升在吴幼安家的日子肯定是充实而丰富的。我试图从遗址处的某些物件找到关联的故事，或者找到与此相关的口述资料。

我来到吴幼安家老屋遗址处。房子早就不存在了，但还有一部分地基存在。从地基上留存的雕有花纹的石头、天井，可以想象他家房子的规模。地基左右现在都建了房子，但也只是吴幼安家房子地基的一部分。

地基右边那栋房子，已经废弃，没有住人了；地基左边那栋房子，房主姓龚，家里经营得很温馨，还建了围墙。龚大哥告诉我，前几年，他在这里挖地基建房子时，挖出了大量的石头，大的小的都有，还有各种各样的图案和花纹，以及瓦片和瓦当等。

龚大哥带我来到他家的后院，满院的石头、瓦片和瓦当。虽然摆放零乱，但并没有影响其艺术的表达。有的石头上雕着狮子，有的雕着凤凰，有的雕着童子，有的雕着武将，有的雕着"囍"字，有的雕着"鲤鱼跳龙门"，有的雕着"犀牛望月"，有的雕着"仙鹤贺寿"，有的雕着"八仙乐器"……雕刻方法复杂多样，活灵活现。即便是残缺的瓦当，也依稀可见精美的图案。龚大哥告诉我，这只是当时挖的一部分，还有很多埋得太深没有挖出来。足见当时吴幼安家的殷实。

说到1917年毛泽东和萧子升到吴幼安家的情况，龚大哥只听老人说过，他们在吴家住了一晚，还在前面的水塘里洗过澡。其他的一无所知。

三

我找到久泽坪村党支部书记阙运龙。

57岁的他,是土生土长的久泽坪人。1992年加入中国共产党,加入党组织后一直在村部干会计,2011年开始担任村支部书记。他对久泽坪的前世今生了如指掌。

阙运龙带我来到久泽坪村村部广场上边,毛泽东同志社会调查纪念碑旁。翠竹葱郁,花团锦簇。根据毛泽东在久泽坪吴幼安家留宿一晚的口口相传的故事,1987年,清塘铺镇久泽坪村党支部以这一事实为由申报建碑,以示纪念,同年县党办派员专程赴省里,请原湖南省委书记周里为纪念碑题字,写下"毛泽东同志社会调查纪念碑"字样。纪念碑坐西朝东,太阳从东方升起,寓意紫气东来,由碑座、碑台和碑身三个部分组成。

碑身铭刻有"毛泽东同志社会调查纪念碑"12个鎏金大字。碑台铭刻说明文字,共127个字,全文分三个部分。第一部分记述毛泽东、萧子升来安化久泽坪村的具体时间,为1917年8月。第二部分记述毛泽东、萧子升来到久泽坪发生的具体事件,他们了解到当时久泽坪大地主吴幼安家有良田1300多亩、山地3000多亩,收取七成地租的社会现象,揭示当时农村土地资源被极少数大地主所占有,而占绝大多数人口的佃农生活极苦的残酷社会现实。第三部分记述毛泽东、萧子升1917年游学途经久泽坪,是属长沙、宁乡、安化、益阳、沅江五个县游学调查之列。

阙运龙又带我来到位于村部的红色清塘党史陈列馆。他告诉我,这个陈列馆其前身是久泽坪村党史陈列室,与"毛泽东同志社会调查纪念碑"同时修建。1993年,村里借毛泽东同志诞生100周年之机,将陈列室32平方米展板,按原样翻新;2021年4月,清塘铺镇久泽坪村又投入150余万元,将原久泽坪村党史陈列室升级改造为80多平方米的红色清塘党史陈列馆,并对周边广场环境予以改善。

阙运龙讲起毛泽东、萧子升到吴幼安家的故事来。吴幼安是久泽坪的大土豪,他家房子大,树木茂盛,庭院深深。那天晚上,他们向吴幼安了解了当地经济情况。吴幼安并不隐瞒,直言收了七成租,但每逢青黄不接之时,他都会拿出部分粮食救济乡邻。

毛泽东、萧子升还与佃户阙德秋、吴幼安侄子吴襄等人,说话投机,彻夜长谈。阙德秋说,地主什么也不干,平白地拿七成,佃农一年到头拼命地干活,却只能拿三成收获,养家糊口都难,遇到灾荒就只能全家等死,这是什么世道?听到这里,毛泽东心里很不是滋味。

阙德秋说,毛泽东那天晚上的谈话,对阙德秋和吴襄的启发很大,他们后来都成了久泽坪的重要革命力量。1926年,阙德秋任中共久泽坪支部首任书记;1949年至1951年,吴襄任中共久泽坪支部书记。

这些故事,在口口相传中历久弥新、生生不息。

四

或许正是这种生生不息的力量,让这个名不见经传的小山村,有了自我革命的勇气与决心。

久泽坪村曾是"三村合一"的煤源村,因为煤矿的无序开采,全村四处一片乌黑,煤矸石充斥、尘土飞扬、污水横流、房屋损坏、垮塌,土地不能耕作,成了无饮用水源、无安全住房、无稻田耕种、无就业渠道的"四无"村庄。

为了改善人居环境,2018年,清塘铺镇实施久泽坪矿区地质环境综合治理项目。镇上邀请第三方对地表严重破坏区域开展生态修复和废弃工矿土地复垦工作，通过与城乡建设用地整改挂钩和人居环境整治，荒山废地恢复了生机，生态修复土地170余亩，矿山废弃地复垦约150亩，昔日的不毛之地又恢复成了农作物耕种区。

虽然进行了复垦复绿，但因土层没达到种植农作物的标准而一直闲置。2021年，工作队驻村后，将这150亩土地流转过来，下大力气增厚土壤层。2022年3月，他们又以"认购"的形式对村民开放，仅仅一周时间，40多户农户将土地"认购"一空，并迅速种上了玉米等作物。

为了绘就乡村振兴的"绿色"底色，久泽坪村还成立了村经济合作社，流转土地100亩，大力发展沙参等绿色产业，每年可解决劳动者就业50余人，为村集体经济创收15万余元。

村里还开展人居环境提质治理，投入80万元新建久泽坪村莲花抽水站，解决干旱季节存在的缺水问题；新建100立方米蓄水池，扩建5口大山塘，缓解干旱季节饮水困难。

燕子桥，风雨桥

一

燕子桥依然屹立在洢水河上，河道并不宽，河水也不算清澈，但水流较为湍急，充满着生命的活力。

它位于安化县梅城镇启安社区六组，东西向横跨洢水河，始建于清乾隆年间，现存建筑建于道光二年。大桥为歇山重层鹊木。全长约38.5米，通高11米，宽3.8米。中间为走道，重檐小青瓦顶，悬臂挑梁式木结构渠架，两台两墩，棱形分水，两侧为歇亭。歇亭共11空。西桥头有过道和守桥亭，东桥头南北两侧有石台阶。东、西桥头和桥中间各有一个四边翘角阁楼式硬山顶。中间的脊上压三星宝顶，两侧为花形装饰，脊角耸立龙形泥塑。

燕子桥是廊桥。在繁花似锦的桥梁世界中，廊桥是一朵绚丽多彩的奇葩。中国廊桥不仅历史悠久，而且技艺高超，尤其是木拱廊桥在世界桥梁史上占有突出的地位。

燕子桥更是风雨桥。安化多山多水,崇山峻岭间随处可见溪涧与河流蜿蜒流淌。桥因水而生。风雨桥是安化先民在一些交通要道上逢溪架设的便民交通设施,供过往行人打尖歇脚、避风躲雨。

令我惊讶的是,全国有据可查的风雨桥有751座,其中湖南有67座,而安化就占了33座,数量之多为全国罕见。这33座中,永锡桥、思贤桥、马渡桥、十义桥、燕子桥、仙牛石桥、复古桥等7座风雨桥保存较好,地域特征明显,被列为全国重点文物保护单位。

令我沉醉的,是它的古朴。它像沉睡的雄狮横卧在洢水河上,仿佛在倾听"哗哗"的河水声,又似乎在诉说着这古镇一个个美丽的传说。

它是安宁古道、湘安古道的必经之地,更是毛泽东和萧子升来梅城的必经之地。

二

我在燕子桥桥头眺望,历史那头,两个年轻的身影正朝燕子桥走来。

毛泽东和萧子升从久泽坪出发,一路走走停停,经过清塘铺、曾家桥、山溪铺、太平、茅田铺、接官亭,走向梅城。看到燕子桥,毛泽东和萧子升飞奔而来。眼前的燕子桥就像一座精美的宫殿,让人喜爱有加。桥头蹲着两头形态可爱的大狮子,它们睁着大大的眼睛看着来往的行人。阳光下,燕子桥倒映在河面上,与波光粼粼的河水交相辉映,甚是壮观。随后,他们拿出本子和笔,将眼前的燕子桥特色,迅速记录和描摹在本子上。

六年后,同样在夏天,已经成为一名马克思主义者的毛泽东,再次途经燕子桥,来到梅城,为推动安化党组织的创建和农民运动的兴起作出巨大贡献。此时,他的步伐坚定而铿锵有力。

燕子桥,不仅历经风雨,历经沧桑,还见证着革命的火种薪火相传,梅城大地的历史变迁。

困厄与希望

一

毛泽东和萧子升没有在燕子桥待太久,他们对梅城充满了向往和期待,同时他们肚子也饿了。

他们向梅城走去。

离梅城只有几百米远了,可以闻到梅城的气息了。这是一座古老的县城,自北宋熙宁五年安化建县就建城在此。县城以县衙为中心,分为东、南、西三条街道,北边是条小巷,当地叫北门弄子。虽然县城面积不大,但十分繁华,是"六县通衢,八方集镇",是大梅山中心地带,为周边各县的商贸集聚地。

还可一路欣赏洢水河风景。河水异常清澈,清澈得可以看见河底的沙石,还有许许多多的小鱼小虾在洢水河的怀抱中嬉戏打闹。他们行走在洢水河畔,深吸一口气,似乎闻到洢水河的芬芳清香,听到水花细微的声音，感受到沩水河的美丽。看着眼前的美景，想着马上就要到达梅城，他们心情舒畅。

这种美好，甚至让他们忽略了可能即将面对的困难。萧子升在《毛泽东和我的游学经历》中说：

> 一进城里，我们感到确实已经离开家乡很远了。那里的人说话的口音和我们颇不相同，对他们的生活习惯，我们也感到陌生，真有点置身异乡的感觉了。尽然我们有些同学住在那里，但我们决定不去拜访。因为恐怕他们又像何胡子家里一样，对我们殷勤招待。不过，由于我们连最后的一文钱，也早就用去了，因此在进城之后，下一步究竟应该怎样做，却是全无主意。我们成为真正的叫花子了，我们必须靠机智来换取生活。

二

读着萧子升的《毛泽东和我的游学经历》，我感受着他们困厄与希望的境况。

到达梅城时虽然才上午10点多钟，由于没有吃早饭，他们特别饥饿。

他们走到一家茶馆门前，但有些犹豫。他们望了望四周，还是硬着头皮走了进去。因为身无分文，他们就挑了靠近窗户的一张方桌坐了下来，将包裹和雨伞放在旁边。接着，他们叫了茶和早点。

因为饥饿，他们便狼吞虎咽地吃了起来。可是身上没钱呀，他们商量着如何去付钱。只有去乞讨些钱，或是赚点钱，这是唯一的办法。萧子升对毛泽东说，润之，你就留在茶馆记日记吧，我到街上看看有什么法子。毛泽东说，那好吧，你出去了，我只能留在这里，要不然老板不干。

萧子升出去不久就发现，安化商人鄙视乞讨。"我们这儿没什么给叫花子的！""别站在这里挡别人！""这里没有东西打发你！你走吧！"好几次，他们连门都不让他进，语气很粗鄙，神情也很冷漠。虽然也有几个人勉强给他一两文钱，但那也只是杯水车薪。时间过去一个半钟头了，他也走遍了两条街，结果只讨到二十一文钱，连早餐钱都付不清。

萧子升只得返回茶馆，与毛泽东商量对策。萧子升对毛泽东说，在梅城乞讨真是太难了，我走遍了两条街讨来的钱，还不够我们饭钱的一半。我们怎么去付钱？又怎么能走出茶馆？毛泽东说，要不，你到另一条街上去试试，我还留在这里写日记，可能那也没什么用，但只能碰碰运气了。萧子升想了想说，要不把讨来的钱买些纸，然后写些对联，送给街上的店主。这是一种知识分子的乞讨方式，不直接乞讨，而是献上一副对联，受之者则赠送少许金钱作为报酬。

萧子升说，用这种方式我们或许能多弄点钱。润之，你在这里把笔墨弄好，我去买纸。

毛泽东兴奋得拍起了桌子，说道，旭东，你这个提议好，我热烈拥护。

于是，毛泽东开始磨起墨来，萧子升到街上买纸时，顺便把沿街的若干重要的店铺名字抄了下来。萧子升买来的纸，每张约1.5米长，宽30厘米。他们把纸一分为二。

萧子升擅长书法，他谨慎地在第一副对联的顶端写上一间大店铺的名字。也就是说，每一副对联都是为某一家大店铺量身定制，让他们不好拒绝。这是他们的策略。他们更希望，店铺的老板们看到专门写给他们的对联后，会感到一种光荣。他们还想到，这些店铺应该很有钱。

萧子升来到第一家店铺。一个年轻伙计接了写给他们的对联,他把它交给三个年龄较大的人。他们展开对联,读了一读,露出欣赏的微笑。他们看了看萧子升,又看了看对联,一再重复着说,写得很好!真不错!说着,他们又低声耳语着,应该是在商量着到底给多少钱。给多了,老板可能不高兴;给少了,又怕得罪一个学者。他们无法决定,其中一个便拿着对联走到后面去见老板。很快,一个人面带微笑走了出来,并伸手递给萧子升四个铜圆。四个铜圆就是四十文钱。

这个给铜圆的人问萧子升,从哪里来?为什么弄到这种地步?萧子升正要回答时,另外一个穿着体面的人从后面的房间里走了出来。四十岁上下,偏胖。显然,他是这家店铺的老板。他走出来后,其他人立刻散去,只剩下他和萧子升。老板很有礼貌地问了萧子升几个问题,接着又把先前出来的那个年轻伙计叫了过来,问他给了多少钱。年轻伙计说,四个铜圆。老板说,再给他四个。

萧子升向老板道谢后,离开店铺。这次,他得到了八个铜圆,是他之前苦苦地乞讨了两条街所得的四倍。虽然之前的乞讨受到冷遇,但当自己写的对联受到欢迎时,还是给萧子升心里带来些许安慰,感到读书人到底是被人尊重的。

然而,花不常开,月不常圆。希望越大,失望也就越大。当萧子升来到第二家店铺时,老板极不耐烦地把他轰了出来。但萧子升不死心,仍旧争辩着说,这副对联是专门为你家店铺写的,你看,上面还有你家店铺的字号,即使你不愿意付钱,也请收下。老板这才看了看他的书法,也看到了店铺的名字,勉强地将对联收下,并塞给他两个铜圆。

从第二家店铺出来,想到毛泽东还在茶馆里等着,萧子升先回了一趟茶馆,付了款之后,商量下一步的行动。他们认为,虽然他们不即刻需要更多的钱,但那些写好的对联如果不送出去,也就浪费了。

他们决定将对联分成两部分，分头去送，送完后仍在茶馆会面。

于是，毛泽东和萧子升先后给"鼎升泰""谦益吉""云集祥"等店铺送了对联，也因此积累了一些盘缠。虽然有个别店铺老板不理解不支持，但大部分老板认可他们的对联，送给他们铜圆。虽然艰辛，但他们深刻感受到了学问的重要，读书人被尊重。

三

不想麻烦安化同学的毛泽东和萧子升，决定拜访饱学之士、安化县劝学所所长夏默庵先生。

他们赶往文庙。文庙坐落于紫云山麓，洢水之滨，依山傍水，风光旖旎。劝学所设在文庙内。丹桂、古樟环绕大殿，一池清水倒映日月；"大成至圣先师孔子"由一块整木塑成，红色的天花板独具特色。他们立即被这里浓郁的文化气息吸引了。

但他们最急于的不是参观文庙、武庙、培英堂等古迹，而是拜访夏默庵。可夏默庵在安化颇有名声，又身居安化的最高学堂，他喜欢吟诗作对，自以为有学问，平时比较清高，一向不理游学先生。他听说有两个年轻人想拜访他，觉得他们学问不见得深，就故意回避。但毛泽东和萧子升不甘心，第二次登门拜访，但他还是拒而不见。毛泽东和萧子升还是不死心，他们决定第三次登门拜访，并让人传话说，他们只是虚心求教，别无他意。

毛泽东和萧子升的决心动摇了夏默庵的意志，甚至感动了他。夏默庵想，平日的游学先生一次不理，便会扬长而去，这两位年轻的游学先生与众不同，我倒要探探他们的学问深浅。

于是，夏默庵开门相见。同时，他挥笔写下一上联于书案上："绿杨枝上鸟声声，春到也，春去也？"毛泽东见后，想了想，马上应声对之:"青草池中蛙句句,为公乎,为私乎?"

听了毛泽东对的下联,夏默庵心里一惊。他见对边胜过出边,还带有火辣辣的批评味道,自感有愧,连声赞赏。他马上客礼相待,不仅要请毛泽东和萧子升吃饭,还要留他们在文庙住宿,就住在文庙大成门南厢房。

1977年5月20日,安化夏德才的回忆证实了这一情景:

> 夏默庵是我的老师。民国十年,我听夏默庵的儿子夏导淮说:"民国六年,有两位游学先生来会我父亲,其中一个游学先生是湘潭人,姓毛字润之。我父亲出对子曰:'绿杨枝上鸟声声,春到也,春去也?'毛泽东马上对曰:'青草池中蛙句句,为公乎,为私乎?'我父亲见对得好,接他们吃饭,送了旅费。"

毛泽东和萧子升不仅迈进了夏默庵的家门,还与他深入交流,探讨经、史方面的知识。毛泽东对夏默庵的《中华六族同胞考说》特别感兴趣,进行了重点阅读。这本书是夏默庵考究了历代51种史志书籍写成的。夏默庵在书中说,从黄帝到清代,中国有汉、满、蒙、回、藏、苗六大民族,考求源流,同为炎黄子孙。其渊源为同种,论近源为同族,这些民族自古以来,虽有地域之分,种族之分,但是有分有合,各民族曾互相团结,互通婚姻,血统之混,姓氏之混,自昔至今。夏默庵创作这部作品的目的,在于加强民族团结,消融界限,结大团体,以巩固邦基。以至多年来,毛泽东对这本书还记忆犹新。甚至在新中国成立后,他还托人寻找这本书,估计是考究历史,研究民族团结。

1977年5月19日,安化夏基城对于这些往事,依然历历在目:

> 1953年,我任大岩乡治安主任。这年5月,毛主席向安化

六区来信，信上大意说："六区党委，我与夏默庵先生在安化会过一次，请寄《中华六族同胞考说》一册给我……"区里将信给我，要我去找这本书。我找到夏默庵的儿子夏导淮，他说他父亲在1928年死了，书也没有了。就此谈起（1917年毛主席来梅城的事，作者注），夏导淮说："民国六年，毛主席和另一个年轻人打一把雨伞到我家，毛主席我见了，毛主席好学，与我父亲谈话谈了好久，看了我父亲著的书，在我家住宿了，吃了饭。临别时，我父亲还送了他们八元银洋……"

与夏默庵一番交流后，毛泽东和萧子升迫不及待地参观了文庙、武庙、培英堂等地。

文庙坐西朝东，中轴线对称布局，自东至西为照壁、泮池、棂星门、大成门、天井、俯台、大成殿、崇圣祠。前院有棂星门，院前有半月形泮池，人称月光塘。塘边有梧桐树，枝繁叶茂，挺拔向上。他们坐在泮池边，观看着倒映的斑驳树影，犹如欣赏一幅美丽的水墨画。

文庙的门分三道，中间为大成门，门形高大，右为玉振门，左为金声门，门形稍小。他们迈进大成门，抬头一望，大成殿便坐落在高台之上。它是文庙的主体建筑，檐角高翘，龙凤绕梁，上盖黄色琉璃瓦，庄重古朴气派。进大成殿前，他们又被院内的两棵翠绿的桂花树吸引了，一棵是金桂，一棵是银桂，都是六十多年树龄。

随后，他们认真参观大成殿。大殿正中供奉着"大成至圣先师孔子"神位，两旁供着孔子的弟子贤人，堂上高悬着清康熙皇帝御笔题写的"万世师表"金字匾额，供后人顶礼膜拜。大成殿后为后院，是亚圣孟子的殿堂，殿前有天井、拜台、石墩、石凳等。

在这里，他们还观看了文庙祭器，以及原来老县衙用来计时的工具"铜壶滴漏"。

毛泽东和萧子升无不感慨，文庙见证了安化文教时代的开始，也见证了梅山人对教育的重视。

距离文庙不远的地方，就是武庙。武庙建于清道光二十一年，是祭祀汉寿亭侯关羽的专门场所。他们拾级而入，左右两厢，花窗雕琢，古色古香。大殿前坪正中有一圆形花坛。大殿高大，建筑宏伟，为抬梁式结构，殿顶盖碧蓝琉璃瓦，与文庙金碧交辉。殿内宽敞，岿然壮观，供奉有"关公夜读春秋"的雕像，与文庙的孔子雕像遥相呼应。

参观完武庙，他们来到培英堂。培英堂始建于1888年，原名"培英公局"，它是清代末年废除科举后安化创办的第一所新学堂。毛泽东和萧子升觉得这里非常亲切，因为1910年谢觉哉曾在培英堂担任国文和历史教员。他们还听说了一个故事：当年4月，长沙发生饥民抢米风潮，消息传到培英堂，谢觉哉以极大的兴趣打听事情的起因和经过，最后写了一篇小评论，鲜明地站在饥民一边。

……

参观完后，毛泽东和萧子升感慨万千，久久回味。对于梅城，对于安化，他们更是肃然起敬。

探寻毛泽东和萧子升的参观之路时，我也在努力地走近、认识、理解这些古建筑。

看着我惊讶的眼神，安化一中古建筑群服务中心主任何建勋脸上绽放出自信的笑容。他告诉我，不管是文庙、武庙、培英堂，还是安化县立简易乡村师范学校旧址，现在都在安化一中校园内。梅城的文庙、武庙不仅保存较为完好，且位于一处，此现象为湖南省内孤例，全国范围内也极少见。它们还演绎了我国从封建时代到民国时期再到现代的教育进化史。正因为此，2019年10月，经国务院批复，梅城文武庙古建筑群升格为全国重点文物保护单位。梅城文武庙古建筑群，犹如一本厚重的书，写满了历史。走近它、阅读它，宛如穿越了百年光阴，依旧可以触摸到文化的力量和温度。

在安师楼与武庙之间的广场上，我看到一面红旗高高飘扬。何建勋告诉我，这面旗帜可不寻常。我好奇地问，有何不同之处？他说，它是有序号的，来自2021年庆祝中国共产党成立100周年，在北京天安门广场所升起的100面红旗中的第68面。2022年是安化一中建校120周年，这面旗帜将朝着新的目标在绵延不绝的莘莘学子心中永远迎风飞扬！

我终于明白，梅城是一部书，是一部情意深长、隽永优美的大书。毛泽东和萧子升是来行乞，也是来阅读。

四

1951年，因地理、历史、行政等方面的原因，安化县城从梅城搬到东坪，梅城结束了千年治县史。但我依然感受到浓郁的文化气息，文化人满怀热情、拥抱生活的积极态度。也因为此，梅城的文化艺术氛围浓厚，文学、书画、美术、音乐、舞蹈、收藏等都像花儿一样盛开，芬芳美丽。他们甚至成立了安化县作家协会梅城分会，有会员数十人，还和梅城文化馆一起创办了内刊《梅山》。

我和蒋红霞、谌任游等梅城文友漫步在洢水河畔。是傍晚，下着雨。雨下得并不小，没有打伞的我们，完全融入了繁华梅城的人流中，被洢水河那潺潺的流水声陶醉了。洢水河不宽，但悠远而丰富。蒋红霞和谌任游都是作家，前者爱笑善言，后者少言内敛。蒋红霞是70后散文作家，出版过《尘香》《柳影随风》等作品集。她是安化县八中的一名语文老师，也是湖南省首批、第二批名师工作室首席名师。谌任游是80后，是一名自由职业者，但业余时间喜爱创作，写诗，也写小说。不爱多说的他，把想说的全部放在小说中表达了。

他们自然跟我聊到了毛泽东登上北宝塔后,写下的诗句:洢水拖蓝,紫云反照;铜钟滴水,梅岭寒来。谌任游告诉我,这种意境,只能在紫云峰顶才能领略到。在沙滩处,蒋红霞指着洢水河中间说,也有人认为毛主席他们夜宿沙滩是这个地方。原来梅城城墙在里面一些,河床还要宽一些,沙滩更大一些,沙滩最前面有个踏水桥,某些场景也与萧子升的回忆相吻合。她也去过东山的大塅,她觉得不论是场景,还是情理,那里更加符合。即便如此,当地还是在这里立了一块石碑,石碑上刻了毛泽东的青年头像,还刻上了"沙地当床,石头当枕。蓝天为帐,月光为灯"的诗句。碑文还介绍了毛泽东和萧子升夜宿梅城河堤的情况。石碑周围有些杂乱,就像我此刻的心情。

我沉浸在思索之中,蒋红霞却完全没当回事。她圆圆的脸,微笑起来非常迷人。她很快就说起儿时的故事。洢水河畔,包括沙滩,是她儿时经常玩耍的地方。此刻,她仿佛成为一名少女,在洢水河边戏说,欢快的笑声随着河水流向远方。

随后,蒋红霞把我拉进一家擂茶馆。擂茶是安化的一种特色美食,更是安化人的传承、情感与灵魂。蒋红霞说,到了梅城,不喝擂茶,梅城人会伤心的。她说,他们马上要办首届梅城擂茶文化节了。说到这,她脸上再次露出灿烂而自豪的微笑。我们一边喝擂茶,一边聊着梅城的往事。喝擂茶有讲究,也很丰富。擂茶里融合了姜、盐、花生、炒米、芝麻、茶叶,以及野生山苍子等。除了擂茶,桌子上还有红薯片、藕尖、紫苏、木瓜、萝卜条、花生等。我想到了梅城的丰富与厚重。

晚上,我还来到了廖小雄的家庭茶室。我们喝的不是安化黑茶,而是"花甲大叶"。是海拔1300多米高山上的野生茶,叶片硕大,香气四溢。

令我陶醉的,不是"花甲大叶",而是梅城人的文化情结。廖小雄还邀请了几个文化人来喝茶。梅城红色文化展览馆馆长陈立辉,

2022 年 49 岁，极度热爱收藏，近年来为保护红色文化奔走呼吁。李忭耘，梅城镇文化站站长，他毕业于华中师范大学中文系，热爱历史的他，一直扎根基层，一干就是大半辈子。刚从民警岗位退休的龙子明，热爱写作，是安化县作协梅城分会副主席。他也热爱梅城的历史和文化，甚至能像他当户籍民警时对每家每户都能说出个子丑寅卯来。

喝茶时，我对廖小雄的了解更加立体与丰富。她的母亲叫张悟英，1916 年农历三月九日出生于安化县乐安桥横铺子。1937 年，经徐特立批准加入中国共产党。她一直以教师的身份，从事党的地下活动。国民党对她恨之入骨，赏三千大洋要买下她的头颅。但她不顾个人安危，继续为党的地下工作而奋斗。在那特殊年代，她为四野南下、支援刘邓大军、筹备军粮、迎接安化的解放、接待南下的干部等大事，作出了重大贡献。新中国成立后，仍以教师为职业，担任过大福完小校长，任过大区区长，区妇联主任，公社妇联主任。解放初期，中共中央组织部派人来安化调查并找到她，中组部征求她的意见，要她去北京工作。她婉言拒绝。中组部又问她生活有没有困难，需要什么照顾时，她掉下了眼泪说，我能活到今天，比起那些为革命而牺牲的战友好多了，请组织放心，我还是在安化工作吧！ 1993 年 1 月 12 日，张悟英默默地离开了人世。在装殓遗体时，她的贴身衬衣竟有 42 个补丁。

"寻找与记录革命先辈的足迹和英雄事迹，是我义不容辞的责任和使命！"当大家你一言我一语地讲述着他母亲的故事后，廖小雄微笑着喝了一口茶说。

与其说是喝茶，倒不如说是为我第二天探寻毛泽东、萧子升 1917 年在梅城的游历出谋划策。

五

晚上十点多,我已经从廖小雄的家庭茶室回到宾馆。

我接到梅城镇党委书记张志华的电话。他在电话里一再强调,今天在外忙了一天,刚回办公室,因为明天一早又要下乡,今天晚上必须见一面。我无法拒绝。

中等个儿,满怀激情,握手有力。他是安化高明人,教师出身,后来进入公务员队伍。先后在安化县清塘铺镇、高明乡、东坪镇,以及应急局、住建局工作。他到梅城镇还不久,仅7个月。

"之所以这么晚还打扰您,只想表达两个观点。"张志华说。

其一,虽然梅城早已不是安化的县城了,但却是湘中地区的一个重要乡镇。现在梅城有户籍人口8万多,常住人口13.2万多,光学生就有1.7万多。虽然这里大型企业少,但却是物资交易中心,新化、涟源、桃江的生意人都在这里交易。梅城要发展,人民要过上幸福的生活,他们必须接力奋斗。

其二,毛泽东两次来梅城,不论是1917年,还是1925年,都具有特殊而重要的意义。梅城是毛泽东和萧子升1917年行乞游学中最重要的一个点,待的时间长,从事的活动多,留下的足迹和故事也多,并且都是现成的,不需要复原,更不需要绞尽脑汁地回忆。他建议我一个点一个点地看,不急不慢地看。

梅城已熟睡,我却无眠。

我整理着一天的思绪,为毛泽东和萧子升在梅城的游历作准备。

阅读梅城

一

回到 1917 年。

毛泽东和萧子升筹集到了部分资金，又在劝学所找到了住所，他们决定好好"阅读"千年古镇——梅城。名胜古迹，历史文化，以及当下农民生存现状。

也许，他们首先阅读的是东华山。

东华山离燕子桥只有三四百米之距，这里不仅交通便利、人口集中，也是梅城的最高点。他们沿着一条小路，爬向山顶，山上树木茂盛，郁郁葱葱。

东华观和魁星阁位于山顶。东华观前称真武殿，始建于明嘉靖三十五年，清康熙二十六年重修，易名东华观。魁星阁始建于清乾隆三十九年，因魁星阁里的魁星神像，是北斗七星的前四颗星，尊其为主宰文运、世间功名禄位之神,深受梅城读书人的崇拜。每当竞考时,士子们前来朝拜,都希望"魁星点斗,金榜题名"。

但毛泽东和萧子升没有急于参观东华观,也没有急于登上魁星阁,阅览梅城全景,而是先瞻仰了农民起义烈士墓。1977 年 4 月 27 日,罗驭雄回忆说:"毛主席他们到东华山看了农民起义烈士墓,调查了清代农民黄国旭领导的农民起义。"

一位老人向他们讲述着农民起义烈士墓的由来。咸丰元年,当洪秀全在广西领导农民起义时,安化的农民也纷纷起来反抗清政府的压迫和剥削。当时安化赋役畸重,除征粮外,还征苛捐杂税。司徒铺乡民赵升恒,列举甲书借粮苛索十大罪状,向清政府控告,反遭逮捕,解到长沙被杀,激怒了广大群众。大尧农民黄国旭、东山农民刘仲实联络全县九乡农民,坚决共同抗粮。二月二十二日,丰乐乡民集众赴县,县兵拦击,抗粮领袖张联魁、王扬元被捕杀害,乡民怒不可遏。二十四日,再次打到县城,知县李逢春派兵弹压,在东华山下校场激战,农民因武器不良,地形不利,伤亡惨重。战后,附近人民将起义烈士葬于东华山上……虽然几经周折,黄国旭率领农民抗粮斗争历经 5 年,最终算是取得了一定的胜利,但开展武装斗争血的教训也很深刻。

毛泽东感慨良多。

带着沉重的心情,毛泽东和萧子升继续向东华山山顶走去。仔细参观完东华观后,他们走上魁星阁。这里是梅城的最高点,古镇全貌尽收眼底。蜿蜒曲折的洢水河,繁华喧闹的古镇,远处隐约黛绿的山峦……

以后的岁月,有惊喜,也有遗憾。

惊喜的是,1925 年 6 月,毛泽东再次来到梅城。他找到姚炳南、卢天放、刘肇经、陈章甫、谢觉哉等同志调查情况,传达了精神:中共中央决定,建立国共合作统一战线,把国民党组织向农村发展,帮助建立国民党县党支部；我党同志要注重抓农民运动，在农村发展我党组织。在东华山帮助建立了"国民党安化临时县党部"，是安化党务之发轫。

遗憾的是，四五十年后，观拆阁毁。好在精神一直在传承，又过五十年，观和阁都得以复建。

但梅城人还是没有找到烈士墓的位置。廖小雄告诉我，在东华观左侧下山的青石板路旁，还有一群比较大的坟茔。这里是不是一片古老的墓地，他们不得而知。但每当走到那个地方，他们的眼里都会带着深深的敬意。

二

一天傍晚，毛泽东和萧子升决定登北宝塔。

他们已经打听过了，北宝塔又叫三元塔，位于梅城古镇之北，是梅城有名的景点之一。它东傍洢水，西望孔庙，而眺紫云山。它始建于清嘉庆十年，八方七层。

来到北宝塔下面时，正是夕阳西沉之时，阳光穿过紫云峰森林，洒落在清澈的洢水河里。此时，梅城北面的庵寺，传来了"咚咚"的鼓声，那里的铜壶滴漏正至酉时。毛泽东的目光透过洢水，朝南眺望，梅岭绵绵挡在东面，山里烟起雾生，向梅城袭来，带来一阵阵凉爽。

名胜风景，加上诗情才艺，毛泽东有理由和能力在塔壁上题下诗文："洢水拖蓝，紫云反照；铜钟滴水，梅岭寒泉。"还因为他发自内心地赞美梅城。

我在《毛泽东同志两次到安化的情况》中寻找关于这个情节的内容。我找到了1977年4月1日，安化县氮肥厂傅爱生的回忆：

一九七〇年七八月，梅城兴建氮肥厂……拆塔的时候，我与泥工杨卫卿上到七层塔顶，只见塔壁上题有许多诗文。其中南边壁上有毛主席的亲笔题词：浉水拖蓝，紫云反照；铜钟滴水，梅岭寒泉。还有落款，写的毛润之，民国六年八月秋。我下塔后，向李太年县委副书记汇报说：塔上有毛主席题词，是毛主席写的。李太年说，那是看风景登高的。我说，拆掉不好呀。李太年说，那个，县委决定了的。结果，还是把塔拆了，砖跌得粉碎，作不得用。又毁坏了革命文物。

我在浉水边流连，在紫云峰上远眺，在梅岭上寻觅，但"人非当年，景也非当年"，"铜钟滴水"不复存，紫云峰上虽然新立着梅王的雕塑，却紫云反照在一片农田里。浉水不再拖蓝，因为它不再是当年大水渺渺，而已成了涓涓细流。

当然，也有人对毛泽东"北塔题词"质疑。质疑的只是"北塔"，而非"题词"。其中一个重要的理由是北塔是空心的，没有楼梯怎么上得去第七层？

按照质疑者的思路，那毛泽东的诗到底题在何处呢？

一个又一个问号，让我的探寻之路缓慢而纠结。

三

毛泽东和萧子升注意到，劝学所背后不远处有一片房屋。

那里住着近二十户人家，以茅屋居多。只有一两户是地主，地主住的瓦屋。茅屋里住的都是给地主种田、抬轿的穷人。

毛泽东他们从劝学所走出，踏着田间小道，信步走向一户人家。

这户人家姓张，穷得叮当响。一间低矮的茅屋住着三口人。主要靠张步胜打草鞋、织蒲墩、织草垫为生,儿子张前光做木匠。父子外出了,只有张步胜的妻子夏婆婆在家。

夏婆婆见来了客人,忙热情招呼,叫他们到屋里坐。毛泽东他们进屋,打量一番。只见屋壁是用竹篾片织成,屋上盖的是稻草,比起湘潭、长沙乡下农民差得多。

虽然夏婆婆家穷,但她为人热情,乐观豁达,风趣幽默。毛泽东环顾了一下夏婆婆家里后,问道,老人家,您的生活好吗?夏婆婆开玩笑着说,我家千只屋木落脚,百个天井向上,生活怎么会不好呢。毛泽东知道她是在讲反话,心里忍着笑,也风趣地说,吃,那就更"好"了。夏婆婆说,讲吃,那城里更赶不上。早晨鱼片开汤,中午芝麻拌糖,晚上吹吹打打进洞房。毛泽东摇着头,表示不理解,但感觉在这个风趣的农村妇女面前,能得到一些情况,也就坐了下来,和她聊了起来。

夏婆婆看到两个省城来的年轻人文质彬彬,很有礼貌,觉得这个稀客不能怠慢。于是她笑着,搬出擂钵,放入花生、芝麻、茶叶、生姜,用擂茶槌在擂钵里擂起擂茶来。这是安化待客的最高礼遇。不久后,夏婆婆给他们端上热腾腾、香喷喷的大碗擂茶。这时夏婆婆才跟毛泽东解释她所谓的"好"生活。早上鱼片开汤,就是吃红薯片打汤;中午芝麻拌糖,就是蒸红薯带几粒米饭;晚上就是吃煨红薯,吹吹打打去灰,吃了就进房睡觉。

听了夏婆婆的解释,毛泽东忍俊不禁,开怀大笑起来。他觉得夏婆婆真会苦中作乐,便又问道,农民做长工有什么苦情?夏婆婆说,我男人做过长工,我就唱首《长工歌》给你们听听。毛泽东说,那太好了。随后,他打开墨盒,拿出笔来记录。夏婆婆清了清嗓子,就轻轻地唱了起来:正月做工是新年,离乡别祖去赚钱;赤脚踩烂冰雪路,心似刀割泪如泉……十二月做工是一年,老板打发回家转;跳脚喊天天不应,守着冷灶难过年。

渐渐地，夏婆婆的声音越来越大，歌声在紫云峰下荡漾开来。一些邻居听到歌声，都围过来看热闹。

60年后，当年的亲历者，对这一幕依然印象深刻。

一个叫唐首登的农民回忆：

一九一七年，学背后（现安化一中后面）住有十七户人家。有首民谣唱道：学背后的茅屋子，岩溪冲的柴棍子，梁乙溪的烂路子，县城街上的臭痞子。这说明学背后的茅屋多，穷人多。十七户中只有龙爱连、龙惠连二户地主，有两栋瓦屋。其余十五户住八个茅屋。都是帮地主种田、抬轿的穷人。毛泽东同志当时到张步胜家进行了访贫问苦。他家很穷，自己织蒲墩、草垫，儿子张前光做木匠。婆婆姓夏，为地主洗衣衫都难以为生。

一个叫龙允隆的退休老教师回忆：

一九一七年暑假，毛主席他们到安化游学，进行农村调查，曾到学背后一个茅屋里夏婆婆家访贫问苦。谈了三个多小时，夏婆婆烧了茶给毛主席他们吃。

毛泽东和萧子升虽然只在梅城待了三天，但每一个人物，每一个情景，每一个景致，都在他们心中荡起了涟漪。

清晰与模糊,梳理和寻找

一

与梅城挥手道别后,毛泽东和萧子升的道路变得清晰而又模糊。

他们打算前往益阳县,可以直接沿着宝安益古道前往。这条古道宝庆府(今邵阳)城北出,终点为益阳。修筑于宋代,时为湖南境内重要的商路。路宽五六尺,多以青石板铺成,横贯湘中。古道所经之地,群山起伏,峰回路转,崎岖难行,常年受山洪冲刷,不时有坍塌之患,多次整修。还可以走一段水路,即从梅城乘竹筏,顺洢水北上,可到达益阳县的马迹塘(今属桃江县)。再从马迹塘,沿宝安益古道前往益阳。

不管陆路,还是水路,他们的道路都非常清晰。沿着大路走,是他们这次行乞游学的基本思路。只要前方目的地确定,他们就会沿着大路往前走,根本不在意路途的远近。

但我的探寻之路变得模糊起来。萧子升的《毛泽东和我的游学经历》跳过了这段路程,学者文热心在他的《青年毛泽东之路》一书中提出,"从梅城乘竹筏,顺洢水北上,在马迹塘登岸,入住天府庙同学肖校文家。为商家作联,补充盘缠"。

但文热心的分析合理不合情。

二

从情感上来说,毛泽东和萧子升不可能绕开安化县九龙乡岩湾村(今仙溪镇三星村)的贺梯。

贺梯出身于富裕家庭,他的父亲秉承耕读家风。父亲努力送儿子读书,儿子也不负众望,学习成绩总是名列前茅,最终以优异成绩考取了湖南第一师范。他被分到了第七班,与毛泽东隔壁。分配宿舍时,贺梯与毛泽东分到了同一个寝室,并且是上下铺。由于他们学问和兴趣爱好接近,说话也投机,很快就成了无话不谈的挚友。

我来到仙溪镇三星村的贺梯故居。这里都是石头山,贺梯故居就在一个山弯处。廖小雄一再跟我说,毛泽东和萧子升他们在贺梯家待了两晚三天,然后由贺梯送到山口坐竹排去的马迹塘。我在贺梯故居细致观看,希望找到与故事相关的某些物品。故居还留有一半,另一半已经被其他人家建了房子。但留下的这一半,也能看出贺梯家的殷实,有砖瓦房,也有木房子,还有天井。砖瓦房是半月形的门窗,木房子有阁楼,精致的木雕门窗。虽然房子长期无人居住,已经破败不堪,但它的轮廓与气质尚存。

但这里的寻找有些徒劳。仔细参观贺梯故居后,廖小雄告诉我,1917年和1925年毛主席来贺梯家住的不是这里。我急忙问,那在哪里?他说,在河的对面,现在已经成了玉米地。这里的房子,是贺梯的儿子建的。

我又静静整理着思绪,轻轻地翻阅着每一页资料,不想让毛泽东、萧子升在仙溪行乞游学之旅空洞、干巴与枯燥。

在《毛泽东同志两次到安化的情况》中,我找到了四处记录毛泽东与贺梯情况的内容,包括他儿子贺远春,他儿子贺岳钟的同学陈新宪,贺梯的邻居贺梅藩,仙溪镇离休老干部姚一戎等人的回忆。他们说的,大都是毛泽东1925年来贺梯家的情况。

唯有贺梯外孙简人卫,在他的《云雾生辉迎夕照 芙蓉吐艳浴朝阳》一文中对毛泽东和萧子升1917年来贺梯家有详细的描写:

> 数日后,他们按照原先的计划,来到了芙蓉山脚下——仙溪九龙岩湾子的外公家。外公家家境殷实,外婆拿出家里最好的食物,盛情款待两位远道而来的有志青年。晚上,几个年轻人点起桐油灯,彻夜畅谈,寻求真理。天气热,蚊子多,他们全然不顾……这一次,毛泽东、萧子升在外公家住了整整三天,然后才依依惜别。

三

我又来到仙溪镇下辖的山口村,站在古渡口遗址处凝望。

洢水河穿村而过,它赋予了这个小山村生命,也注入了活力。因为洢水,这里的交通变得便捷,这里的货物,往南可以销往梅城,往北可以进入资江。进入资江,那是个更大的世界,不仅可以到达益阳,还可以顺资江而下,去省城长沙,去洞庭湖,前往长江。

"毛泽东和萧子升离贺梯家后,来到山口渡口,在这里乘竹筏,经长塘,到达马迹塘。"

这是我所接触到的安化相关专家的共识。

梅山巍巍连绵,洢水滔滔不息。

我的内心不再纠结与痛苦。有些时候,我们确实不必太在乎一件事的具体过程与细节,只要知道它在奔赴光明、美好的未来便可。

回味与思索

一

从山口驱车前往马迹塘途中,我陷入回味与思索。

我感受深刻的是,对毛泽东、萧子升1917年来安化,与毛泽东1925年来安化,存在混淆的情况。这与1917年比1925年早了8年时间有一定关系,还与毛泽东两次来安化、益阳走的不少路线、点位相同有关。岁月久远,记忆模糊,如果缺乏当事人真实而全面的记载,自然难以理清,很容易将1925年发生的事情与1917年发生的事情混淆。当然,毛泽东两次来安化的目的并不相同。1917年的毛泽东还是一个普通青年,他和萧子升来安化,虽然有一定的目标与方向,但目标与方向不太强,具体的行走也具有很大的随意性。而1925年时,毛泽东早已成为一名坚定的马克思主义者了,他来安化、益阳的目标非常明确,步履既坚定也匆忙,当然行程也更加隐秘,不能像1917

年那样大摇大摆、随心所欲。

如果说毛泽东第一次来安化的行乞游学,是为他第二次来这些地方进行农民运动考察作准备,这显然没有尊重历史,也没有尊重事物发展的规律,更没有真正走近和认识青年毛泽东。但我敢肯定,他两次来安化、益阳等地,是存在情感延续的内在原因的。只不过,他是在不同的年龄段,不同的人生高度上,来阅读这片土地。

1925年2月,毛泽东携夫人杨开慧回到韶山。一方面养病,一方面开展农民运动实践。夫妻俩在韶山开办了农民夜校,建立秘密农业协会,成立雪耻会,发展党员。6月,毛泽东又在自家的阁楼上主持了毛新梅、李耿侯、钟志申、庞叔侃的入党仪式,帮助成立了中共韶山支部。而毛泽东的这些活动,引起了当时湖南军阀赵恒惕的注意,让毛泽东不得不隐蔽行踪。另一方面,为了开展湖南的农民运动,毛泽东也需要在湖南各地进行调查、发动工作。这是毛泽东又一次来安化、益阳的两个重要原因。

1925年6月中旬,也就是毛泽东建立中共韶山支部后,经宁乡再一次到安化。由于这次到安化的目标非常明确,他在大福九头湾二区高小拜访了在此教书的谢觉哉后,直接翻越芙蓉山到牛角塘,与前来迎接的安化地下党员张文毅接上头后,来到县城梅城。

在梅城,毛泽东再一次住在文庙客房。在文庙,他会见了安化的姚炳南、卢天放、刘肇经等共产党员,调查了解安化县党的建设和农民运动。在文庙,他还召集了部分县农民运动的负责人会议,地下党员梅城城区张文毅和常丰乡熊黔仰参加了这次会议。毛泽东详细了解了各地开展农民运动的情况,他告诉大家:目前农民运动的中心,就是要把农民充分发动和组织起来,要组织贫农、雇农中最觉悟的分子,没收地主、土豪劣绅的财产。他还介绍了韶山开展农民运动的情况。会后,他还在张文毅和熊黔仰的陪同下,来到临近县城的常丰乡水溪坪永兴庵,参加了水溪坪全体贫雇农参加的大会,毛泽东在会上告诉参加会议的农民:"要吃饭,就要组织起来搞农民协会,搞借贷团,向土豪借粮。"

几天后,毛泽东离开梅城,顺道到十里排的刘肇经家,然后到九龙乡岩湾村的同学贺梯家并住宿了两晚,再到了姚炳南家,再从山口、长塘离开安化去了益阳。

印象是深刻的,甚至刻骨铭心。1927年3月,毛泽东发表了著名的《湖南农民运动考察报告》,尽管文章开头只说了"实地考察了湘潭、湘乡、衡山、醴陵、长沙五县的情况",但他在文章中三次提到安化县。

影响是巨大而深远的。毛泽东刚一离开安化,中共安化支部便在梅城正式成立,9月安化东坪成立中共安化特支。到1926年3月,安化县境内的党员发展到60多人,不久中共安化地方执委成立。随后,安化陆续出现了一些秘密农民协会,特别是毛泽东去过的栗林、九龙、思游水溪坪等地相继建立了秘密农协。到1926年10月,全县成立区乡农民协会60多个,会员达3万余人。

二

想到这些,我似乎找到了《保卫安化》的由来。

那天,我来到梅城红色文化展览馆。

一进门,我就被一阵慷慨激昂的旋律吸引住了。电子屏上,正在播放《保卫安化》。这是我第一次听说这首歌,梅城红色文化展览馆则介绍说:"我们在收集红色文物中,惊奇地发现这首创作于1944年的抗日歌谱,再现了当年抗战的悲壮历史。"

馆长陈立辉告诉我,《保卫安化》原本在他家里,是安化一中前身一位叫萧慰南的老师创作的。这首歌曲把我的思绪带回了历史,仿佛看到了当年安化人民满腔热血发动着群众,宣传抗日的爱国故事。

1939年至1942年,长沙人民奋起抗日,打赢了三次保卫战。然而,1944年第四次长沙保卫战,长沙沦陷,因为特殊地理区位和历史机缘,安化成为首先避难之地。仅迁入安化的师生就有数万名。一时全国各地人员云集于安化这个大山之中。

保卫安化,是那个时代的最强音!

三

梅城红色文化展览馆,其实是一家民间展览馆,展览的都是陈立辉近二十多年来收藏积累的近二千件珍贵文物。

他是梅城人,是梅城医药公司职工,是一名共产党员,也是湖南省收藏协会会员,后来停薪留职,在长沙天心阁做古玩生意。再后来,他收藏的红色文物越来越多,他迷上了历史,迷上了文物。最后,他举家回到梅城,不仅收藏,还筹建梅城红色文化展览馆。不是为了赚钱,也根本赚不到钱,他只想让这些文物,特别是红色文物,让更多的人知道,去感动他们,影响他们。

我列个清单,用数据的方式,体现一个收藏家的理想和追求:

不同时期毛主席像180个,其中瓷像章70枚、最大印刷标准毛主席1张、巨幅杭州绣毛主席去安源1张、大油画毛主席长征时让马给小吹号员坐1张、中央美术学院木刻毛主席像2张等。

1921—1949年,毛泽东单行本不同版本著作35本。

1921—1949年,红色文献180本(涉及党章、抗战、土改、军事等方面)。

20世纪50~70年代宣传画120幅,红宝书与红色文献故事书籍等 500 件。

抗美援朝等文物、文献 500 余件，包括上甘岭战役随军记者拍摄的现场照片 50 张，英烈家属纪念照片与罗盛教亲笔签名照片 10 张，还有衣服、帽子、皮带、枪套、军用包和文献资料、书籍等。

新中国成立前安化文献 100 余件，包括安化县地下党全体纪念照片，原国务院参事、翻译家谌小岑的理论著作，抗战时期迁入安化的学校同学录等。

第五篇
益阳县

兴致完全集中在谈话上

一

毛泽东和萧子升行走在宝安益古道上时,秋天的脚步已经来临。

他们来到益阳县的马迹塘地界。古道两旁风景秀丽,加之不时吹来阵阵凉爽的秋风,他们感到无比的轻松与舒适。他们的双脚迈着单调的步伐朝前走着,一步又一步,就像在用一根尺子丈量着古道。一切都是机械性的,但他们的兴致完全集中在谈话上。除此之外,他们不太留意。

他们还满脑子的安化,还在回味和谈论着在安化的各种事情。萧子升对在梅城乞讨时,茶叶店老板的做法耿耿于怀。

他对毛泽东说,这位老板把他的一个儿子送去读书,但由于读书并不是可靠的谋生之道,于是他安排他的另两个儿子去做生意。他们各人做一份生意,万一有一个失败了,另一个还可以继续支撑下去。

那个老板真是自私，他只考虑了他的家庭利益，而没有考虑他的儿子们的个人愿望，以及社会整体的利益。那个老板是典型的中国式父亲。

毛泽东却有不同见解，他说，你应该知道养儿防老的古训吧！这已是中国无数代的制度了。做儿子的主要责任，就是等父母上了年纪之后照顾他们，那时父母完全依靠儿子了。

萧子升说，很奇怪，我一直没有过这种自私的家庭观念。假如我有个儿子，我定然十分喜欢他，然而我决不会将他当作我的私人财产来对待。他是社会的一员，我的责任是把他抚养大，让他接受良好的教育，至于以后他对我的态度，就决定于他个人的情操了。我永远不会想当我老了以后需要他的照顾。我父亲是上辈人，但他也和我有类似的想法，他反对父亲对孩子的自私打算。

毛泽东说，我以为中国人的家庭观念太重，所以人们缺乏民族感情。

萧子升说，儿子并不完全属于家庭的，但也并不完全属于国家。夸大的国家观念和夸大的家庭观念是一样有害的。

毛泽东说，你对子女的观念，我觉得有些奇怪。

萧子升解释说，事实上，当一个人出生之后，作为一个家庭的成员来到这个世界上，他也是国家和民族不可分割的一部分，并且他也是全世界的一个公民。他对他的家庭，他的国家以及整个世界都有责任。一句话，他对社会有责任。

毛泽东说，旭东，你说得没错，国家在现阶段，应该摆在个人事情之上。

萧子升继续解释说，我想的是，如果一个人需要选择有利于自己而有损于家庭的行为时，他不愿去做；如果需要选择有利于他的家，而有损于国家的行为，他也不该去做；最重要的是，如果他面对有利于他的国家，而有害于整个社会的行为时，他应该彻底将它抛在一边。

检验行为的最后标准,是社会的最终之善。

毛泽东说,但是一个好的国家是保护人民的,人民有义务保卫国家。人民是国家的子民,在未来理想国家中,儿童们肯定是由国家来抚养、教育的。

萧子升说,那么,就必须有两种制度了,一种是抚养儿童,一种是照顾老人。假如你取消老人传统习惯上的依靠,就必须以另一种方法对他们加以赡养。

毛泽东坚定地说,最最重要的一件事,是有一个强有力的好政府!一旦建立了好的强有力的政府,人民就可以组织起来了。

……

不知不觉,他们来到马迹塘古镇。

这是一个千年古镇,也是进入古梅山的交通要道。一条麻石路穿街而过,路面被古往今来的岁月磨砺得油光水亮,照影如镜。街道两旁店铺林立,热闹非凡。

我想,他们肯定不会放弃任何机会了解历史。在马迹塘古镇,他们也许一边喝茶休息,一边找个老人讲述马迹塘的故事。也许老人讲到马迹塘的渊源。远在大唐初年,这沂溪河畔就建有一座三圣庙,供奉着刘备、关羽和张飞兄弟三个,关圣帝君右侧还塑有一匹赤兔神马。一天夜里,月朗星疏,这赤兔神马偷偷溜出庙堂,把附近农田里的禾苗吃了一大片,正好被张飞撞见,他立即跑到刘备的神案前告发关羽管教不严,放马夜吃百姓的庄稼。关羽受到刘备的斥责,气得满脸通红,顺手提了青龙偃月刀就去追杀赤兔马。神马慌不择路,逃到沂溪河中的一块岩石上,两眼泪水直流,向主人低头请罪。关羽本要挥刀斩马,突然想起它跟随自己多年,驰骋疆场出生入死,实在不忍下手。但为了严明法纪,关羽还是罚它在岩石上独脚直立站了三天三夜,以示惩戒。由于神马站立过久,岩石上留下了一个磨盘大的马蹄印,清晰可辨，人们由此就将这个地方称作马迹塘了。

从马迹塘的历史中走出，毛泽东和萧子升不打算在这里久待，他们决定继续前行，去找湖南第一师范的同学。在湖南第一师范，益阳县的同学有数十人，甚至上百人，这是他们选择来益阳县的一个重要原因。

二

毛泽东和萧子升拜见同学的基本原则是，沿着宝安益古道往前走，顺势看望离古道不远的同学。

他们的行走顺势而随意，我的探寻必须认真与严谨。

在探寻之前，我与夏正君进行了深入交流与探讨。

夏正君早期在部队当过新闻专干，后来转业回到老家桃江，在县广播电视台工作，先后当过记者、编辑、新闻部主任、专题部主任。业余时间爱好写作，是湖南省作家协会会员、桃江县作协常务副主席，出版过《岁月留痕》《人文武潭》等著作。退休后，他的精力放在了党史研究上，是桃江县史志编纂室特聘党史专家，也是桃江县政协文史委员。

"20世纪60年代末，党史专家曾对毛泽东、萧子升1917年来桃江（1917年时属益阳县）进行过调查，但收获不大，没找到什么可靠的资料。到底什么时候来的？具体到了哪些地方？找了哪些人？做了些什么事？一直是个谜。几十年来，桃江的党史专家们一直在寻找与考证，脉络逐渐清晰。前几年，市委宣传部和市党史部门在桃江开了毛泽东游学路线（桃江段）调研座谈会，初步认定毛泽东1917年暑假桃江游学路线是：从安化进入泗里河后，主要是沿宝安益古道行走，即马迹塘—武潭（访友）—筑金坝—大栗港—鸬鹚渡—板溪—

草籽坳—沙田湾—杨家坳—桃花江—曾家坪—罗公桥—李昌港—益阳县城。"夏正君介绍说："不仅线路搞清楚了，也大概知道他们去了哪几个地方。"

夏正君接着说，文热心在《青年毛泽东之路》中写到，毛泽东和萧子升来到马迹塘后，入住天府庙同学肖校文家，这不准确。我核实过，肖校文并不是毛主席湖南第一师范的同学，只是当地农民运动的一个首领，毛主席他们没有动机和理由找到肖校文家。

毛泽东、萧子升来到老益阳县的第一站，便是离马迹塘古镇不远的筑金坝（今大栗港镇黄栗洑村）。同学萧振汉是这里人。萧振汉，名暄，号曙光，生于1891年。在族人的帮助和支持下，他先后入益阳县立第三高等小学和长沙育才中学读书，后考入湖南第一师范第二班，与毛泽东、蔡和森、李维汉等人同学，且交往甚密。

因为缺乏资料的支撑，毛泽东、萧子升到萧振汉家做了些什么，谈了些什么，我无法进行真实有效的描述。但夏正君给我讲述的一个故事，同样让我感动。

1919年下半年，萧振汉赴法勤工俭学。他参加了留法勤工俭学学生发动的三次大规模斗争。1922年6月，加入中国共产党。同年秋，萧振汉被选送到莫斯科东方大学学习，并被指定担任留苏学生总代表。1928年，萧振汉奉命回到上海，参加党领导的学生运动。1929年9月被捕入狱，惨死狱中，牺牲时年仅38岁。

然而，就是这样一位共和国的烈士，居然没有一张照片留存下来，他的后人们都不曾见过其真容。为深入挖掘桃江红色资源，丰富桃江党史人物，也为弥补萧振汉烈士后人的遗憾，2019年，一场寻找烈士遗像遗物、恭迎英雄荣归故里的"寻亲记"就此展开。从宁乡到长沙，从北京到河北，从宁乡市党史办到全国政协原副主席、首批赴法勤工俭学学生欧阳钦居住在北京和河北的后人，从湖南省党史研究院到河北保定留法勤工俭学运动纪念馆，工作人员历经各种周折，最后才寻找到几张质量较高的照片和一些能够充分体现萧振汉烈士生平的相关资料。

2021年7月13日，他们还举行了一场特别的纪念活动——"寻烈士遗像，送英雄回家——纪念萧振汉诞辰130周年暨赴法勤工俭学102周年"。

三

我在石桥村遥望106年前两个年轻的身影。

石桥村位于桃江县武潭镇（1917年时属益阳县）的西北角，与常德市鼎城区及安化县交界的三角地带。这是一片祥和宁静的土地，民风淳朴，人杰地灵。这个村由原石桥、楠木桥、天池山、香池四个村合并而成，村域面积16平方公里，人口3800多。这里风景秀丽，环境幽雅，是个和谐美丽的乡村。

"武潭"和"石桥"，在毛泽东的心中，就像"益阳"一样耳熟能详。夏正君告诉我，毛泽东在湖南第一师范读书时，武潭籍同学多达19个，光石桥村一带就有五六个，他和萧子升1917年到武潭，到石桥，既合理合情，也真实可信。

如叶兆祯，是湖南第一师范第一班的，成绩优异，他不仅与毛泽东同龄，还志趣相投、关系密切。我在《毛泽东年谱》上，看到了关于1918年4月14日的记载："（毛泽东）出席在长沙岳麓山刘家台子蔡和森家召开的新民学会成立大会，萧子升、萧三、何叔衡、陈赞周、毛泽东、邹鼎丞、张芝圃（张昆弟）、蔡林彬（蔡和森）、邹蕴真、陈书农、周明谛、叶兆祯、罗章龙等到会。"他是新民学会最早的会员之一。可惜的是，1918年6月，他从湖南第一师范毕业，归家途中中暑染上疟疾，一个月后，不幸病逝，也是新民学会最早去世的会员。在一次新民学会会议上，毛泽东表达了对叶兆祯的怀念之情，并评价他：为人和平中正，有志向学。

又如薛世纶，他是湖南第一师范第二班学生，同样关系要好。他1920年赴法勤工俭学，1922年参加旅欧中国少年共产党，1923年加入中国共产党，1924年回国并担任中共三届执委秘书兼会计。薛世纶擅长宣传工作，1924年底至1927年，他曾任中共湖南省委委员兼宣传部长。1925年12月1日，在他的努力下，湖南省委机关报《战士》创刊，这是最早的中共湖南省委机关报，薛世纶是该报的主编。他当时以行侯的笔名，撰写了大量时评、政论文章，发表在《战士》刊物上。薛世纶和毛泽东是同学，又在党内共事。当时中国革命处于迷茫阶段，党内存在着两种错误倾向。一种倾向以陈独秀为代表，只注意同国民党合作，忘记了农民，这是右倾机会主义。另一种倾向以张国焘为代表，只注意工人运动，同样忘记了农民，这是"左"倾机会主义。这两种机会主义均感觉自己力量不足，而不知道到何处去寻找力量，取得广大的同盟军。此时，毛泽东作了大量的调查，进行了认真的思考，写成了《湖南农民运动考察报告》一文，同薛世纶商讨，薛一见毛泽东的文章就拍案叫绝，要求在自己主编的《战士》刊物上首次发表，以扩大刊物在党内的影响，毛泽东当即表示同意。新中国成立后，薛世纶先后在桃江县、安化县从事教育工作，并当选为湖南省政协委员。1950年初，著名画家、薛世纶湖南第一师范的同学高希舜，多次来信催他去北京工作。于是，担任益阳县广威中学校长的薛世纶，给老同学毛泽东去了一封信，汇报自己的思想和工作情况。信是1950年4月19日寄发的，没想到，毛泽东是个十分念旧的人，仅仅20天时间，毛泽东就给他写了回信。

再如夏在伯，他是毛泽东湖南第一师范的同班同学。1918年毕业后，夏在伯还与毛泽东在湖南第一师范附小共事一年，其后长期从事教育工作。1937年全面抗战爆发，他积极投身抗日救亡活动，还向在延安的毛泽东写信，推荐益阳县立第四学校进步青年萧翰元、刘汉初赴延安学习。毛泽东不仅回了信，还将萧翰元、刘汉初安排进陕北公学学习。新中国成立初期，夏在伯向毛泽东写信，表达想到北京工作的愿望。毛泽东在百忙之中亲笔回信："在伯吾兄大鉴：来信收悉。祝你身体健康！你我工作，南北异地，实相同也。你在南方工作，是一样的，不要到北京来。"1960年8月25日，毛泽东让中共中央办公厅将他的意见寄中共湖南省委统战部酌情处理："这三人（夏在伯、田士清、蒋竹如）是否有资格可以参加湖南省文史馆作为馆员，请省委统战部同志与湖南副省长周世钊先生一商，因周先生知道这三人的情况，周在京开民盟会议，昨天我和他谈过此三人的问题。如不合格，不要勉强列入。"可惜的是，当湖南省委统战部告之夏在伯关于文史馆员问题时，夏在伯已去世。

虽然叶兆祯、薛世纶和夏在伯的故居遗址已无迹可寻，但跟村民说起这些先辈的故事，他们顿觉无比自豪。关于毛泽东和萧子升来石桥的故事，一直在这个小山村口口相传。他们先到的叶兆祯家，接着又去了薛世纶和夏在伯家。毛泽东和萧子升了解了当地风土人情，也观看了附近的名胜。

> 老人回忆说：听我父亲讲，叶兆祯是兄弟中最小的，从小就很会读书，在湖南一师范读书时是优等生，同毛主席是要好的同学。叶兆祯死的前一年放暑假，长沙来了几位同学来他家玩，同时还到了上边村里石桥薛世纶和夏在伯家里，他们都是一师范的同学。

《叶兆祯：去世最早的新民学会会员》（2022年4月29日《湘声报》）一文中的这段文字，让我感觉亲切而兴奋。

四

为了见张昆弟，毛泽东和萧子升离开古道，不惜折返前往益阳县的板溪乡龙西村（今桃江县鸬鹚渡镇龙塘湾村）。

离开古道，全是山路小道，崎岖不平，荆棘丛生。但一想到能见到张昆弟，毛泽东和萧子升还是有些小激动。

张昆弟比毛泽东小一岁，从小父母早逝，他是由祖母和叔父抚养大。幼时读私塾五年，后家贫辍学，但仍坚持自学，1913年秋考入湖南第一师范第六班，与毛泽东、蔡和森等成为好友。他们经常互阅日记，张昆弟曾在日记中说："勤勉者，天下之代用品也。天下不可靠，勤勉才可靠。世人之有所成就者，无不自刻苦中来。"把勤勉直接看成是天下万物，甚至比天下更重要更可靠，认识一切人间奇迹都要从刻苦中来。这对一个年轻学子来说，树立这样的坚定信念不易，或许这也是他被毛泽东欣赏的原因之一。

张昆弟与毛泽东、蔡和森等，都是受杨昌济影响很大的学生。他们常在周末去杨昌济家听讲座谈，在老师指导下组织课外哲学学习小组，探讨宇宙人生的大本大源。在生活习惯上，杨昌济废止朝食，行深呼吸，主张静坐，做体操，常年洗冷水浴，甚至冬天也不间断。他们几个也热情地模仿，有一两年不吃早饭，后来发展到每天只吃一顿。有一年暑假，他们三人直接住到岳麓山爱晚亭，每人只带一条面巾、一把雨伞和一点随身衣服，早晚两餐都不吃，只吃一顿新蚕豆。清早在山上打坐，然后去洗冷水澡。彼此离得远远的，在山坡草地上露宿。他们每天在山上的生活就是：做体操、静坐、读书、看报、谈论、思考等。由此,被同学们称为"岳麓三杰"。后来,张昆弟同毛泽东、蔡和森等人一起创建新民学会,成为该会的重要骨干。再后来,他走上革命道路。遗憾的是,1932年,已任湘鄂西省总工会党团书记的他,牺牲于洪湖地区。

然而,当毛泽东和萧子升兴高采烈地来到张昆弟家时,他的家人却告诉他们,张昆弟外出了,不在家,这几天还不会回家。虽然他们觉得有些遗憾,没有见到张昆弟,但还是感觉收获不小。一是知道张昆弟家的样子了,二是多走了十几里路,锻炼了身体。

在张昆弟烈士广场,我先是肃立鞠躬,接着瞻仰张昆弟铜像。

我漫步在龙塘湾村,沃野大棚内菌香飘溢,竹林掩映着民居,板溪相伴着村道,处处焕发着蓬勃向上的生机与活力。

眼前的一切美好,何尝不凝聚着昨天的情感、奋斗、心血乃至生命呢!

风雨石龙关

一

黑云翻滚，山风呼啸，大雨将至，草子坳顿时变得热闹起来，茶亭与饭铺挤满了往来于宝安益古道的客人。他们暂时放下赶路的计划，在这里或焦急，或悠闲地等着大雨的到来与离去。

这里属益阳县九里石龙关（今属桃江县高桥镇松柏村石龙关小组），宝安益古道穿村而过。这里位于浮邱山南麓，峰峦叠嶂，山道弯弯，竹木森森。只要走进这片山地，便是泉水溪声相伴，林间鸟啼相闻。

在古代，这里属于下梅山的范围，梅山蛮国为防止来敌侵犯，在梅山地域的外围设有关卡。除在瞧口仑、先锋仑、雪交仑等处设关卡外，还在石龙设有一重要关卡，叫石龙关。后来，虽然历史上的关卡撤销了，但名字依然保留。

毛泽东和萧子升从板溪，经苍霞塅，便急匆匆地爬上草子坳。他们刚走进坳上的茶亭，随着几声炸雷，随即下起了倾盆大雨。此时正值中午，饥肠辘辘的他们，决定先在坳上躲躲雨，在饭铺吃了饭再走。

吃饭时，毛泽东和萧子升与饭铺老板闲谈起来。毛泽东问老板，这是什么地方。老板说，这里叫草子坳，坳下叫石龙关。石龙关有一形状像龙的巨石横卧在两山之间，巨石中有一个洞，来往行人必须从石洞中穿行。石洞很小，挑担的人要侧身才能穿过。石龙关中间有溪流经过，溪流下首罗溪河上有座木桥，只要遇上山洪暴发，木桥常被大水冲走，行人不敢经过。

毛泽东打破砂锅问到底，追问老板石龙的来历。老板笑着说，你们还真问对人了，我平常就喜欢打听一些神话故事、历史传说。老板说，石龙的来历与道教真武大帝有关。真武大帝是中国神话传说中的北方之神，根据阴阳五行来说，北方属水，故北方之神即为水神。因雨水为万物生存所必需，故真武的水神属性，深受人们的信奉。真武大帝的形象非常威武，其身长百尺，披散着头发，金锁甲胄，脚下踏着五色灵龟，按剑而立，眼如电光，身边侍立着龟蛇二将及记录着三界功过善恶的金童玉女。道经上说，真武大帝是太上老君第八十二次变化之身。真武祖师显圣浮邱，最初是因洞庭湖孽龙作恶，水淹数县，为救民于水火，真武祖师将孽龙降伏锁于浮邱山风洞，从此以后风调雨顺。因此，招来万民朝拜。浮邱山一时香火鼎盛，即修祖师殿于此。孽龙降伏锁于浮邱山风洞后，因经常听经悟道，经真武祖师点化，元神成仙，龙身卧于浮邱山南麓演化成石龙。

毛泽东和萧子升对事物追根溯源的执着，让老板微笑着直摇头。

二

更让饭铺老板不可思议的是，毛泽东和萧子升竟然想雨中观石龙关，过罗溪河。

饭铺老板一听，急忙跟他们说，年轻人，不能去，下这么大的暴雨，山下肯定发洪水，今天你们就不要下山了。萧子升有些动摇，对毛泽东说，润之，要不等明天雨停了再去吧。毛泽东说，不就是水吗，有什么可担心的，正好我们可以来个"天然浴"。

萧子升拗不过毛泽东，他俩打着油纸伞下山，冒雨走到了石龙关。在石龙关亭子里，毛泽东或低头看着水势浩大的山洪，或抬头仰望周围山川景象，凝思良久，不肯离去。

随后，他们沿着古道，走下草子坳，来到罗溪河边。河水暴涨，山洪已将河上的木桥冲垮，上游洪水奔腾而至。看着来势汹汹的洪水，毛泽东显得悠然自得。最后在萧子升的催促下，他们才爬上草子坳，回到饭铺。

或许，这天雨中情景让毛泽东心潮激荡，诗兴大发。晚上，在饭铺的煤油灯下，写下了人生的第一首七律诗：

骤雨东风过远湾，滂然遥接石龙关。
□□□□□□□，□□□□□□□。
野渡苍松横古木，断桥流水动连环。
客行此处遵何路，坐眺长亭意转闲。

据说，1938年毛泽东在延安同萧三回忆起这次游学经历时，谈到了这首诗，只是颔联记不起了，成了一残句。萧三在《毛泽东同志的青少年时代和初期革命活动》一书中，首次披露了这首诗。1983年9月6日解放日报社出版的《报刊文摘》登载《毛泽东早期的几首旧作诗词》一文曾加以介绍。后来又录入原中共中央文献研究室副主任、著名党史专家陈晋的《毛泽东的文化性格》（中国青年出版社1991年版）。

当然，毛泽东创作的这首七律诗毋庸置疑，但诗中的石龙关是否就是桃江县高桥镇松柏村的石龙关，并没有得到当事人的确认。我们更多地只是在探索、论证，甚至猜测。或许，这也是多地"争抢"这首七律诗的原因。

但无论如何，我都感叹于青年毛泽东在困难面前镇定沉着、处事不惊。

三

看待任何事物，我从来不割断它们之间的内在联系。

对于松柏村也是如此。

我漫步在松柏村，仔细观察这里的景致，与这里的人交流，试图真正靠近它，走进它的内心，找到现实与历史的某种内在逻辑。

刘进军，80后，高个儿，热心肠。他是土生土长的松柏村人，在这里当过10年的党支部书记，2021年公考到高桥镇，担任副镇长。考到镇上的前几个月，他还兼着松柏村的党支部书记，2022年7月他不再兼任村党支部书记。接替他担任党支部书记的，是95后王学文，是一名退伍兵。与刘进军一样，王学文是一个热情而富有激情，干实事的人。

他们告诉我，毛泽东和萧子升1917年途经石龙关的故事，一直在他们这里口口相传。对于松柏村来说，这有两个方面的重要意义。

其一，真实而鲜活地见证了宝安益大道的繁荣与衰落，这也是一种文化，一种精神。村里本来还保留着600多级古道的青石板，他们将和镇上一起，恢复打造一段古道，要让它向"新"而生。其二，让更多的后辈，从毛泽东和萧子升的行乞游学中受到感动和启发。他们将恢复草子坳上的茶亭，以及茶亭下的饭铺。

我们从草子坳出发，沿着留存的600多级古道往山下走去。虽然古道地处深深的竹林之中，有些地方还被泥土、树叶和杂草覆盖，但从历史的深处蜿蜒而来的古道幽幽远去，青石板依然光滑。不一会儿，古道雾气氤氲，林中狗叫鸟鸣。我们缓步前行，生怕破坏了岁月的痕迹，某一个历史的记忆。

快到山下时，传来一个老人的声音。循着声音望去，一个老人站在一栋二层楼房前。老人穿着土黄色的军上衣，光着脚丫子，正微笑着向我们招手。刘进军告诉我，那是松柏村的老支书，叫刘正国，75岁了。刘进军简单地与他进行一番对话后，老人高兴地对我说，是好事，是好事。随后，他又对刘进军说，要恢复就要抓紧。我不知道老支书对恢复古道兴趣浓厚的动机何在，但我知道，他家就在古道边上，古道早就注入他和他们家族的灵魂和血脉。

傍晚来到松柏村党支部副书记家吃晚饭时，雾气已散，夕阳西下，余晖洒落在松柏村的远近山峦。

松柏村的蓝图，也徐徐铺开。

他们要聚焦富农产业发展，壮大集体经济基础。按照宜农则农、宜林则林的原则，严守耕地和生态红线，切实保护耕地和生态公益林，发展现代高效智慧农业，争取创立1至2家拥有自主品牌的农业专业生产合作社或家庭农场。充分利用罗溪景区入口优势，全力推进人居环境和美丽屋场建设，打造美丽休闲乡村。以红色旅游文化为突破口，以"罗溪观景松柏吃饭"为切入点，发展农家乐、民宿吸引游客，打造自己的文化旅游品牌。利用罗溪河、松香茶园、转仑庵等景观发展休闲旅游农业，创立学农实践基地和农业科普基地，尝试发展漂流、研学等旅游业态。积极引进优秀人才和市场主体，参与美丽乡村建设，鼓励在外创业的村民回乡创业，积极支持关注松柏发展的各界能人参与松柏村富民产业建设。

他们要加强基础设施建设，夯实发展后劲。配合石罗公路建设做好本村地段路基扩宽、美化亮化等工作，将其打造成乡村旅游骨干线路，规划和加强辖区水电路网客货邮物联网等配套建设。按照乡村旅游3A景点景区建设的要求，力争辖区内主要公路美化、亮化、黑化，做好罗溪河松柏村段的疏浚整理及美化亮化工作。结合本村实际，按照共享共建、因地制宜、节约实用的原则，对石罗公路、袁宏公路地段进行人居环境"六个一"整治和美丽屋场建设。利用毛泽东游学之路上第一首七律诗《益阳道中》创作之地做好红色旅游文章。利用清朝两江总督陶澍在转仑庵求学的故事，讲好传统文化、孝德文化故事。

当然，他们还不忘抓精神文明建设，提高乡村治理能力。

副书记姓彭，皮肤黝黑，不善言辞。在他家吃饭的过程中，几乎没有说一句话，他始终在忙碌，不是帮他妻子做菜，就是端菜递碗。但饭菜的味道却出奇地纯正地道。或许，这就是松柏村的味道，是乡村的味道。

离开松柏村时，大地笼罩在一片暮色当中，我赶往下一站——杨家坳。

住夏曦家，还是住夏百源家？

一

古道越来越平坦，毛泽东和萧子升的行走也越来越轻松。

过了沙田湾，便是益阳县双江乡的杨家坳（今桃江县桃花江镇杨家坳社区）了。

渐渐地，他们看到前方集中的房屋与袅袅炊烟。他们知道，那里便是杨家坳。湖南第一师范的同学夏百源就是这里人，夏百源跟毛泽东关系密切，也多次说起杨家坳。他们家离益阳县城很近，只有七八里地。夏百源还说起杨家坳的来由。据传，清朝年间，这里新迁来一黄姓人家，其男子是被流放而来当驿站"火把差"的。每日入夜，"火把差"要高举火把，等候驿道上骑马而来的驿差接过火把急驰而去。黄姓一家苦于此役，忽于一夜计上心来，谎报急病暴亡。自此以后，黄姓依外祖改为杨姓。"杨家坳"亦因此而得名。

古道从夏百源家门口经过。来到杨家坳后,毛泽东和萧子升便来到夏百源家门口。夏百源的家叫"夏家大屋",为砖木结构的四合院,北向,分前门、后院、东西厢房三大部分,中有天井,两边走廊通往前后。前门为平头槽门,两端有高风火墙。墙角上翘,有土砖围墙,围成院落。房前屋后,翠竹丛生,杨柳依依,景色清新。夏百源热情地迎上来了。

毛泽东和萧子升到来的消息,立即成了夏家大屋的新闻,也很快传遍杨家坳。不少人好奇,跑过来看省城来的青年学子。毛泽东和萧子升也热情地与大家打着招呼,交流着,甚至拿出笔和纸,给大家写起书法来。杨家坳是个驿站,又地处资江畔,夏百源还带着毛泽东和萧子升在附近走了走,感受了驿站的繁华,也领略了资江风光。与毛泽东、萧子升一样,夏百源的诗、联也写得很好,一路上,他们少不了互相讨教。

二

或许由于夏百源去世较早,并没有留下1917年毛泽东和萧子升到杨家坳的实证资料。

我在杨家坳街上徘徊,希望找到从岁月深处透射出的一些光亮。

我碰到一个60岁上下的男子,他叫吴旦年,是杨家坳社区的报账员。他告诉我,他在村上(社区)干了40年了,见证了这里的发展变化。原来的古道,就是现在的杨家坳街,夏家大屋就在街边上,是20世纪60年代拆掉的。他还说,我爷爷原来告诉我,毛主席民国六年来过杨家坳,民国十四年也来过杨家坳。不光我爷爷说,原来我们这里的老人都说。

在杨家坳街上,我还与夏正君围绕1917年毛泽东和萧子升来杨家坳，是住夏曦家，还是住夏百源家，进行了探讨。

"毛主席曾两次来桃江，为什么都要住在杨家坳呢？"夏正君说。

我用期待的眼光看着夏正君，问道："为什么呢？"

夏正君说："其一，杨家坳就在宝安益古道上，是毛主席到益阳的必经之地；其二，毛主席在这里有同学，1917年第一次来时有同学夏百源，1925年来时，他在这里又增加了两个同学，一个是夏百源的堂弟夏曦，一个是夏曦的亲妹夫刘一华。"

"1917年是住在哪家呢？"我想把重点放在1917年。

夏正君说："当然是夏百源家。"

夏正君还拿出了证据："我于2020年采访过夏曦儿子97岁的夏震雷，2021年采访过夏百源女儿93岁的夏起南，以及刘一华的女儿即夏曦外甥女73岁的刘国安，都证实了这一点。"

"有资料说是住在夏曦家。"我说。

"那显然不符合历史与事实。"夏正君说，"夏曦1917年8月才考到湖南第一师范，而他的妹夫刘一华也是后来才到的湖南第一师范。后来他们与毛主席均有交集，但至少1917年暑假时，他们与毛主席还不认识。"

毛泽东和萧子升没有住夏曦家的理由和动机。

"但由于夏百源和夏曦是堂兄弟，都住在夏家大屋四合院内，将夏百源家说成夏曦家也错不到哪儿去。还有，1917年暑假，毛泽东和萧子升也应该见到了夏曦，并与他有交流。"夏正君说。

夜幕降临，华灯初上。

闪耀的灯光装点着杨家坳的夜景，璀璨夺目。

三

我没有急于离开杨家坳,而是顺着灯光,走进历史现场。

毛泽东来到杨家坳,只是同学情的开始。当然,在以后的人生道路中,他们的命运又各不相同。

夏百源与毛泽东关系密切,受其影响,早年就加入中国共产党,并长期从事党的地下工作。曾任国民党益阳县党部书记、河北冀县县长、东北抗日义勇军宣传处处长、益阳教育会会长等职。

新中国成立后,夏百源在农村生活。他曾与毛泽东写信谈了自己的生活,并询问张昆弟的死因。毛泽东于1950年8月27日回信:"惠书诵悉。张昆弟兄死事弟亦不甚清楚,只知其工作地点是湖北洪湖区域,时间大约在1930年左右。吾兄乡居灌园不是坏事,倘能就近赞助土改,即是有益于人民的。"

1960年,夏百源以贫病交加,含冤去世,享年66岁。1983年7月20日,桃江县人民法院撤销益阳县人民法庭1951年8月11日和桃江县人民法院1952年4月10日对夏百源的刑事判决书,宣布无罪。距此,夏百源已去世23年了。

但历史并没有完全忘记他。在庆祝中国共产党成立100周年之际,《湖南日报》2021年7月2日16版发表了一篇文章:《这本〈共产党宣言〉,他珍藏了73年》。文章主人公是91岁老共产党员杨寅初。记者在文章中写道:"杨寅初介绍,这本《共产党宣言》是1948年3月他在桃花江镇群益绸庄当学徒时,一位名叫夏百源的地下党员送给他的。夏百源是毛泽东在湖南第一师范的同学,也是红军将领夏曦的堂兄,1925年入党。当年,夏百源与群益绸庄的老板王德明是朋友,经常到店里来。杨寅初时常替夏百源代收信函包裹,他知道包裹里有一些进步书刊,便提出'借书看'的要求。夏百源对这位诚实守信、追求进步的青年颇有好感,便送了这本《共产党宣言》给他,并嘱咐他:'这是我花了2块大洋买的,你千万不能弄丢了,也不能让任何人看见。'"

如今,这本发黄的古书,成了杨寅初家的"传家宝"。说起夏百源,老人内心充满了敬意。

夏曦虽然比堂哥夏百源小了六岁,也晚几年到湖南第一师范读书,但参加革命并不比夏百源晚。1918年,夏曦加入新民学会,同年10月,毛泽东的朋友,后来任江西省委书记的耒阳人贺恕,接到毛泽东从北京的来信,从上海回到长沙,邀请夏曦一同前往。在北京,他们三人挤在毛泽东租住的小旅馆里,毛泽东介绍他们见到了李大钊,自此开始了夏曦与毛泽东的交往。

毛泽东从湖南第一师范毕业后,夏曦很快成为学校的学生领袖。1919年12月4日,毛泽东在长沙楚怡小学召开长沙各校教职员代表和学生代表联席会议,会议决定开展驱逐张敬尧的群众运动。夏曦积极支持毛泽东关于驱张的具体措施,参加了由毛泽东等发动的驱逐湖南督军张敬尧的赴京请愿团。1920年5月28日,新的湖南学生联合会成立,夏曦被选为湖南学生联合会秘书长。这年9月,湖南俄罗斯研究会在长沙成立,夏曦成为该会重要成员。同年底,加入毛泽东创建的湖南共产主义小组。1921年秋,夏曦加入中国共产党,成为一名真正的共产党人,并开始了自己辉煌而又悲壮的革命人生。

1936年2月,夏曦在长征路上牺牲。夏曦牺牲后,毛泽东十分悲痛。1938年4月,毛泽东在接见夏曦家乡人刘昆林时,曾给夏曦的父亲写信说:"东与曼伯,少同砚讨,长共驱驰,曼伯未竟之志,亦东之责也。"并寄800元抚恤金,以表示对夏曦家属的抚慰。

……

这些都是毛泽东1917年走在这条路上的回响,或者余韵。

龙洲书院是个读书的好地方

一

离开杨家坳后,毛泽东和萧子升沿着资江边的古驿道继续行走,走过茶亭街,来到裴公亭,远眺滔滔资江向洞庭流去。接着,他们沿江而下,走过五六里,便来到龟台山上的龙洲书院(今属益阳市赫山区)。

夏百源已经告诉他们,建于龟台山上的龙洲书院历史悠久,值得一看。他们对龙洲书院充满期待,只是那时的书院已经变成了"益阳县立第一高等小学"。

龟台山在资水南岸,隔江与益阳老县城之东门一带相对峙。其地貌为一形如老龟的台地,与南边的铁铺岭、兔子山等高冈连为一绵延起伏的山丘。这里内瞰资江,外扼兰溪,乃区域之锁钥。古城益阳资江十景中,会龙栖霞、碧津晓渡、甘垒夜月、十洲分涨诸胜环于其周,有山水名区、藏修胜境的美誉。

可是,当时学校已经放假,只有一名老工友留守。毛泽东和萧子升向老工友诚恳地介绍了自己的身份,他们从长沙来,一个毕业于湖南第一师范,一个正就读于湖南第一师范,他们并没有其他目的,只是想到这里来走走,体验一下生活,但他们没有带钱,希望在学校借宿一晚。他们不讲究,只要有个容身的地方就可以。

老工友还是有些犹豫,毕竟他并不认识跟前的两个年轻人,无法证实他们身份。他们突然想起夏百源说过,这里的校长叫文士元,也是湖南第一师范毕业的。他们就说是来拜访文校长的,又向老工友描绘起他的长相,以及相关情况来。老工友一边听,一边点头。淳厚、心善最终成就了这段美好的佳话。老工友认为,这两个年轻人应该是校长的校友无疑。

老工友带着他们来到山上的尊经阁藏书楼的一间书房里,并告诉他们说,你们就住这间书房吧。

他们被老工友的善良感动,又为书房里大量的书籍而激动。

感动与激动,交织在一起,化成资江的波涛,奔向未来。

二

来到龙洲书院,毛泽东和萧子升问了什么,想了什么,做了什么?我无法猜测,只能从一些零星的文字记载中寻找细节。

当天傍晚,毛泽东和萧子升沿着一条石板路下山,信步来到资江河边的宝塔下。酷爱游泳的毛泽东跃入江中,尽情畅游,饱览江边景色,洗净满身风尘。

晚上,毛泽东和萧子升邀来一位住校老师,在石可园漫步,书房畅谈。毛泽东向住校老师打听起龙洲书院的历史来。住校老师说,龙洲书院的历史要从明朝说起。明朝嘉靖年间，一个叫刘激的四川人到益阳担任知县，考虑到原县学矮小狭窄，收不了多少学生，便想在龟台山修建新校。于是，他向长沙太守郑少潭汇报，郑十分赞成。

恰在此时，右春坊右中允赵大洲因得罪严嵩被谪为荔波典史，途经益阳。他登临龟台而四眺：三面群峰留北阙，一江涨落洲渚来。他对刘激说："龙峰蟠如，群洲鳞如"，接着又题了"龙洲书院"四字。

刘激非常高兴，择日规划建院事宜，召集人工，准备材料，清理了寿昌观旧址，于上修建书院。大门有四柱，讲堂有六进，讲堂东西两厢是学舍，两两相对各有若干间；讲堂后面还建了尊经阁，有三层五丈高。最后面建了五贤祠，益阳历史上的先贤也附祀于内。其他亭台榭阁，厨房杂屋，也一一建成。书院四周以垣墙围起来。花了一年时间，即告竣工。于是，一座崭新的书院，依山面江，高爽明豁，屹立于龟台山上，规模之盛，可与岳麓书院、石鼓书院相比较。

住校老师还告诉他们，刘激虽是举人出身，但颇富才干且勇于任事，在历朝历代的益阳知县中，可算是政绩最突出者之一。他首次建成了完整的益阳砖城，奠定了后世县城的形制；领兵缉捕巨盗，还四境人民以平安；他重视文化建设，主持编纂了益阳历史上第二本县志。

龙洲书院落成后，刘激延请邑内外硕学名儒主讲，第一位主讲者是当时颇有名望的理学家蒋信。他是武陵（今常德）人士，累官至贵州提学副使，归老桃源，学徒四集，益阳士子多游其门。蒋信来龙洲书院，率生徒讲学，倡导"崇礼义尚朴素"的学风，一时求学者云集。此后，相继主讲书院者，多是儒林宿学，当初题"龙洲书院"四字的赵大洲，后来做到大学士，晚年寓居益阳，讲学龙洲，题堂额"珠渊玉谷"，以培育优秀人才为期许，成为一县人文渊薮，气象蔚为可观。

可惜的是，书院建成百年后，不幸毁于明末兵火。但大火烧得了书院的房屋，却烧不断它的根脉。乾隆十二年，时任知县高自位，聚集人力物力，在龟台旧址复建书院，前门题额"龙洲"二字，并在资江烟波洲上建了魁星楼，与书院相映照。奇妙的是，当年益阳士子有6人中举，这是益阳前所未有的盛事。乾隆三十七年，署理知县事务的冯鼎高在龟台山下建头门一座，题"龙洲书院"。嘉庆年间，知县陈嘉言、李宗沅，先后倡议邑人捐资置产，归入书院，供给师生生活，一时应者四起，捐集的田租每年可收二百多石稻谷。随后定下章程，分秀才正课、童生附课，各给予生活补贴，于是县内读书求学的士子接踵而至。咸丰二年，太平军经益阳，龙洲书院的五贤祠毁于战火。两年后，知县林廷式倡议集资重建五贤祠。此后，历任知县郑本玉、毛隆章等，都对书院建设作过贡献。

住校老师说，虽然龙洲书院历经沧桑，但弦歌未绝。清末兴新学，县人倡议改龙洲书院为益阳学堂，于是改为益阳官立学堂。旧时书院肄业学生，多转入学堂，学习新的社会科学和自然科学知识。书院变学堂，对于启迪近代文明，起了先导作用。1912年，益阳官立学堂改为益阳县立第一高等小学堂。

毛泽东、萧子升不仅与住校老师聊到龙洲书院，还聊到益阳古城。住校老师告诉他们，益阳古城为三国古战场，这里有蜀国诸葛井、关羽濑、马良湖，吴国甘宁垒、鲁肃城、卧龙墨池、单刀赴会处，地名仍在，遗址犹存。

也许，住校老师还当场朗诵了明代李鉴的两首诗《咏"甘垒夜月"》和《咏"关濑惊湍"》。这更引起了毛泽东的兴趣。我想象得到他惊奇的样子，并连连问道："甘宁垒"有什么遗存？"关濑惊湍"在什么位置？

毛泽东确信《三国演义》里"关云长单刀赴会"、甘宁以少制多的故事就发生在益阳，就在这里的资江两岸。今日有幸到此畅游资江，一定要去看看三国时期的历史遗迹。

毛泽东是怎样游历"甘垒夜月"和"关濑惊湍"等三国故事景点，我没有找到相关文字，但我相信他必有一番感慨和议论。

……

总有一些记忆，不会随时间的流逝而流逝。

1963年9月，应毛泽东邀约，他湖南第一师范的同学田士清前往北京中南海探望毛泽东。故友重逢，少不了叙旧。毛泽东听了田士清对龙洲书院的介绍后，深情地说：

龙洲书院是个读书的好地方，有山有水，风景不错。我记得民国六年暑假，两次到益阳，都住在书院里头藏书楼的书房里。当时学堂放了假，只有老工人留守。我们讲了几句好话，老工人就留我们住下了。傍晚，我们到宝塔下边资江中游泳，江水很清，很凉，游一阵就洗净了满身风尘，洗掉了一天疲劳，是一种很好的享受。

三

可是，历史的风云，还是抹消了古代书院的遗迹。

历经沧桑的龙洲书院，现在已经是龙洲中学了。

"现有龙洲中学是个初中学校，有教学班级47个，在校学生2300多名，在编教职工200余名。"校长徐浪波向我介绍说，"书院后来被拆除了，你现在看到的都是80年代末至90年代初重建的，唯一的古迹就是进门的槽门。"

徐浪波的脸上荡漾着自信的微笑。

"四百七十多年来，龙洲书院培养了不计其数的英才。明、清时期有郭都贤、罗喻义、胡大源、陶澍等，都是朝廷重臣。现当代以来，著名历史学家周谷城，著名文艺理论家周扬，著名作家周立波，中南大学博士生导师、中国工程院院士夏家辉等等，以及革命烈士夏曦、熊亨瀚、袁铸仁等，都曾在此求学。"徐浪波说。

这是毛泽东、萧子升行乞游学过程中一个重要的点位，也是龙洲书院数百年发展历史中的一个小小插曲。

毛泽东、萧子升住过的那栋三层五丈高的尊经阁藏书楼不见了，他们走出书院到资江游泳的石板路又在何方？

书院北侧山下江边的斗魁塔似乎在向我招手。原来，它经历了一切，也见证了一切，就像它见证了每一滴水走过资江，流向远方和历史。

偶然路过

一

我站在残存的益阳古城城墙（今属益阳市资阳区汽车路街道乾元宫社区）上眺望，毛泽东和萧子升从大渡口乘渡船过资江，然后从南门口进入县城，并沿着十里麻石街漫步前行。这是益阳古城最为繁华的地方，街道从里到外分为三保，一保为益阳的政治中心，有县衙，有孔庙，还有水牢等；二保是经济中心，这里商铺林立，车水马龙，人声鼎沸；三保是水运中心，这里靠近资江，靠近码头，是人们出入县城的主要通道，也是益阳人联络外面世界的通道。但在他们看来，所有的县城都大同小异，没有特别之处，也毫无新鲜感。

时值中午，毛泽东和萧子升走在麻石街上，望着两旁鳞次栉比的茶楼酒肆，肚子饿得咕咕叫。可他们一摸口袋，铜板所剩无几。他们如法炮制，给几家大一点的店铺写了对联，又赚到了一餐茶饭钱。

他们继续在麻石街上走着。突然，在街的一面墙上贴着一张由益阳县知事张冈凤发布的告示，引起了他们的注意。

顿时，他们有了新的想法。

二

张冈凤原来是湖南第一师范高年级的化学老师，与萧子升是师生关系，且往来密切，感情甚好。他是1917年担任益阳县知事的，即后来所称的县长。

对于这次"乞丐"拜访官吏的奇特插曲，萧子升在《毛泽东和我的游学经历》中有详细的描写。

萧子升说，润之，你看到墙上贴的县长告示了吗？

毛泽东说，看到了，不过我没仔细看它。你为什么惊奇？为什么问这个问题？

萧子升说，这里还有一张，你仔细看一看。

毛泽东看了一会儿，然后对萧子升说，所有县城都有类似的告示贴在墙上，我没看出这张有什么不同。

萧子升有些着急地说，你再看一看县长的签名。这个人是谁？

毛泽东回答道，这些字写得很清楚，他的名字是张冈凤。

萧子升问，你不知道张冈凤是谁吗？

毛泽东说，我真不知道。难道我应该知道吗？他是谁？

萧子升兴奋地说，他是第一师范学校的化学教员。

毛泽东说，哦，知道了，他只是教高年级学生的，所以我不认识他。我们的化学教员是王先生。你肯定这个张冈凤就是那位教员吗？同名的人很多呢。

萧子升说，我敢肯定就是，他是益阳县城人。我不但记得他那浓重的益阳口音,还知道他是暑假前两个月离开学校的。刘先生接替了他的位置。现在我明白他是回益阳县做县长了。

毛泽东问,你和他的交情很好吗?

萧子升说,是的,他非常喜欢我。每次考试他都给我一百分。我经常和他交流,每次谈到政治他就兴趣盎然。

毛泽东提议说,如果是这样,你倒应该去看看他。

萧子升笑着说,别忘了,在这个社会里,政府官员和乞丐是两种有着天壤之别的人,他们分别代表社会中最高与最低的两种阶层。我们是以乞丐的身份从长沙来的,我们经历了许多有趣的事,不过我们还没有拜访过一位县太爷。我想你说得对,我们就利用这个机会来获取新的经验,你觉得如何?

毛泽东自信地说,不管怎么说,他认识你,他不会把我们当作乞丐的。

萧子升说,目前最大的问题是,我们怎么通过门卫和衙门里人这一关。张先生当然不会把我们当作乞丐,不过左右人就不同了。我们的问题是通过他左右的人。走吧,我们去试一试,看看结果如何。

毛泽东高兴地说,好!这是我们这次冒险中又一个奇特的插曲:乞丐拜访官吏。我们就这样去好不好,就穿着这草鞋和这身衣服。

萧子升说,当然,我们以乞丐身份去见张县长。

三

毛泽东和萧子升问了好几次路,最后才找到位于益阳县城东门口的县衙。

他们认真打量着县衙,前面有个广场,广场中央正好与县衙门围墙正中的大门相对,从那里往里看,还可看到类似的另二道门。穿过这些大门,就是公堂了。县长的私人住宅在后面。第一道大门的右边站着门卫。这个门卫责任重大,因为他的职责是检查每个进去的人,他只让那些与县长约定有要事商谈的人进去。

他们穿过广场,走近那扇门。但他们立即就被卫兵拦住了。他们坚持要求到里面去,卫兵稍稍犹豫了一会儿,就把他们带到门房去商量。门房是个身材高大、态度粗鲁的年轻人,他大步走进来,高声嚷道,滚开!快点滚开!叫花子到衙门来干什么?门房又仔细打量了他们一番,短衫、草鞋、雨伞和包裹。他嗓门更高了,滚开!你们到这里来干什么?萧子升边回答边从口袋里掏出名片,我们来拜访县长。随后,他又将毛泽东的名字写在了名片上,并说,请你替我们通报一声好吗?说着,他将名片平静地递给门房。

年轻门房呆呆地站在那里,并有些疑惑地问,叫花子还有名片!什么名字?萧旭东和毛泽东!你给我这张名片干什么?萧子升说,请交给县长,告诉他,我们想见他。年轻门房问,你们为什么要见他?要告什么人?你们知道要先递交状子吗?萧子升说,我们不是来告什么人的,我们路过这个县城,想来拜访而已。年轻门房还是无法理解,他问道,叫花子和县长能有什么来往呢?萧子升说,你们县长是好官,待人和气,我相信他会愿意与两个乞丐交谈的。你进去看看,把这张名片交给他再问问他就行了。年轻门房又大吼起来,你们疯了!要是我进去对县长说有两个叫花子要见他,他一定以为我神经出了毛病,会立刻把我开除的。你们快给我滚出去,别再在这里胡缠了。要是你们不乖乖地自己走出去,我就叫卫兵把你们赶出去。萧子升争辩着说,我们不走,我们一定要见县长。毛泽东接着说,我们是叫花子没错,不过我们一定要见县长。年轻门房已经不耐烦了,他高声叫道,好吧,要是还纠缠不休,我就要不客气了!卫兵!快来!大门口的两个卫兵走了过来。萧子升说,谁敢对县长的客人动武?你们不怕丢了饭碗吗?

毛泽东跟着说，我们只想见一见县长，并没有做什么犯法的事。看看谁敢赶我们走。毛泽东和萧子升坐到大门里面一条石凳上，并说，我们不见到县长就不离开衙门。

就在此时，三个人从门房屋里走了出来，还有一个卫兵也过来了。有的人面目凶恶，有的则比较同情他们。他们站成半个圆围住他们，劝他们走开，但没有人敢对他们动手。其中一个年长一点的人对门房说，你干吗不进去通报一声县长，说两个傻瓜想见他，他们给我们添麻烦，赶也赶不开？年轻门房说，我怎么能去通报呢？上个星期有个穷亲戚来讨钱，当时我想也没想就去通报了。那个人走了之后，县长把我臭骂一顿。因为我一通报，他就不好不接见，只得给了那人一点钱，他教育我说，我的第一任务是区分访客，只通报那些该通报的。如果我认为是不受欢迎的客人，就可以自行打发了，免得麻烦他。现在叫我去通报这两个叫花子要见他？他们疯了，我可没疯！年长一点的人点着头，然后说，那我去吧。我去报告县长，说他们在这里胡缠，我们叫他们走，他们却死赖在这里。这样的事情由县长来决定，我们就没有责任了。

年长一点的人走进屋去，穿上长衫，又梳了梳头发。然后，他把毛泽东和萧子升的名片装在口袋里，慢慢向里面走去。年轻门房冲着年长一点的人大声嚷道，你在县长那里讨个命令，把这两个家伙捆起来，送到牢房去蹲几天，好好教训教训他们，下次他们就不敢来捣乱了。毛泽东和萧子升知道那是在吓唬他们，就装作没听见。他们安静地坐在那里，内心里忍不住想发笑。

年长一点的人去的时间不长。突然，他从二门里出来，快步向这边走。他边走边微笑着，到年轻门房跟前说，县长说赶快把二位先生请到书房去。毛泽东和萧子升还是坐在那里，假装没听见。看到那些人目瞪口呆、惊讶不已的表情，他们暗自觉得好笑。年轻门房低声以焦急的口吻问年长一点的人,是不是弄错了,是到县长的书房去吗?年长一点的人说,没错,我听得很清楚,县长还对我说了两次,叫我们立即把他们领到书房去!他们低声谈了几句后,年轻门房走到毛泽东和萧子升跟前,恭敬地鞠了一躬,说,县长要立刻接见二位,请跟我来。

毛泽东和萧子升要去拿包裹和雨伞,年长一点的人抢着替他们拿。毛泽东和萧子升连忙说,不用了,谢谢你,乞丐是自己拿东西的,不敢劳您大驾。随后,他们跟着年轻门房穿过第二道门、第三道门,又穿过一个花园,才到县长的书房。

张冈凤正在那里等着他们。

四

熟人相见,分外亲切。

看到毛泽东和萧子升的模样,张冈凤非常吃惊,并问萧子升,萧先生,出了什么事?你们从哪里来?看来你们是遇到什么麻烦了!萧子升说,我们从长沙来。这位是毛泽东先生,是我第一师范的同学。张冈凤又与毛泽东握了握手,问道,你们二人都是从长沙直接到益阳来的吗?萧子升说,我们从长沙出发,徒步穿过宁乡和安化。张冈凤问,你们怎么老远来这里看我呢?萧子升说,我们是偶然路过的。我们进城时看见墙上贴的告示,才知道你是这里的县长,所以来拜访一下。我们打算从这里再到沅江。张冈凤说,原来如此。你们打算从沅江再到哪里去呢?萧子升说,我们沿着大路,走到哪儿算哪儿。张冈凤迷惑不解地问,你们到底要到哪里去?你们到底想干什么?

毛泽东和萧子升知道,张先生是绝对不能理解他们这种奇特想法的。于是,萧子升又详细地向他解释了一下他们以乞丐身份过暑假的打算，还谈了一路走来的一些经历。张冈凤听了之后大为惊叹，对他们的勇气表示佩服。张冈凤说，大多数人不会理解你们的，所以刚才那个门房来告诉我，说有两个乞丐一定要见我，赖着不走。我问他是谁，他就给我看你们的名片，我才知道是你们。不过，说实话，当我看见你们两个的衣服和草鞋时，我就很能理解门房的态度了。现在你们两位先生不妨先去洗个澡，然后我们好好谈谈。

他们和张冈凤一谈就是好几个小时，又一起吃晚饭。饭桌上，张冈凤告诉他们有六个湖南第一师范毕业的学生在益阳教育局担任重要公职。有的当了县教育局局长，有的当了中学校长，有的当了小学校长。张冈凤说，我打算给他们每个送个信，请大家一同到衙门来，举行一个欢迎会。毛泽东和萧子升说，不需要举行欢迎会了。张冈凤说，那怎么行，你们大老远过来，益阳有这么多校友，我怎能不把你们的来访告诉大家呢？他们一定都非常高兴见到你们！毛泽东和萧子升说，那就恭敬不如从命了，但我们也有个要求，在与各位校友相聚前，我们先去一个一个拜访他们。

于是，两个年轻的"乞丐"摇身一变，成为贵宾了。他们在两天时间里走访了时任的益阳县教育局局长以及任中小学校长的六位同学。或许，毛泽东与校友们就教育问题进行了深入探讨，特别是对学校旧式教育制度的不满。最后，张冈凤安排大家一起，在县衙举行了欢聚会。

毛泽东和萧子升离开益阳时，张冈凤坚持要给他们四块钱，以备急用，还让门房送他们到城门口。

如此纯洁，如此隽永

当然，不光是益阳县，包括宁乡、安化也是如此，毛泽东和萧子升的行乞游学之旅，同学情谊相伴相随。这是他们行乞游学的重要动机，也赋予了他们坚持走下去的力量。

不论是 1917 年毛泽东和萧子升到益阳，还是 1925 年毛泽东再次来益阳，行走的线路基本相似，每到一处，找的也都是同学。他们的交往，是那么的坦诚与朴实。如此纯洁，如此隽永。

宝安益古道是一条通往益阳的大道，1917 年毛泽东从这条路上经过。八年之后，他依然从这条路上经过，再次到了板溪，见到了夏曦多次介绍的同乡张子清，在板溪住了几天后，再去的益阳。

到达益阳后，毛泽东来到益阳县兰溪金家堤（今属益阳市赫山区八字哨镇）考察了解党组织建设和农民运动的情况。金家堤是毛泽东湖南第一师范第十三班的同学欧阳泽的家乡。在湖南第一师范读书时，他们就交往密切。1918 年，欧阳泽加入新民学会。1920 年 5 月，他赴法勤工俭学，并在法国加入中国共产党，成为中国共产党旅欧支部的重要成员。即使在旅欧期间，也与毛泽东保持着书信往来。1924年春，他因病从法国回家休养。

老友相见，欧阳泽欣喜若狂。本来躺在床上养病的欧阳泽，一跃下了床，紧紧握住毛泽东的手，两人亲热地寒暄了许久。第二天，在欧阳泽家里，只比欧阳泽大三岁的叔叔欧阳笛渔将益阳建党的过程和情况向毛泽东作了详尽汇报，并把南县、华容的工作进展也作了介绍。毛泽东听后，连连称赞，并指示：要发动农民，组织农民协会，掀起革命高潮。

毛泽东对中共益阳县兰溪乡金家堤支部的建立赞叹有加。一年前，即1924年6月15日深夜，在金家堤欧阳泽家的简陋房间里，两盏煤油灯拨得特别亮，照得满室通明。"严守秘密，服从纪律；牺牲个人，阶级斗争；努力革命，永不叛党。"伴随着新党员铿锵有力的宣誓声，益阳县建立了第一个中共支部，这也是湖南农村成立最早的党支部。欧阳笛渔担任支部书记。

支部的建立，与欧阳笛渔有着直接关系。欧阳笛渔是土生土长的益阳人。父亲欧阳震云是清末秀才，在兰溪镇以教书为业。身为教书先生的父亲不仅教欧阳笛渔识字读书，更教他人生道理。后来，欧阳笛渔考入上海中华职业学校。求学期间，欧阳笛渔深受《新青年》等革命刊物的影响，投身工人运动，曾作为上海机器厂工会的代表参加共产国际在莫斯科召开的远东各国共产党及民族革命团体第一次代表大会。从莫斯科回到上海不久，欧阳笛渔就加入了中国共产党，成为当时上海的53名党员之一。1923年，中共三大召开之后，根据大会提出的"引导工人农民参加国民革命"这一中心任务，经党组织批准，欧阳笛渔从上海回到湖南，与中共湘区执行委员会取得联系，回到家乡益阳兰溪金家堤从事党建工作和农民运动，播撒革命种子。欧阳笛渔首先联络友人办起了一个读书社,并招收了30多名学生。他一面组织教师、学生学习马克思主义,宣讲革命形势,培养积极分子;一面又以读书社名义,组织他们进行社会调查,秘密进行党团员的发展工作。1924年春,欧阳泽因病从法国回乡休养。他的归来,为欧阳笛渔增添了助力,叔侄携手共同开展革命工作。不久,中共湘区执行委员会委员夏曦来到金家堤,与欧阳笛渔叔侄俩一起,商讨党团组织的组建事宜,秘密发展了刘昆林、余谷松、夏四喜、欧阳时运、邓星畲、曾慕颜等为中共党员。

一日午饭过后,欧阳泽陪同毛泽东外出散步。他们来到池塘边,当时正值日温最高的时刻,毛泽东想起自己已经许久没有游泳,于是便脱下长衫,往水中跳去。疾病缠身的欧阳泽,看到毛泽东强健的体魄,羡慕不已。回到家中,他饱含热泪,颤抖着写下一副对联:"数万里归来,饱带一身病患;三十年过了,何功大地民胞。"

回到屋里,毛泽东看到墨迹未干的对联,肯定了他的工作成绩,也鼓励他振作精神,战胜病魔,继续为党工作。

然而,不幸的是,一年后欧阳泽在益阳因病逝世,年仅30岁。

金家堤支部的首任书记欧阳笛渔,后来从事党的地下工作,遗憾的是,他于1931年春赴平江、浏阳工作途经湖北崇阳县境时,被捕遇害。

第六篇
沅江县

去沅江的大路

一

这是另一种景致了。

张冈凤的门房把毛泽东和萧子升送到益阳城门口。

城门附近有一个路碑,指着去沅江县(今沅江市)的大路。

他们知道,沅江不仅是湖南省面积最大的县,它还地处南洞庭湖区,大小湖泊星罗棋布。除了西南有绵延丘岗,北部是冲积平原,东南多芦荡沼泽。前面的路,愈加平直。经过香铺仑、碑石仑(今属益阳市资阳区),前方便是皇家湖了。那是益阳县北部的一个湖泊,也是与沅江县交界之地。毛泽东和萧子升已经打听过皇家湖的故事了。这个湖也叫"七仙湖"。相传古时天上七位美丽的仙女,因向往人间美景,常常偷偷下凡来到此地戏水游玩。皇家湖不仅湖面风光怡人,引得仙人入境,传说皇家湖水还具有祛病健身、延年益寿之神奇功效,湖畔周边长寿者多，相传皇帝也慕名而往，多次巡游此地，并修建行宫。当地民间盛传"天子桥"等神奇传说，"皇家湖"也因此而得名。

虽然没有了蜿蜒曲折的山道，但他们的故事同样精彩。最精彩的故事之一，当然少不了毛泽东和萧子升的激烈讨论。这也是萧子升在《毛泽东和我的游学经历》中着墨最多的内容之一。或许这是他们这次行乞游学的重要一环。他们既要感受农村、城镇各个阶层人们的生活和工作现状，也要记录，还要讨论。讨论就是探讨，是从实验中获得感悟，取得经验。

二

他们以张冈凤张先生为切入口，谈论起政治来。

毛泽东说，那个门房虽然可恶，但他们都得听张先生的，他们只不过是在执行张先生的命令罢了。有些官老爷就是那种势利小人，他们的人生目标就是权势和金钱，他们的头脑里不可能有高尚一点的思想。

萧子升说，中国有句古话，叫"衙门八字开，有理无钱进不来"，金钱就是正义。但不是所有的官老爷都那么坏。

毛泽东赞同说，对啊，社会上的人很少不这么看的。钱是对世事最有影响的东西。金钱就是权力。

说到这，萧子升有些气愤，说道，权力是个很坏的东西，所有权力都是不好的！而运用个人权势欺压百姓更是一种犯罪！

毛泽东争辩说，等一等，你刚才说"所有权力"，你是指什么样的权力呢？

萧子升解释道，首先，在原始社会中，身体最强壮的人才有权力，因为他能够打猎觅食，能战胜部落里的任何人。然后是士兵的权力，军队的权力,当然还有金钱的权力、政治的权力。

毛泽东看着萧子升问道,所以你说有四种权力,这些权力都是不好的?

萧子升解释说,权力本身无所谓好坏,完全在于如何运用。强迫百姓做他们不愿意做的事就是犯罪。权力就像一把刀,本身不好也不坏,但要是用它来杀人,就不能不是罪恶了。

毛泽东反问道,你认为政治权力像把刀吗?你不会因为刀可以用来杀人就不再制造刀了吧?刀也可以用来雕刻精美的东西。同样道理,政治权力也可以用来组织发展一个国家。

萧子升大声辩解道,你不能把政治和艺术创作混为一谈。如果你分析一下中外历史,就会发现,搞政治的没有不想杀死他的政敌的。即使最伟大的政治家,也会杀戮人民,伤害百姓。所以我不能同意这是件好事。

毛泽东说,我认为政治权力要比金钱权力好。资本家的金钱权力是压榨劳动人民的血汗得来的。一个人,不管他怎样胡作非为,没有文化,没有学识,只要他有钱,就可以被社会推崇。只要一个人有钱,他就可以公开做坏事,人们还要百般迎合他,弯腰作揖,说他是怎样怎样的大好人。这正是你说的金钱就是正义,金钱万能,有钱能使鬼推磨。如果我们是穿着体面的衣服去拜访张先生,那个门房不就会对我们笑脸相迎吗?如果我们给他一点小钱,他不是会对我们磕头作揖吗?金钱可通神,人们都崇拜金钱。

萧子升反驳说,你说政治权力比金钱权力要好,我不同意。金钱无疑很坏,但政治权力更坏。你必须记住这样一个重要事实,政治权力包括了金钱权力和军事权力。金钱权力是一种邪恶,而政治权力是好几种邪恶合在一起。一个没有良心、毫无教养的人,一旦他得到政治权力,就很可能上升到这个国家的最高位置。人们尊他为国王、皇帝或是总统，于是他就可以为所欲为地杀害、惩罚百姓。然而，他会大言不惭地说他是热爱人民的，为人民而工作。这样，他反倒成了国家的基石，人民的救星。正因如此，中国历史上有许多高风亮节的学者都拒不出仕。有的学者甚至被人三番五次邀请，但他们拒绝了，因为他们不愿对一个不学无术的人叩头屈膝。这些学者以为政治权力并不能提高一个人的内在品质。他们知道，政治权力不过是集各种罪恶之大成，而皇帝也不过是个成功的贼寇而已。这些自愿远离权力的人，才是君子和圣贤。晋朝的时候，有个叫皇甫谧的，他写过一本书，叫《高士传》，列举了近百位不屑于向社会权贵卑躬屈膝的古代学者。他们宁肯保持自尊，不贪高官厚禄。这本书是一千多年前写的，谁知道后来又有几千、几万人选择了这条道路呢。

毛泽东说，这只是你的高论，认为政治权力是集各种邪恶权势之大成，不是吗？很好，也很有意思，但是不免太高深了，一般人难以理解和欣赏。你似乎比我们这些人清高。但实际上，你好比是在云端里说话，地上的人不愿听这种空洞的高论。从低一点的标准来说，我倒是同意你的观点，那些势利小人是可憎的，但归结起来又是什么呢？简单地说，我认为是这样：如果你有钱，如果你身居高位，那么所有的人会对你笑脸相迎，打躬作揖。然而，如果你没有钱，也不是官老爷，那么人们就不会理睬你。像那个门房对待我们那样，那是司空见惯的事。

萧子升说，势利小人是句古话，与之相对的是道义君子。凡是小人，都崇拜权力，但这从来为圣贤所耻笑。三四千年以来，中国的学者信奉这一真理。孔子说，君子忧道而不忧贫。孟子也说，饱乎仁义也，所以不愿人之膏粱之味也。汉朝的董仲舒说，正其义不谋其利，明其道不计其功。人类的行为准则是建立在这些圣贤遗训上，但金钱与政治势力太大，以致破坏这些准则。

毛泽东反驳说，听起来是这么回事，但在现实生活中很难坚持这种准则。一个人快要饿死的时候，他是不会想到道德修养问题的。至于我自己，比较信管仲的话，衣食足而知荣辱。这正好与孔子的说法相反，他说，君子谋道而不谋食。

萧子升继续争辩说，你知道这句古谚吗，叫做"道高一尺，魔高一丈"。人类的道德进步总是很慢的，但物质进步却非常迅速。所以这句话的意思可以这样理解：每当物质进步百分之十，道德进步只有百分之一。飞机和军备的发展不是很快吗。枪炮的威力越来越大，杀的人也越来越多。这本身就说明了人类道德进步是多么缓慢。中国圣人总是强调道德正义，但仍很难说服人类改变他们低劣的本性。

毛泽东说，所有这些道德说教，在原则上都是冠冕堂皇的，却无法拯救濒于饿死的人类！

……

他们的谈论锐气而深邃，在去沅江的大路上久久回响。

三

一开始，我对自己去沅江的探寻之路无比担忧。

不像宁乡、安化那样，从20世纪60年代以来，当地党史部门做过很多实地调查和相关研究工作。至少，我还没有找到这方面的资料。

毛泽东和萧子升在沅江待的时间不长，活动并不多，我担心故事的丰富性和多元性不够。

但沅江市作家协会主席黎梦龙给我带来了希望。他的本职工作是沅江市教育局教研室一名初中语文教研员。

他热情地带着我走访了龙涎港码头、毛氏宗祠、毛家坝、三眼塘、古城塘等地，一路寻寻觅觅，古迹赋予了我创作的灵感与想象的翅膀。

他还特别向我介绍了近些年来专门研究青年毛泽东 1917 年来沅江的研究人员，以及相关成果。他正是这一课题组组长。包括沅江市相关部门、相关街道以及相关村，光课题组就有十来人。他们不仅研究了毛泽东和萧子升 1917 年暑假游学的缘起、同行者、出发时间、出发地点，以及其他相关人物，还研究了在长沙、宁乡、安化、益阳、沅江五县游学的基本路线，更对在沅江的游学情况进行了深入细致的考察研究。他们的考察研究有理有据、去伪存真，不人云亦云，以事实作为依据，更有自己的判断力。

去沅江的大路变得畅通而便捷。

龙浃港码头与毛氏宗祠

一

从沅江毛氏宗祠往南，有一条幽静的小路通往皇家湖畔。小路两旁，有樟树、枇杷树等，还有竹林。在杂草丛中，还掩盖着一些或完整或破碎的青石板和麻石。它们都曾是古道的一部分，就那样默默地躺在那里，似乎在诉说着岁月的悠久与无情。

通往龙浃港码头的这条小路只有四五十米长，尽头便是皇家湖。湖水清丽潋滟，水草丰美，中间倒映着天空中的云朵，看上去就像是两个世界的交会点。湖畔树木茂盛，环境幽静，空气清新。湖的对面，可隐约看到益阳资阳区拔地而起的高楼。这个码头，原为沅益官道药山古道的一部分，是沅江连接益阳、长沙等地的交通要道。

皇家湖的风景迷人，我沿着湖畔的马路向东走去。走了不到五十米，遇到一户人家，还是20世纪90年代初建的老式楼房，不论是房屋和屋内设施，都有些陈旧，甚至破旧。我看到门牌上写着"三眼塘镇龙浃村99号"。屋后是高大茂密的樟树，屋前靠湖边，栽着桃树、橘子树，还有生长旺盛的菜地。陈旧的房屋在这里毫无违和感，反而给人以和谐、亲切之感。我想，在这样的地方，即使搭个木房子，或者盖个茅草屋，也会融洽与悠然。这是可以安放心灵的理想之地。

房屋上升起袅袅炊烟。我来到灶屋，一位白发苍苍的老奶奶正在生火做饭。灶台很精致，贴的是或方形或条形的白色瓷砖，挺有讲究。两个锅之间，有一根烟囱，它谱写了尘世烟火，也记录着岁月的沧桑和坎坷。灶台后面，整齐地摆放着干燥的柴火。老式碗柜、老式饭桌和凳子，地板还是原汁原味的黄泥地。这里的一切都是那么怀旧。

老奶奶姓曹，今年83岁，在这里住了60多年了。她在皇家湖住了83年了，因为她的娘家就是湖对面，只是那里属资阳区，这里属沅江市。曹奶奶精气神还特别好，说起往事，有些兴奋，带着我就往湖边走。她指着湖中告诉我，原来湖中有三座桥，是天子桥、大桥和小桥，后来这些桥都被拆了。听老一辈人讲，民国六年毛主席他们首先走的天子桥，然后走大桥和小桥，来到龙浃港码头。以前龙浃港码头，不仅有来往的客人，这里还有小集市，每隔几天就会赶集，非常热闹。毛主席不光经过这里，还在这里逗留了一下，感受了集市，也观赏了美景。毛氏宗祠就在码头西边，毛主席在那里还见到了宗亲。

在曹奶奶的讲述中，两个年轻人正缓步从天子桥向龙浃港码头走来。

二

听说码头边上有个毛氏宗祠，毛泽东有些惊喜。

对于沅江毛氏，毛泽东早有耳闻。他知道，沅江毛氏与韶山毛氏同族同宗，同属江西吉水毛氏一支。明代洪武年间，韶山毛氏始祖毛太华落户湘乡，再迁韶山，沅江毛氏始祖毛鸿落户沅江。当年沅江毛氏立标圈地为界，有"上至天子桥，下至磨风头（马公铺一带）"之说，为一方望族。

毛泽东和萧子升来到位于龙涎港码头西侧的毛氏宗祠。宗祠占地上百平方米，外有围墙，内为四合院，是砖木结构。毛泽东不仅认真观看了宗祠的建筑，更是了解了沅江毛氏的发展史。每一座宗祠，都是一部浓缩的家族史。毛泽东感到格外亲切，也异常激动。

随后，毛泽东又与附近的毛姓宗亲交流。

美景与亲情，都是毛泽东和萧子升这次行乞游学路上的欢快音符。

美好遇见

一

离开毛氏宗祠,毛泽东和萧子升沿着药山古道,往沅江县城的方向走去。

他们首先经过了一段奇异的道路。道路两边土墙矗立,土墙上又长满茅草、杂树等。人在其中穿行,感觉极为庄重、威严,好像回到了古代。这段道路长约二里,叫长茅仑巷,巷口称长巷口。

经过奇异的长茅仑巷,他们来到龙涎古村与洞口古村,二村亦合称"龙洞"。"龙洞",这让他们很感兴趣。于是,他们打听起"龙洞"的来源。原来这里是著名晚唐山水诗人李群玉读书、藏书处——"李氏书屋"所在地。宋代以后,王安石、梅尧臣、李家庆等诗家,均有"沅江李氏书屋"的相关唱酬之作。

由于天色渐晚,他们不得不找地方住宿。于是,他们来到龙洞相邻的集市——毛家坝。这里有蜿蜒古街,麻石铺路。古街除盐、铁以外,还有米、布、肉、鞭炮等商铺错落而立。古街有一黄姓人家的饭店,另外,还有一胡姓人家的客栈,叫毛家坝上屋毛家客栈。

他们见小客栈虽略显陈旧,但也还雅致干净,于是就停留了下来——准备吃晚饭,然后在那里住宿一晚。

二

由于没有别的客人,年轻漂亮、二十岁上下的女主人就过来与毛泽东和萧子升搭话。

年轻女主人问他们从哪里来。毛泽东告诉她,我们从益阳来的。她说,二位怎么没有益阳口音呢。毛泽东补充说,我们是湘潭人和湘乡人。她吃惊地说,啊呀,那地方远着呢。毛泽东说,有几百里路呢。她又问,你们要到哪里去。毛泽东说,我们没有具体的目的地。她说,那怎么可能。萧子升说,我们是乞丐,所以没有地方去。

说到这,年轻女主人非常吃惊,接着又开心地笑了起来,露出美丽的牙齿。她说,你们是乞丐?不可能!你们这样斯文,真的是乞丐吗?萧子升说,我们并没有骗你,我们从长沙一路走过来,像乞丐一样。她还是摇头,觉得不可思议,甚至莫名其妙。毛泽东又问道,你为什么不相信我们的话呢?她有些激动地说,因为你们一点也不像。萧子升问道,乞丐有特别的样子吗?你怎么发现我们不像的?她仔仔细细地看了他们一会,然后说道,我知道二位都是了不起的人物。萧子升问,什么是了不起的人物?你会相面吗?

没想到年轻女主人真的点着头说,是的,我知道一点看相术,也会测字,可以预知吉凶。是我爷爷教我的。我爷爷是个诗人,出过一本诗集,叫《桃园曲》。我父亲也是个读书人。但他们二人在三年间相继去世了，只剩下我和母亲在这世上相依为命。为了生活，就开这家小店。萧子升问，你能借我看一下你爷爷的诗集吗？你肯定也是一位有学问的人。她说，我跟着父亲读了七八年的书，正要开始学写诗的时候，他去世了。我爷爷的《桃园曲》收藏在箱子里，明天我找出来。

毛泽东说起另外一个话题。他问道，可以给我们看一看相吗？她犹豫了一下，说，可是可以，不过说错了二位不要生气。这时，她母亲大概听见了她的话，在里屋说道，茹英，不要胡闹，不怕得罪客人，谈点别的吧。毛泽东还是说，不，没关系。请你直言，看到什么说什么，我们绝对不会生气的。

于是，她便认真地给他们相起面来。她滔滔不绝地引经据典，把他们今后几十年的功名利禄、婚丧嫁娶、福禄寿喜和吉凶祸福一一历数。毛泽东和萧子升听了，都觉得很有趣，并没在意她的话，他们一直当她在开玩笑。

她说完后，又问他们怎么是乞丐。他们就实实在在告诉她一切经过，并解释了一下。她对他们的主意非常感兴趣，并说如果不是家里有老母亲要服侍，她也打算这样做。

第二天早饭后，毛泽东和萧子升打算离开，前往沅江县城。但年轻女主人再三挽留，希望他们再住一天。毛泽东和萧子升说，住一天可以，但必须支付食宿钱。她说，那不行，既然你们是出来当"乞丐"，我怎么好收你们的钱。他们又问年轻女主人姓名，她说，我叫胡茹英。萧子升又开玩笑地说，日后毛先生要是发达了，他会写信来请你做参谋的。她一听，开怀大笑起来，说道，到那时候，他也许早已忘记我了。

两个省城来的年轻才子，一个颇具才气的年轻姑娘，他们有共同语言，一定有说不完的话。胡茹英一定仔仔细细地介绍了沅江历史文化和风土人情，她还充当向导，带着毛泽东和萧子升在毛家坝附近看了一些名胜古迹。

这无疑是一次美好的遇见。

"多年来,我一直保留着她的地址,但从未写过信。她那美丽、善良,以及开朗的性格,一直留在我的记忆中。"萧子升在《毛泽东和我的游学经历》中说。

三

胡茹英到底是谁?

黎梦龙他们也作过详细考察。

根据萧子升回忆所说,"那个年轻漂亮、二十岁左右的女主人就过来和我们搭话""我爷爷是个诗人,出过一本诗集,叫《桃园曲》""我父亲也是个有学问的人""她说叫胡茹英",黎梦龙他们在皇家湖、胭脂湖、后江湖一带寻找。

根据调查,他们得知,在这一带居住的胡氏主要有两支。一支系资阳炭溪分支,一支系湖南沅江分支(后江湖)。胡茹英祖父、父亲属于何支有两种说法。

一种说法为湖南沅江分支。这支后人指出,胡茹英的爷爷应当是《世界胡氏通谱:湖南沅江分谱》(2013年印行)中"治支艮东房方玉公廿三派"的胡良驹(1850—1910)。族谱中说,胡良驹,字伊人,号郎吾,清道光三十年十一月二十六戌时生,清宣统二年四月初三终,享寿六十一岁。行略告诉我:读耕绵世泽,诗礼振家声;文章憎命达,名教是宗人。他的原配蔡氏,继娶柏氏。有五个儿子,两个女儿。其中二儿子叫静堂(静唐)。生于清光绪二年的胡静堂,便是胡茹英的父亲。娶妻毛氏,即胡茹英的母亲。他们生有四子四女,长女就是胡茹英,只知道嫁给益邑田汉情,其他情况未详。但谱中一些情况,与萧子升的回忆有不合之处。

另一种说法系资阳炭溪分支后人，胡茹英父亲名胡家奎，胡茹英小名香伢子，后来搬离毛家坝。

显然，对于毛泽东和萧子升来说，胡茹英到底是谁并不是那么重要，重要的是胡茹英给了他们美好的瞬间和记忆，赋予了他们行乞游学中的温暖和力量。

众说纷纭

告别美丽的茹英,毛泽东和萧子升沿着药山古道继续向前,途经三眼塘、夏家桥、九只树、马公铺,约三个小时后,他们来到古城塘。

来到古城塘后,他们看到了什么?又做了什么?待了多久?从哪里返程回长沙?

萧子升在《毛泽东和我的游学经历》中说:

> 我们看到县城周围,全给水浸了,大为惊奇,一家店主告诉我们,这是西水,每天夏天总要来的。因为长江发源于高山地带,春夏之交冰雪融化,澎湃的洪水便从西方上游滚滚流下。洪水一下子就浸满全城的街道,四五天之后,洪水高涨,一切与外界的交通都告断绝,因为这一带是处于低洼地带。在这种情形之下,我们觉得乞丐生涯无法再继续下去了;由于这个突然变故,我们的冒险生活得宣告结束,于是,我们决定搭河船,径直返回长沙。

由于萧子升在这段描述中,并没有清晰地说明从哪个码头乘船返程,于是方家们众说纷纭。

《中国共产党益阳历史》说:"进入益阳县时,他们已游历了一个月了,本想在益阳县城调查几天就直返长沙,因听说沅江发生水灾,他们又立即奔赴沅江了解灾情。毛泽东和萧子升到达沅江时,洪水仍在继续上涨,汹涌的洪水使乡村农田和民房及县城的街道大都被淹没。毛泽东对沅江人民遭受水灾深表同情,来不及休息就和萧子升一道一边救灾,一边到沅江各处了解灾情,两三天后才返回益阳,然后再乘船回到长沙。"此段资料有几处明显错误,比如本想在益阳县城返回长沙、后又返至益阳回长沙等,这并不客观,甚至有些主观臆想,并不是史实。

文热心在《青年毛泽东之路》中所说,与《中国共产党益阳历史》有类似之处:"沅江泛洪水,洞庭湖茫茫,他们不可能再继续原定的走遍湖南的行程了。于是,他们决定搭船返益阳,再转船回长沙。到了益阳后,在龙洲书院又住了一晚。第二天,毛泽东和萧子升搭上回长沙的轮船,经沅水,入洞庭,转湘江,回到长沙。"这段表述并不严谨。一是没有依据,二是没有理由,三是不符合情理。

《赫山文史丛书·旧事拾遗》一书中的《伟人已去,足迹永存——毛主席两次到益阳》一文说:"毛泽东在益阳待了三天后,准备和萧子升一起到沅江,但正值湖区涨水,道路被阻,眼看暑假即将过去,于是他们便乘船返回了长沙。"这段资料干脆否定了毛泽东、萧子升到达了沅江,这与史实严重不符。

我和黎梦龙漫步在古城塘船码头遗址处,虽然船码头早已凋敝,但湖中波光粼粼,湖畔风光秀丽,树木葱绿。

"毛主席他们返回益阳乘船回长沙,那不符合逻辑,也不符合事理。"黎梦龙指着湖中说,"他们直接从这里上船,走南洞庭,到湘江,回长沙,无论是逻辑上还是事理上,都说得过。如果认真阅读萧子升的《毛泽东和我的游学经历》,就能一一印证。"

也许,我们无须关注他们何时何地,从哪个码头上的船。更为重要,更有意义的是,他们的行乞游学之旅终于完美收官,以及他们的所思所想、所感所悟、所得所获。

当然,对于毛泽东个人来说,他与沅江的关系,还远不止如此。

黎梦龙有些自豪地一一向我介绍起来。

1917年暑假来到沅江后,第二年毛泽东又偕蔡和森来沅江作社会调查,曾夜宿沅江劝学所,并参观景星寺、魁星楼、文庙等地。1921年4月,毛泽东与易礼容、陈书农等再次考察沅江。据说1927年春毛泽东考察农民运动时,又一次到沅江。

这都是与沅江的情和感,这情和感犹如滔滔洞庭,奔腾不息。

或谈论，或沉默，或思考

一

对于返程之旅，萧子升记忆尤为深刻。

可是他没有在《毛泽东和我的游学经历》交代，是坐的小火轮，还是其他船只？是大船还是小船？能乘多少客人？

为此，我专门请教了出生于一个驾船世家、湖湘木帆船制作技艺传承人的刘军。以前写其他作品时，我曾采访过他和他的父亲，参观过他家几十艘船模。对于湘江上船舶的发展历程，哪个历史时期航行什么船，这些船有什么特点，他们都了如指掌。刘军告诉我，民国时期省城长沙开通了到全省各地的航线，轮船基本上是火轮。火轮有大有小，小的可乘几十人，大的可乘一两百人。他甚至拿出一本关于民国时期湖南航运的书，上面有从沅江县城到长沙轮船的价目表，多少时间开一班，火轮属于哪个轮船公司等。沅江县城的码头，正好是常德到长沙航线途中的一个重要码头。当时乘火轮从沅江县城到长沙，十几个小时是正常的，有时逆流水急可能要二十几个小时。

正值汛期，水流湍急、水情复杂，毛泽东和萧子升乘坐的这艘火轮将艰难行驶。

二

毛泽东和萧子升从沅江县古城塘船码头登上火轮后，感觉河水好像已经暴涨到天空。他们感觉整个景象都变了，无数的房屋树木在汹涌的洪水中只露出尖顶。这是一艘从常德开往长沙的轮船，挤满了人，一片人声嘈杂，大人呼喊，小孩哭叫。听到这些，他们内心不禁升起一种凄然之感。

因为想做点记录，他们便在一个角落里找到两个座位。但还没等他们动笔，前面的两个人突然打起架来。二人都是五十岁上下。一个脸上刮得很干净，戴着副眼镜。另一个脸上有络腮胡，不戴眼镜。二人都穿着讲究，应该属于社会上的体面人。

他们听不懂打架的两个人在嚷嚷什么，只见不戴眼镜的那个人一把扯下戴眼镜的那个人的眼镜，摔到船板上，又把它踢到河里。失去眼镜的那个人撕扯对方的袍子，并撕成了两半。周围迅速围起了一圈人。毛泽东和萧子升也走过去想看个究竟。他们很好奇，就是听不懂他们的方言，也不好向旁边的人打听。

最后，打架的两个人安静了下来。有络腮胡的人把撕破的袍子围在身上，又拿起包裹，要找个地方坐。他走到毛泽东和萧子升放东西的角落，于是他们正好聊了起来。萧子升问道，怎么回事？那个人为什么撕你的袍子？有络腮胡的人怒吼道，这个恶棍，没把他扔到河里去，算他幸运。萧子升追问道，他什么地方得罪你了？有络腮胡的人还愤愤地骂道,这个家伙过来找地方坐,我给他挪了个地方,让他坐在我的右边,他似乎很感激,自称是常德县衙门的文书。不一会儿,我把我买的两包香烟放在我的右手边上。等我再找烟抽时,香烟不见了。这时他手里拿了一包烟正抽出一支,另一包在他口袋里。我看得清清楚楚,因为他的口袋并不深。他坐下时手里和口袋里并没有东西。而且,我的香烟牌子也少见。不用说,他肯定是偷了我的烟。于是,我问他我的烟呢,他反倒对我大喊大叫起来。后来,我们就打了起来。这家伙并不知道我是沅江衙门的捕快,抓这种小偷是易如反掌的事。萧子升安慰他说,好了,好了,别再生气了,事情过去就算了嘛。

萧子升和沅江衙门的捕快攀谈之际,毛泽东一直没插话。他在沉默,在思考。但当这个人说他是个捕快时,毛泽东露出惊讶的神色。他朝萧子升冷笑了一下。萧子升问道,润之,你怎么看这二人打架?一个是捕快,一个是文书,都不是挨饿的人,你看他们都穿得很好。毛泽东叹了口气,什么也没说。

过了好一会,毛泽东才说了句,旭东,你是说我没吃饭吗?对了,我急急忙忙赶着上船,没顾上吃饭。我现在要去找点吃的了,请你替我看一下这个座位,我去去就来。

三

行驶在南洞庭的轮船,已经完全处于一片汪洋之中了。

四周都是一望无际的水,看上去他们就好像飘在天上。

从黎明到黄昏,几片一整天天地不分,迷蒙的水平线完全消失在一眼望不到边的滔天洪水里了。

这是谈论世事众生相的好机会,他们自然不会错过。他们甚至评论起形形色色乘客的方言和他们的各种行为来。

"船半个小时之内就要到长沙了？"突然有人大声叫嚷着。

这一声叫嚷，打破了毛泽东和萧子升如痴如醉的讨论。

萧子升转过头，对毛泽东说，润之，还有半个小时就要到长沙了，我们给离开长沙后的这一切来个总结，好不好？

毛泽东说，旭东，这是个好主意。首先，我们知道，一切困难并不是不可能克服的，只要我们完全彻底认识到我们的目标。一分钱没有的日子真不容易，不过我们到底挺过来了。直到现在，在这种乞丐生活里，我们还没被饿死，这就是证明。我们一路上克服了许多困难，解决了许多难题。不过，还有其他几点呢？

萧子升说，对，还有其他几点。饥饿是最坏的事，饿着肚子走路真痛苦。当你饿着肚子时，手脚都发软了。这个世上有许多人，大部分时间在挨饿。但是，还有呢？

毛泽东接着说，我们发现，这个社会里有许许多多的势利鬼！我们离开长沙时身无分文，因此，人们对我们恶言恶语，刻薄相待。乞丐被视为最低下最令人讨厌的人，就是因为他们没有钱！

萧子升说，但是，还有别的呢。别忘了那个捕快和衙门文书。他们都是有饭吃的人，但还是偷东西，打架。这就证明金钱不能提高道德水准，只有知识才能。

毛泽东问，还有什么？

萧子升说，还有，我们现在完全明白了俗话所说的"叫花做三年，给官都不干"。为什么是这样呢？因为乞丐的生活真是彻底自由。

突然，周围喧哗四起，他们几乎听不到自己在说什么了。所有的人都在大呼小叫，乱成一团，忙着整理自己的行李包裹，他们无法再谈下去了。船很快靠了岸，一群人争先恐后地朝前挤，都想第一个上岸。

不一会，他们又回到了长沙城的西门。

这天是1917年8月16日。

四

  为了给这一个月的步行漫游来个总结，他们决定到照相馆拍张照片，留个纪念。右肩上扛着雨伞，背上背着包裹，就像他们途中那样。

  萧子升后来回忆说："我至今还清楚地记得毛泽东站在我的左边，记得我们二人那副样子：短短的头发，短裤，草鞋，一身破衣烂衫。这张照片留在湖北老家我出生的那间屋子里了。"

  拍完照后，他们返回到文运街的楚怡学校。他们在那里洗了澡，吃了饭，然后坐下来打开包裹。先写完他们漫游的一些回忆，接着就数了数他们包裹里的钱。还剩下两块大洋，四十个铜板。他们决定把它平分了，这是"乞丐"的财产。

  然后，萧子升对毛泽东说，我要回家去了，我父母一定在想我。你呢？

  毛泽东说，我也要回家了，他们给我做了两双鞋子，他们等着我呢。

  随后，他们各自消失在生活的烟火里，历史的烟云中。

  看似只是一次随意的步行漫游，但两个年轻人既体验了乡风民俗、风土人情，也体验了历史文化、名胜古迹，还体验了人间冷暖、世态炎凉。当然，更有农民的淳朴善良，友情的浓郁芳香。

  1917年暑假行乞游学圆满结束了，但对于毛泽东的漫漫人生来说，还只是序幕。

第七篇

橘子洲头

1917年8月23日

1917年8月23日。

湖南第一师范。

同学们陆续到校，校园一片喧哗，毛泽东却异常安静，特别是想到前些天与萧子升一起行乞游学的经历，更是思绪万千。在教室，或寝室，或自习室，或阅报室，他静静思考。然后，提笔给自己十分敬佩的老师、远在北京的黎锦熙写信。这是一封多达数页的长信，既高兴地表达了自己写信的两个缘由、漫游五县的收获：

> 近日以来，颇多杂思，四无亲人，莫可与语。弟自得阁下，如婴儿之得慈母。盖举世昏昏，皆是斫我心灵，丧我志气，无一可与商量学问，言天下国家之大计，成全道德，适当于立身处世之道。自恫幼年失学，而又日愁父师。人谁不思上进？当其求涂不得，歧路彷徨，其苦有不可胜言者，盖人当幼少全苦境也。今

年暑假回家一省，来城略住，漫游宁乡、安化、益阳、沅江诸县，稍为变动空气，锻炼筋骨。昨十六日回省，二十日入校，二十二日开学，明日开讲。乘暇作此信，将胸中所见，陈求指答，幸垂察焉。

还对宇宙至理、国家民族、事业人生等若干重大问题，进行了追本溯源的深入探究，收获了极为精深的见识，有的甚至成为一生的遵循。其中有这样两段话：

> 愚意所谓本源者，倡学而已矣。惟学如基础，今人无学，故基础不厚，时惧倾圮……
>
> 欲动天下者，当动天下之心，而不徒在显见之迹，动其心者，当具有大本大源。今日变法，俱从枝节入手，如议会、宪法、总统、内阁、军事、实业、教育，一切皆枝节也。枝节亦不可少，惟此等枝节，必有本源……夫本源者，宇宙之真理。

当时的中国正处于社会动荡、新旧文化的激烈交锋之中。辛亥革命推翻了帝制，然而并没有改变中国半殖民地半封建社会的悲惨命运。改良主义、自由主义、社会达尔文主义、无政府主义、实用主义、民粹主义、工团主义等各种主义和思潮，"你方唱罢我登场"，但都没能改变旧中国的前途和命运。他认为，变革中国的方子开了不少，但都是头痛医头、脚痛医脚的做法，"俱从枝节入手"而"本源未得"，没有抓住病根。对于当时的军阀政客，毛泽东认为他们"胸中茫然无有"，"如秋潦无源，浮萍无根"，只剩"手腕智计"。这样的政客与古代奸雄无异，无补于中国世事。只有"学有本源"、有雄才大略的政治家，才是中国之所需，才能求得中国面貌之根本改变。

在信中，毛泽东还写道："十年未得真理，即十年无志；终身未得，即终身无志。"当时，他因未得大本大源之道而心中茫然。

北京那边。收到学生的长信后，老师惊喜万分，并在日记中感慨地写道："下午，得润之书；大有见地，非庸碌者……不愧是大器量之人。"

老师还是个有心之人，他完好地保留了这封长信，使我们今天能有幸研读这一历史文档，并依据真实准确的第一手材料，深入了解学子毛泽东的志向情怀。

1917年8月23日，可能是中国历史上一个极其普通的日子，也是毛泽东革命人生中一个极其普通的日子，但这天他写的长信却充满情怀，甚至闪烁着思想的光芒。

即使今天，它依然震撼人心、启迪心智。

从游学到调查

一

这次步行漫游拉开了毛泽东日后游学的帷幕。

毛泽东还将所写的游历笔记，寄给了《湖南通俗教育报》。经该报选摘发表后，立即在全省引起了巨大轰动，人们都对此议论纷纷。更是让身边的同学、好友深受鼓舞，他们认为，以游学的方式，进行社会调查，方法的确高明。

1917年9月16日，毛泽东和同学张昆弟、彭则厚从长沙徒步至昭山，并夜宿昭山古寺。在昭山之巅，毛泽东把自己的理想和西方文明加以对照，明确选择了自己的道路。毛泽东的一番讲话，让大家印象深刻。在张昆弟的日记里写着这样一段话："毛君云：'西人物质文明极盛，遂为衣食住三者所拘，徒供肉欲之发达已耳。若人生仅此衣食住三者而已足，是人生太无价值。'又云：'吾辈必想一最容易之方法，以解经济问题，而后求遂吾人理想之世界主义。'又云：'人之心力与体力合行一事，事未有难成者。'"这段话，既表达了毛泽东对西方社会只追求物质丰足的不屑，又表明了自己追求世界主义，还表达了坚定的信念追求。

游历昭山寺一周后，1917年9月23日下午，毛泽东和张昆弟游泳横渡湘江，上岸后去了岳麓山下的蔡和森家。因时近黄昏，当晚宿于蔡家，三人彻夜长谈。他们认识到一个事实，人类已经进入新的历史阶段，旧中国的旧文化，已经不能拯救沉沦的民族，不能承担国家新生的使命。必须大力破旧立新，只有用新思想新文化来教育人民，才有可能实现国家和民族复兴，不再受西方列强的欺辱宰割。次日早起，他们沿着山脊爬上岳麓山，到书院后转而下山。此时凉风大发，空气清爽，既是空气浴，又是大风浴，大家感到胸襟豁然开阔。

1917年寒假，毛泽东应同学陈绍休的邀请，前往浏阳文家市铁炉冲，在陈绍休家住了一个星期，走访了周围的农民。毛泽东由陈绍休引路，登上了附近的高山。陈绍休指着十里之外的文家市说，这是湘赣两省毗连的地方，文家市向东走就是江西省铜鼓县。毛泽东很感兴趣，他们又到文家市逛了一圈。毛泽东还在陈绍休家的房屋后侧，栽了一棵板栗树，并说，前人栽树，后人乘凉，前人栽果树，后人吃果实。劝大家多种树，造福后代。这次游历，毛泽东还到了浏阳西乡土桥炭坡大屋陈章甫家探望，受到陈家的热诚款待。

1918年春天，受毛泽东和萧子升1917年暑假行乞游学的影响，蔡和森强烈要求毛泽东与他一起，围着洞庭湖沿岸，进行行乞游学。他们从岳麓山下刘家台子出发，沿洞庭湖东南岸经湘阴、岳阳、平江、浏阳几县，游历了半个多月。其间全靠替人写横幅对联、信件，种菜弄庄稼换得食宿。实在没有地方睡，他们就露宿野外。他们经常和农民促膝交谈，了解民情，宣传新思想。这一系列活动，都为毛泽东获取了"无字之书"的社会知识。游历的路途中，毛泽东、蔡和森还详细商讨了组织新民学会的问题。

在长沙读书的几年中，毛泽东就这样尽量为自己创造与社会接触的机会，他对社会现实这本"无字之书"产生了越来越浓厚的兴趣。

二

毛泽东和同学们的"穷游"，实际上是他们最早的社会调查。影响是重大的，也是深远的。通过游学，了解了当下中国的民情习俗和社会状况，为他们日后走上具有中国特色的革命道路打下了坚实基础。

学生时代的"步行漫游"，便是他走上革命道路后的"调查研究"。

党的一大以后，毛泽东担任中共湘区执行委员会书记兼中国劳动组合书记部湖南分部主任。根据党的一大关于开展工人运动的决议，首先在长沙继续以从事平民教育、开办工人夜校等合法方式，开展工人运动。要开展工人运动，就必须对工人有所了解。1921年秋，毛泽东来到安源路矿。他深入群众，广泛开展调查研究。他与工人一起吃饭菜，与工人促膝谈心，了解工人真实的生活状况，用工人的亲身经历向工人讲述革命道理。他启发工人，工人阶级要改变自己的地位，就要团结起来，进行斗争，打倒剥削者和压迫者。

大革命时期，在北伐战争胜利的推动下，农民运动蓬勃发展起来，却遭到了国民党右派和封建地主豪绅的破坏诋毁，也遭到了党内右倾错误领导的怀疑和责难，毛泽东在农民运动发展最为迅猛的湖南，专程实地考察农民运动。1927年1月4日至2月5日，毛泽东身着蓝布长衫，脚穿草鞋，手拿雨伞，提着装有笔记本的袋子，对湘潭、湘乡、衡山、醴陵、长沙5县农民运动开展实地考察。经过5县、历时32天、行程700多公里的"新春走基层"，毛泽东广泛接触了有经验的农民和农运干部,获得了宝贵的第一手材料。2月12日,毛泽东回到中央农民运动委员会驻地武昌,在武昌都府堤41号住所的卧室内,写下了中国革命史上的重要文献——《湖南农民运动考察报告》,用大量确凿的事实,驳斥了攻击农民运动的种种谬论。

土地革命战争时期,毛泽东为了深入了解农村和农民生活的状况,多次进行调查研究,写下了《寻乌调查》《兴国调查》《长冈乡调查》《才溪乡调查》等报告。如在江西寻乌开展调查,是源于当时党内有些同志存在"本本主义"的思想,对中国的社会经济状况存在许多错误认知,这样就影响了对革命形势的估计。1930年5月2日,毛泽东、朱德率部攻克赣州的寻乌县城后,决定在这个三省交界处开展社会调查。毛泽东制定了详细的调查表,要求战士们对寻乌群众方方面面的情况进行调查了解。几天后,毛泽东在会上问战士们调查得怎么样了,他就调查的方法与大家展开了深入的讨论。毛泽东认为调查有两种方法,一种是"走马观花",一种是"下马看花"。"走马观花"可以迅速了解事物的概况,但只能看到事物的表面。"下马看花"虽然耗时多些,但能看到事物的内部,发现问题的本质。扎实的社会调查是不能用"大概"来敷衍的,要靠事实说话,靠数字说话。在接下来的十多天时间里,毛泽东带领士兵们投身到了"下马观花"的调查中。毛泽东一边召集本地干部、农民、商人等各界人士密集开展调查会,一边抽空进行实地访察,深入田间地头,在与群众一起劳动的过程中开展社会调查。通过这次调查,毛泽东收获了调查笔记几十万字,掌握了大量第一手资料,为制定正确的土地革命路线提供了实际依据,弄清了城市商业状况,证明当时制定的在城市中"保护中小商人"的政策是符合实际情况的,同时也明确了城市和乡村的关系,为深化"农村包围城市"的理论提供了重要支撑。1931年2月,在第一次反"围剿"的间隙,毛泽东在宁都小布整理出了近十万字的《寻乌调查》。

后来的抗日战争时期、解放战争时期以及新中国成立后的一段时期内，毛泽东仍然坚持这种调查研究的实践。

如果说毛泽东在调查研究的实践方面取得重大贡献的话，那么他在调查研究的理论方面的贡献尤为突出。

早在1930年，他写了《反对本本主义》一文，并在文中第一次提出"没有调查，没有发言权"这一振聋发聩的口号。并指出："离开实际调查就要产生唯心的阶级估量和唯心的工作指导，那么，它的结果，不是机会主义，便是盲动主义。"

"我们的口号是：一、不做调查没有发言权。二、不做正确的调查同样没有发言权。"1931年毛泽东又进一步提出。

自此，调查研究成为我党的优良传统。

没有时间谈情说爱

一

这次对长沙、宁乡、安化、益阳、沅江五个县"游学"式的考察后，毛泽东对社会有了更多的思考与探索。

当时，湖南第一师范附近有电灯公司、造币厂、黑铅炼厂、铜元局等几家近代企业，聚居着很多工人、人力车夫。还有粤汉铁路武昌至长沙段和长沙至株洲段铁路工人，也都住在这一带。他们不仅生活清贫，而且大多是文盲和半文盲。没有文化，不仅使他们的思想受到限制，生活上也有极大的不便。毛泽东感到，要帮助工人群众，首先要让他们接受文化教育。

湖南第一师范原在1917年上半年办过一次工人夜学，那是为推行平民教育，由教职员兼办的，但没能坚持下来。1917年下学期，第一师范的学生团体学友会改选，毛泽东被选为学友会的总务兼教育研究部部长。上任伊始，他就提出由学友会主办工人夜学的主张。在给校方的报告中，他列举了夜学的四点好处："有了夜学，其一，能让工人和平民，也得到受教育的机会。其二，经过课上课下互动，可打破学校与社会间的藩篱。其三，夜学还可作为实习场所，让学生尽早获得实践的机会。当然，更重要的是，通过与工人、平民交朋友，还能让学生全面了解实际，为他们毕业走向社会，打下坚实的基础。"

看了毛泽东写的报告，主管校务的方维夏极为欣赏。他也说，"温室里长不出栋梁材，鸡窝里养不出千里马，所以，要培养真正的人才，就必须开门办学，让学生走出学校的小课堂，投身到社会的大课堂中去"。方维夏还允诺，校方将从资金、教室等方面，给学友会大力支持和帮助。

于是，学友会立即行动，办起了夜学。

二

我的思绪依然在湖南第一师范。

彼时，在毛泽东的周围，已逐渐聚拢一批志同道合的挚友。

他们既有知识，又意境高远，志向远大。

毛泽东后来回忆说：

> 我逐渐地团结了一批学生在我的周围……这是一小批态度严肃的人，他们不屑于议论身边琐事。他们的一言一行，都一定要有一个目的。他们没有时间谈情说爱，他们认为时局危急，求知的需要迫切，不允许他们去谈论女人或私人问题……我的朋友和我只愿意谈论大事——人的天性，人类社会，中国，世界，宇宙！

时间来到1917年冬，新文化的浪潮已经冲破封建主义的堤坝，猛烈地拍打着湘江两岸了。一个新生活、新境界、新世界越来越为热血青年们所心向往之。

"如何使个人和人类的生活向前发展？"毛泽东和他周围的朋友们也在热烈地议论着。

于是，一个大胆的想法在毛泽东和他的朋友间萌发了——"集合同志，创造新环境，为共同的生活"。

他们的想法既高远又简单。自己的品行要改造，学问要进步，求友之心早已"热切到十分"，何不有一个正式的团体，为大家的互助提供一个联系的桥梁和纽带呢？"国内的新思想和新文学已经发起了，旧思想、旧伦理和旧文学，在诸人眼中，已一扫而空，顿觉静的生活与孤独的生活之非。"如此，应该有"一个翻转而为动的生活与团体的生活之追求"。再者，"诸人大都系杨怀中先生的学生"，先生总是告诫大家要有一种奋斗向上的人生观。为不负先生的殷殷之望，组织一个小团体，不是可以更好地奋斗向上吗？

心有灵犀一点通。毛泽东等人的提议一出，"就得到大家的赞同了"。

1918年4月14日，中国五四时期的著名青年团体——新民学会，在岳麓山下刘家台子蔡和森家里宣告成立了。

三

1918年6月，毛泽东从第一师范毕业。

他和一些没有找到工作而又志同道合的同学，成立了一个"工读同志会"的组织。大家寄住在岳麓山"湖南大学筹备处"（岳麓书院的半学斋）。

其所以住在这里,这是因为他们的老师杨昌济。杨开智后来回忆说,谭延闿二次督湘时,杨昌济等曾向省政府进言,创办湖南大学。当局接受了这一建议,任命杨为筹备办主任。开始,筹备办就设在杨家,后来迁到岳麓书院。经老师同意,毛泽东等就在半学斋里开始了"新村梦"。

他们的脚步踏遍了岳麓山的各个乡村,自己挑水拾柴,用蚕豆拌和大米煮着吃,坚持读书自学,相互讨论,尝试进行半工半读、平等友爱的互助生活。

> 他们都很穷,吃上一顿愁下一顿,吃的是蚕豆拌着米煮的饭;赤脚草鞋,上山捡柴,到很远的地方挑水。他们一边读着书,一边作今后的计划。这种工读生活,大家精神上感到一种分外的振奋……然而大家的心情是并不悠闲的,个人前途和天下大事都待解决……

李锐在《毛泽东的早期革命活动》中如此描绘毛泽东他们的"新村生活"。

"新村梦"并不全部都美丽,并且这个实验刚刚开始,毛泽东就接到了老师杨昌济从北京寄来的关于赴法勤工俭学的书信,开始把主要精力投入组织新民学会会员赴法勤工俭学事宜,这次空想社会主义的实验也就不了了之。

其实,"新村梦"并不是毛泽东和他的同学一时的心血来潮,而是他们对一种新生活的实验。

在岳麓山建"新村",只是他"新村梦"的开始……

虽然从本质上来看,青年毛泽东的"新村"理想是一种"乌托邦",存在着一定的缺陷,但这也成了毛泽东等人思想转变的一大契机。

他从"新村梦"改良道路救国的失败中吸取教训，不断成熟起来，并推动转向了无产阶级革命的道路。

1955年6月20日，在开展"新村"实验30多年以后，毛泽东携周世钊等重登岳麓山。

在云麓宫前凭栏远眺，回想起少年时代追逐梦想以及同学朋友之间的点滴回忆……不禁留下了"莫叹韶华容易逝，卅年仍到赫曦台"的深沉感慨和念念不忘的故友之思。

四

中国的改造应该从何着手，新民学会应该如何发展？

这些问题时刻萦绕在青年毛泽东的心头上。

1918年6月下旬的一天，新民学会会员毛泽东、何叔衡、萧子升、萧三、陈赞周、周世钊、蔡和森、邹鼎丞、张昆弟、陈书农、李维汉等人，在湖南第一师范附属小学陈赞周、萧三处，集中讨论"会友向外发展"问题。大家一致认为，留法勤工俭学十分必要，应尽快进行，并决定蔡和森、萧子升"专负进行之责"。会后，蔡和森即到北京了解情况和进行联系工作，毛泽东和其他会员则在长沙进行发动和组织工作。

赴法勤工俭学的信息，是在北大任教的杨昌济传递回家乡的，并让湖南第一师范的学生们积极准备赴法留学。这时的湖南政局混乱，政权更迭频繁，教育已经摧残殆尽，学生已至无学可求的境地。勤工俭学便是一条新的出路。

蔡和森到北京后，很快就将了解到的有关留法勤工俭学的情况通报给在湖南的毛泽东等新民学会会员。蔡和森还于6月30日和7月21日先后两次写信给毛泽东，报告了他和蔡元培、杨昌济交流联系的情况,提出希望毛泽东去北京,并探讨了社会问题。

蔡和森的第二封信刚刚发出,就接到毛泽东的来信。毛泽东告诉他,他们已经决定北京一行,并就"大规模自由研究"问题抒发己见。蔡和森接信后,欣喜至极,对毛泽东主张的"大规模自由研究"极表赞成。几天后,毛泽东再次致信蔡和森,论及改造社会所需的"人、财、学三事"。

在全国准备赴法勤工俭学的学生中,湖南是报名最多的省份,毛泽东担心大量人才外流,造成基础教育薄弱,所以,他在致同学罗学瓒的信中说,同人已没有几个从事小学教育,"后路空虚,非计之得"。认为罗学瓒从事教育工作最适宜,不如留下从事教育。

在安顿好患病的母亲后,毛泽东与其他会员于8月15日离开长沙前往北京,途中因铁路被大水冲断,延至19日到达北京。

毛泽东等人到京后,参与到轰轰烈烈的赴法勤工俭学运动中。

1919年3月14日,毛泽东同一批准备赴法勤工俭学的湖南青年由北京抵达上海。

在上海期间,毛泽东两次参加赴法学生联欢会。3月17日,第一批赴法学生乘船离开上海,毛泽东到码头为这些青年热烈送行。

毛泽东为组织赴法勤工俭学,四处奔走,多方联络,作出了极大的努力。友人在家信中写道:"毛润之,此次在长沙招致学生来此,组织预备班,出力甚多,才智学业均为同学所钦佩。"

然而,毛泽东却留在了国内。原因有二:其一,新民学会中许多人希望他"殿后",继续谋求学会的发展,国内也确实需要有人;其二,毛泽东认为自己对于国内的情形调查研究得还不够,待掌握了中国古今学说的"大要"再出洋留学。

毛泽东还具体分析了暂时不出国的三点好处:一是看译本较原来快得多;二是东方文明在世界文明内占半壁地位,东方文明就是中国文明,只有研究好中国文明的大要,到西洋留学才有可资比较的东西;三是要为世界尽力,离不开"中国"这个地盘。对这地盘内的情形,"不可不加以实地的调查及研究这层工夫"。

但是毛泽东并不排斥留学。他说:"我不是绝对反对留学的人,而且是一个主张大留学政策的人。我觉得我们一些人都要过一回'出洋'的瘾才对。我觉得俄国是世界第一个文明国。我想两三年后,我们要组织一个游俄队。"

在出国的潮流面前,毛泽东热烈地欢迎它,并为有志于此的同道者奔忙。但他决不盲从,他在清醒而又坚定地走自己的求索之路。

洞庭湖的闸门动了,且开了

一

1919 年 4 月 6 日,毛泽东从上海回到长沙。

这时,第一次世界大战结束以后,人们曾经热烈地欢呼"公理战胜",称赞美国总统威尔逊是"世界上第一个好人"。可是,曾几何时,由英、美、法、日、意等国主宰的巴黎和会,为了实现他们瓜分世界的企图,无视中国作为战胜国的地位,拒绝中国代表提出的废除外国在中国的势力范围,撤退外国在中国的军队,废除"二十一条"等要求。不仅如此,会议竟规定德国应将在中国山东获得的一切特权转交给日本。北洋政府的代表居然准备在这样的和约上签字。

消息传到国内,举国震惊。北京人民起来了!上海人民起来了!山东人民对山东问题更是关心。十万群众在济南举行国民大会,致电巴黎中国外交代表,决心"誓死力争,义无反顾"。

回到湖南，毛泽东就投身到这风起云涌的爱国浪潮之中。

他找到了在修业小学任教的周世钊，并告诉他，外交失败，全国为之悲痛和愤怒，北京、上海等地的学生正在开展爱国运动，湖南也应该搞起来，他想在这方面做些工作。他又走访了长沙几个学校中的新民学会会员，讲述几个月来在北京、上海的经历，纵论国内形势。他认为，由于外交问题的影响，全国人心激荡，青年学生更是热血沸腾，将有具体的表示，我们新民学会会员决不可站在旁边看热闹，要立即行动起来。几天后，他又约集新民学会会员在楚怡学校何叔衡处开了半天会，对国内形势作了详细的分析，还对如何组织青年学生的力量，如何与张敬尧进行斗争，也提出了意见。为了解决生活费用和便于工作，他在修业小学找了个教员的职位。

五四运动汹涌的洪流，冲破了封建主义思想的堤坝。人民觉醒了，新思潮也更加猛烈地传播开来，各种宣传新思潮的刊物如雨后春笋般涌现出来。当时长沙各校学生也出版了十多种刊物，如《新湖南》《女界钟》《岳麓周刊》等，但大多仍然锐气不足。为了更好地推动湖南爱国斗争和新思潮的宣传，也为了有一块发表自己政见的阵地，毛泽东提出，需要创办一个新的刊物。根据毛泽东的提议，湖南学生联合会决定创办《湘江评论》，由毛泽东任主编。

经过十多天的紧急筹备，具有崭新风貌的《湘江评论》诞生了。1919年7月14日，《湘江评论》创刊号正式出版。它四开一张，既有洋洋洒洒的长篇大论，也有短小明快的"东方大事述评""西方大事述评"，还有尖锐泼辣的"放言""杂评"。

> 时机到了！世界的大潮卷得更急了！洞庭湖的闸门动了，且开了！浩浩荡荡的新思潮业已奔腾澎湃于湘江两岸了！顺他的生。逆他的死。如何承受他？如何传播他？如何研究他？如何施

行他？即是我们全体湘人最切最要的大问题。即是"湘江"出世最切最要的大任务。

毛泽东在《湘江评论》创刊宣传中急切而又深情地呼唤。虽然他仍然在艰苦的求索之中，仍然在苦苦地"研究"，"寻着什么是真理"，还未找到一条正确的道路，但他那热烈地追求新思潮，追求真理的基本方向，则是顺乎历史潮流。

《湘江评论》的出版，震动了整个社会。创刊号印了 2000 份，当天就被抢购一空。加印 2000 份后，仍不能满足需求。《湘江评论》寄到北京后，李大钊、陈独秀给予它很高的评价，认为它见解深刻，是全国最有分量的一份刊物。随后，胡适主编的《每周评论》第 36 期也专门予以介绍，并称赞："武人统治之下，能产生出我们这样一个好兄弟，真是我们意外的收获。"

然而，《湘江评论》却引起了反动派的恐慌，认为这是怪人怪论。1919 年 8 月中旬，《湘江评论》第 5 期刚刚印出，就被张敬尧派军队查封了，湖南学生联合会也被宣布解散。

但毛泽东没有也决不会停止战斗。他倡议并领导成立了"学生周刊联合会"，担任湘雅学生自治会会刊《新湖南》主编。但《新湖南》刚出到第 11 期，又被张敬尧查封。主办刊物不行，他就在《大公报》《女界钟》等报刊发表文章，继续进行新文化战线上的斗争。

二

自从《湘江评论》被张敬尧查封后，毛泽东就决意要领导湖南人民进行驱张运动。

张敬尧是个皖系军阀。辛亥革命后，南北军阀连年混战，湖南是争夺的焦点。1918年3月，直皖联军击败了湘桂联军，赶走了驻湖南的湘桂联军司令谭浩明，张敬尧率兵进入湖南，当上了湖南督军。可是，张敬尧入湘后，无恶不作，给湖南人民造成了灾难。

1919年12月2日，湖南学联在教育会坪举行焚烧日货大会。正当学联负责人和各校学生代表讲演焚烧日货的意义时，张敬尧的军队冲进会场，用刺刀对着学生的胸膛，逼着他们离开会场。学生的爱国运动遭到了镇压。

当天晚上，毛泽东约集学联负责人和一部分学生代表开会。毛泽东认为，张敬尧已陷于四面楚歌之中。这次压迫爱国运动，更是引火自焚。我们必须利用这个有利时机，坚决把张敬尧从湖南赶出去，从水深火热中救出湖南3000万人的生命。其后，毛泽东又在各校学生代表会上指出，平时大家都赞成爱国，都赞成改造社会，现在是到了实际行动的时候了！

12月6日，学联决定长沙男女大小学校一律罢课。第一师范、商专、楚怡、周南等学校率先开始。不到一星期，长沙全体专门学校、师范、中学和一部分小学相继罢课。学联还发出宣言："张毒一日不出湘，学生一日不返校。"

接着，毛泽东又召集新民学会会员和学联骨干以及部分教育界人士，研究驱张的进一步行动方案。经过几次讨论，决定组织驱张代表团，分赴北京、衡阳、常德、郴州、广州、上海等处，进行请愿和联络活动。随后，各路代表团纷纷出发。

毛泽东为赴京代表团的主持人。

12月18日，他率领的驱张代表团到达北京。一到北京，他就立即和代表团成员一起，四处奔走。不仅联络在京的湘籍学生、议员、名流学者和绅士，而且联络北京学生，以组成强大的驱张战线。

为了更好地进行驱张斗争，争取舆论的支持，毛泽东还在北京组织了"平民通讯社",由他担任社长。通讯社从1919年12月22日开始,向全国一些主要报刊发稿,"每月发之稿件百五十余份,送登京、津、沪、汉各报"。白天,他四处奔波;晚上,就坐下来赶写文章,常常挑灯夜战,直到深夜。

一个多月过去了,驱张代表团虽竭尽全力,然而呼吁无效。他们非常愤慨,决定"作最后之请愿"。1920年1月28日中午12时,驱张代表团及部分湖南在京学生,组成浩浩荡荡的请愿队伍,向国务院进发。毛泽东是代表团中公民代表团首席代表。请愿队伍在国务院求见国务院总理靳云鹏不着,于是愤而决定赴靳氏私宅,"效秦廷之哭"。经过艰苦斗争,靳云鹏答应翌日国务会议上,将湖南问题提出。

毛泽东为驱张紧张地战斗着,但他又并不仅仅限于驱张,而是把驱张放到他改造社会的方案中去思考。湖南究竟应该如何改造,社会究竟应该如何改造?新民学会应该向何处去?这些仍是时刻盘旋在他脑际的问题。

到1920年4月,驱张运动的胜利格局已大体形成。

不久后,张敬尧终于在内外交困中,逃出长沙,并很快全部撤离湖南。

毛泽东深深感到,张敬尧走了,新的张敬尧还会回来,"社会的腐朽,民族的颓败,非有绝大努力,给他个连根拔起,不足以言摧陷廓清。这样的责任,乃全国人民的责任,不是少数官僚政客武人的责任"。

三

在斯诺的《西行漫记》中,我看到了毛泽东这样的表白:

到了1920年夏天,在理论上,而且在某种程度的行动上,我已成为一个马克思主义者了,而且从此我也认为自己是一个马克思主义者了。

1920年11月底,他对自己长期以来的实践和理论进行深刻的反思,完成了思想上的自我清算,清理了思想结构中的非马克思主义因素。1920年底到1921年初,思想结构的彻底转型已经完成,确立了全新的政治信仰,建立了以马克思主义为核心内容和根本方向的新的思想结构,完成了自身的马克思主义化,成为一个坚定的马克思主义者。

1921年6月29日傍晚,毛泽东和何叔衡从湘江轮渡码头登上开往上海的火轮。稍知内情的谢觉哉在日记上写道:"午后六时叔衡往上海,偕行者润之,赴全国○○○○○之招。"日记中这5个圈,代表"共产主义者"5个字,以为保密。

7月23日,中国共产党第一次全国代表大会在上海开幕。毛泽东、何叔衡代表湖南共产党早期组织参加大会,参与创建中国共产党。13名代表中,还有全国各地早期组织的代表董必武、陈潭秋、王尽美、邓恩铭、李达、李汉俊、刘仁静、张国焘、陈公博、周佛海及包惠僧。参加党的一大的湖南籍代表有毛泽东、李达、何叔衡、周佛海。大会期间,会场突遭巡捕搜查,代表们分批转移到浙江嘉兴南湖的一艘船上,完成了中共一大议程。大会庄严宣告了中国共产党的成立。

在整个会议过程中,毛泽东除担任会议记录外,只作过一次发言,介绍长沙共产主义小组的情况。但对于这样一个具有伟大历史意义的时刻,毛泽东后来总是萦绕于怀,多次深情地回忆起"一大"的情景。1938年5月,他在延安抗日战争研究会上演讲《论持久战》时,第一次明确提出:"7月1日,是中国共产党建立十七周年纪念日,这个日子又正当抗战的一周年。"从此，7月1日成为中国共产党的诞生纪念日。

从此，毛泽东开始了艰辛而曲折的革命道路！

橘子洲头

一

还没有到"看万山红遍,层林尽染"的季节,但孟秋时节的橘子洲同样美丽动人。碧空如洗,白云若絮;碧水连天,树木葱绿。

与106年前不同的是,或者说与20多年前不同的是,橘子洲原来有大量居民居住,充满人间烟火气,后来居民全部迁出,整体开发,打造成拥有独特的自然风光和历史文化的5A级景区。景区内有毛泽东青年艺术雕塑、问天台等景点,有140多种名贵植物在内的数千种花草藤蔓植物,还有鸥、狐、獾等许多珍稀动物。

我又一次漫步橘子洲,寻找一个身影。

二

1925年秋的一天。

32岁的毛泽东来到橘子洲，伫立在橘子洲头。面对湘江上动人美丽的自然秋景，想到当时汹涌澎湃的革命形势，回忆过去的战斗岁月，他不禁心潮起伏，浮想联翩。眼前的景物与往昔的情景相叠印，近来的斗争与深沉的思索相交汇。

1920年11月，毛泽东、何叔衡、彭璜等人创建湖南的共产党早期组织。1921年6月底，毛泽东与何叔衡赴上海参加中国共产党第一次全国代表大会。回湖南后，毛泽东先后建立中共湖南支部和中共湘区执行委员会并任书记。1923年4月，他离开长沙赴上海、广州等地继续从事革命工作。1925年2月，他带着妻儿回韶山养病，并领导农民运动。他秘密组织了20多个农民协会，创建了中共韶山支部。9月上旬，他奉命赴广州参加国民政府工作，参加国民党第二次全国代表大会。在长沙逗留期间，他就在军阀赵恒惕的眼皮下举行秘密会议，向中共湘区委报告韶山农民运动的情况，甚至还到湘江边上，橘子洲头，回想当年风华正茂的师范生生活。

随后，他以"长沙"为题，写下诗词《沁园春·长沙》：

独立寒秋，湘江北去，橘子洲头。看万山红遍，层林尽染；漫江碧透，百舸争流。鹰击长空，鱼翔浅底，万类霜天竞自由。怅寥廓，问苍茫大地，谁主沉浮？

携来百侣曾游。忆往昔峥嵘岁月稠。恰同学少年，风华正茂；书生意气，挥斥方遒。指点江山，激扬文字，粪土当年万户侯。曾记否，到中流击水，浪遏飞舟？

三

词如其人,词如其心。

《沁园春·长沙》是一篇游故地而观秋景、忆同窗而思往事、发斗志而抒豪情的壮美辞章,写秋景而不衰飒,忆往事而不惆怅。纵观全词,写景、述事、抒情,主题鲜明,紧扣变革现实的思想主线,一气呵成。词中景物之壮丽,人物之英俊,事迹之卓绝,情感之豪迈,四者格调一致,相互辉映,大气磅礴。但《沁园春·长沙》,远不只是对当年风华正茂的师范生生活的感慨,更是青年毛泽东心路历程的真实写照,蕴涵非常丰富,体现着他的宏大抱负。

毛泽东自幼怀有忧国忧民之心,具有强烈而厚重的忧患意识。这是他爱国情怀和奋斗精神的不竭动力,不断激发他奋发图强、攻坚克难的决心和勇气。这种忧患意识不仅深刻地影响着他的政治倾向和思想意识,也深刻地影响着他的行为方式和情感表达。

1921年初,毛泽东把新民学会的宗旨由"革新学术,砥砺品行,改良人心风俗"改为"改造中国与世界"。这不仅是新民学会的宗旨,也成为毛泽东毕生的追求。从19世纪中叶到20世纪初,各种新思潮、新学说传入中国,他都深浅不同地学习过、研究过,有的还认真地实践过。他最终选择了信仰马克思主义,但马克思主义本身也还不是解决中国问题的现成方案。"谁主沉浮"的诘问,体现着"天下兴亡、匹夫有责"的使命担当,凝聚着对国家命运、革命道路的深刻思考。

1964年1月27日,毛泽东在回答《毛主席诗词》英译者所提的诗词问题时曾解释:"'怅寥廓,问苍茫大地,谁主沉浮?'这句是指:在北伐以前,军阀统治,中国的命运究竟由哪一个阶级做主?"

究竟如何"改造中国与世界"?

那时的毛泽东还没有找到令人满意的答案。他一直在积极思考、上下求索。后来，他坚持把马克思列宁主义的基本原理同中国革命的具体实际相结合，终于开创了一条适合中国国情的革命道路，即"农村包围城市，武装夺取政权"。这是毛泽东一生最伟大的历史功绩。

四

这当然是一篇上乘之作。

这首词使深刻的政治内容和完美的艺术形式相得益彰，显示出青年毛泽东的卓越才华。

1957年1月，《诗刊》杂志创刊号首次集中发表毛泽东的《旧体诗词十八首》时，以1925年的《沁园春·长沙》为首篇。1963年12月，人民文学出版社出版的《毛主席诗词》，收录34首作品。"六三年版"是他亲自编订的一个带总结性的诗词集，是其生前出版的最重要的诗词集之一，第一首作品仍是《沁园春·长沙》。

显然，《沁园春·长沙》是经毛泽东自己认定的诗词创作的正式起点。这无疑是一个很高的起点。它的高度是由这首词的思想性和艺术性确立的。

尾声　穿越时空的力量

一

从毛泽东和萧子升那刻骨铭心的行乞游学历程，从那段激荡的风云岁月走出，我的内心变得不安起来。下午的长沙，秋高气爽，天空湛蓝。秋天是收获的季节，绚丽与成熟。

然而，我总感觉到有些苍白与无力。有些地方，我尚未踏足。即使踏足，我并没有沉下心来，走近它、认识它、理解它、走进它。

如果不是创作这部作品，可能我不会这么细致认真地"阅读"湖南第一师范。可是我生活在这座城市啊，甚至经常经过那里。我无比内疚，走近历史遗迹、红色旧址，我并没有形成习惯。我又一次来到位于长沙书院路的湖南第一师范，不是为了创作，也不是陪同友人，就是一个人来静静地感悟。我漫步在每一个角落，端详着每一处建筑物，哪怕是一草一木，我都用心与它们交流。我漫步在陈列馆的每一个展厅，再次走进那段激荡的风云岁月，感受那一代人的赤子情怀。

　　我曾多次经过长沙新民路的新民学会旧址，可又有几次进门参观呢，哪怕是驻足观望一眼。除了到这里参加活动，基本上没有。它似乎成了久远的文物，与现实无关，与生活无关，与我无关。我怀着歉意，再次走进新民学会旧址。旧址的房屋不算大，但百年前中国青年心声，在那里久久回荡。再想想自己，我面红耳赤。还有一些团队，有单位组织的，也有家长带着孩子的，跑到旧址门口拉开横幅，合影留念后，便匆匆离开，连大门都没进。看着他们欢笑着奔向娱乐、美食打卡地的背影，我心中升起莫名的悲伤。我想，关于这种现象，长沙应该只是一个缩影。

　　当然还有很多这样的地方，值得我们用心灵去"品读"与"回味"。但我没有完全走到，更没有走近它们。不是因为太多，而是缺少真心和决心。

二

　　我走到书柜前，擦去《资本论》《共产党宣言》《毛泽东早期文稿》《毛泽东农村调查文集》《毛泽东调查研究活动简史》《反对本本主义》等书籍上的灰尘。书柜内看起来很丰富，甚至让我的办公室散发着浓郁的书香气息，但并不是心灵的书香，因为有些书我并未真正阅读。

　　我相信，这些书对毛泽东和萧子升1917年行乞游学的价值与意义，都是一种延伸阅读。

　　比如《资本论》。为了写《资本论》，马克思在近40年的时间里对资本主义社会进行了全面、系统、动态的调查研究，阅读了2000多册经济学著作，收集了4000多种报刊，还经常深入工厂、农村进行实地调查。马克思曾说："一个不了解社会现状的人，更不会了解力求推翻这个社会的运动和这个革命运动在文献上的表现。"调查研究是马克思主义者认识世界、改造世界的重要方法。马克思主义在调查研究的基础上产生，也在调查研究的基础上不断发展。

毛泽东自从学生时代行乞游学开始，他的调查研究从未间断，不断成熟，成为理论和实践上对调查研究都作出卓越贡献的杰出代表。在井冈山，在瑞金，在延安，在大河上下、大江南北……都留下过他躬身开展调查研究的行迹与身影。

在《反对本本主义》中，毛泽东写到，你对于某个问题没有调查，就停止你对于某个问题的发言权。这不太野蛮了吗？一点也不野蛮。你对那个问题的现实情况和历史情况既然没有调查，不知底里，对于那个问题的发言便一定是瞎说一顿。瞎说一顿之不能解决问题是大家明了的，那么，停止你的发言权有什么不公道呢？许多同志成天闭着眼睛在那里瞎说，这是共产党员的耻辱，岂有身为共产党员而可以闭着眼睛瞎说一顿的？

……

更为重要的是，调查研究有力地促进了青年毛泽东思想的转变，对于当代具有重大的启示意义。他始终强调要立足中国实际，深入研究中国的具体国情，把中国作为自己的下手处。正是这个特点，使他的思想发展从来就不是停留在单纯的理论层面，陷入教条主义和思想停滞，而是抓住时代特征，紧随实践步伐，不断实现深刻的自我超越，最终实现彻底的思想转变，建构以马克思主义为导向的思想结构。

翻开我们党的历史，许多熠熠生辉的理论创新，许多影响深远的重大决策，无不源于深入扎实的调查研究。从石库门到天安门，从兴业路到复兴路，我们党一路走来，重视调查研究成为党的光荣传统和优良作风，大兴调查研究成为党带领人民不断取得胜利的重要法宝。

三

我的思绪回到七八年前。

为了创作《乡村国是》，我深入六盘山区、秦巴山区、武陵山区、乌蒙山区、滇桂黔石漠化片区、滇西边境山区、大兴安岭南麓山区、燕山—太行山区、吕梁山区、大别山区、罗霄山区、西藏、四省藏区、新疆南疆三地州等14个集中连片特殊贫困地区，见证了那场惊心动魄的激战、恶战、苦战，至今还感慨万千。

但让我感受最深的，还是精准扶贫战略的制定与实施。

而这一政策的出台，自然与习近平总书记高度重视调查研究工作，把调查研究作为党科学决策的重要依据、联系群众的重要途径、做好工作的重要方法、改进作风的重要环节有关。2012年12月，刚刚就任总书记不到两个月，他就冒着零下十几摄氏度的严寒，前往地处太行山深处的全国扶贫开发重点县河北省阜平县调查研究，看望困难群众。2013年11月3日至5日，习近平赴湖南湘西考察。他来到花垣县排碧乡（现排碧乡与排料乡、董马库乡合并成双龙镇）十八洞村特困户施齐文家中看望，坐下来同一家人算收支账，询问有什么困难、有什么打算，察看了施齐文家的谷仓、床铺、灶房、猪圈，勉励一家人增强信心。就是在十八洞村，他作出"实事求是、因地制宜、分类指导、精准扶贫"的重要指示，并首次提出"精准扶贫"，要求扶贫要实事求是，因地制宜。

即便如此，他调查研究的脚步并没有停止。从党的十八大开始，到2021年2月习近平总书记庄严宣告"我国脱贫攻坚战取得了全面胜利"，他50多次考察调研，走遍了全国14个集中连片特困地区，进山区、走边疆、访老区、入海岛，一次次翻山越岭、一次次顶风冒雪，永远与人民心连心，始终坚持调查研究。

这只是新时代调查研究的一个成功范例、经典缩影。

未来的路如何走？没有现成的经验。唯有深入开展调查研究，坚持实事求是，一切从实际出发。

国家和民族的路都如此，个人之路更是如此。

现在，我准备让自己的思绪重新回到1917年那个暑假。我走过。现在，我又开始重新温习。

主要参考书目与资料

一、图书专著

1.《毛泽东年谱（1893—1949）》，中共中央文献研究室编，人民出版社／中央文献出版社1993年版。

2.《毛泽东传（1893—1949）》，中共中央文献研究室编，中央文献出版社1996年版。

3.《毛泽东早期文稿》，中共中央文献研究室、中共湖南省委《毛泽东早期文稿》编辑组编，湖南人民出版社2013年版。

4.《早年毛泽东：传记、史料与回忆》，埃德加·斯诺等著，生活·读书·新知三联书店2011年版。

5.《我和毛泽东的一段曲折经历》，萧瑜著，昆仑出版社1989年版。

6.《讲堂录》，毛泽东撰，北京出版社2017年版。

7.《毛泽东农村调查文集》，毛泽东著，人民出版社1982年版。

8.《毛泽东调查研究活动简史》，孙克信、于良华、佟玉琨、徐素华编著，中国社会科学出版社1984年版。

9.《毛泽东的早期革命活动》，李锐著，湖南人民出版社1980年版。

10.《没有调查，就没有发言权：跟毛泽东学调查研究》，陶永祥编著，中国方正出版社2020年版。

11.《解读青年毛泽东》，张锦力著，中央文献出版社2018年版。

12.《学生时代的毛泽东》，唐振南、周仁秀著，中央文献出版社2007年版。

13.《一师毛泽东：要为天下奇》，王立华著，中央文献出版社2018年版。

14.《湖南农民运动考察报告》，毛泽东著，人民出版社1951年版。

15.《毛泽东与益阳》，《益阳红色基因文库》编纂委员会、中共益阳市委党史研究室编，内部资料，2021年。

16.《毛泽东与蔡和森》，中共湖南省委党史研究室著，中央文献出版社 2015 年版。

17.《青年毛泽东之路》，覃晓光、文热心著，湖南人民出版社 2014 年版。

18.《西行漫记》，埃德加·斯诺著，三联书店 1979 年版。

19.《红星照耀中国》，埃德加·斯诺著，人民文学出版社 2016 年版。

20.《毛泽东青少年时代的故事》，周世钊著，周彦瑜、吴美潮、王金昌整理，长江文艺出版社 2019 年版。

21.《毛泽东之路》，胡长水等著，中共党史出版社 2003 年版。

22.《青年毛泽东》，赵遵生著，东方出版社 2013 年版。

23.《青年毛泽东的读书》，莫志斌主编，梁志明、卢湘文编著，安徽文艺出版社 2012 年版。

24.《青年毛泽东的思想转变之路：毛泽东是怎样成为马克思主义者的？》，金民卿著，社会科学文献出版社 2015 年版。

25.《青年毛泽东思想研究》，莫志斌著，湖南师范大学出版社 2003 年版。

26.《青年毛泽东》（修订版），高菊村、刘胜生、陈峰、唐振南、田余粮著，中央文献出版社 2008 年版。

二、文献资料

1. 益阳地区革命委员会毛主席革命纪念地建设领导小组办公室：《关于走访调查长沙、宁乡毛主席早期革命活动情况的汇报——调查材料之一》，1968 年 10 月。

2. 益阳地区革命委员会毛主席革命纪念地建设领导小组办公室：《关于毛主席在安化、桃江早期革命活动情况的调查报告》，1968 年 10 月。

3. 益阳地区革命委员会毛主席革命纪念地建设领导小组办公室：《毛主席早期在益阳地区革命活动情况的资料汇编》，1968 年 10 月。

4. 宁乡县革命委员会毛主席革命纪念地建设领导小组办公室：《毛主席1917年暑假来宁乡农村调查的情况——走访报告之一》，1969年3月。

5. 宁乡县革命委员会毛主席革命纪念地建设领导小组办公室：《毛主席1917年暑假农村调查到何叔衡同志家里的情况——走访报告之二》，1969年3月。

6. 中共安化县委党史办公室：《毛泽东同志两次到安化的情况》，1984年5月。

7. 毛泽东寻乌调查纪念馆：《〈寻乌调查〉〈反对本本主义〉文献汇编》，2014年3月。

8. 桃江县桃花江文化研究会：《青年毛泽东游学故事集》，2022年12月。

后　记

于我而言，这是一次洗礼灵魂的"探寻"之旅，更是一次内涵深刻、意义深远的现实教育。

沿着1917年暑假毛泽东和萧子升游历的足迹，我探寻了民国时期行政区划的长沙县、宁乡县、安化县、益阳县、沅江县，所有与那次行乞游学有关的地方，以及相关的人和物。一路走来，有感动和泪水，也有惊喜和欢笑，还有困惑与纠结。感动的是，毛泽东和萧子升这次行乞游学的初衷、过程、结果，历久弥新，闪烁着时代的光芒，让我反思，让我重新审视自己的创作与人生。惊喜的是，这个看似岁月久远的行乞游学的故事，并没有隐没于山野的杂草丛中，长期以来被当地百姓津津乐道、口口相传，并走进了他们的灵魂，流入了他们的血脉。困惑的是，由于时代久远，许多史料难以考证，特别是有些地方还存在歧义与争议，但我始终告诫自己，应不断继续深入调查研究，用客观、理性的思维来处理。自然也留下些许遗憾。遗憾也是一种美。

启示与情感是我特别想表达的。为什么要采写这部作品？价值和意义何在？肯定不只是走进历史现场，钩沉和还原历史，更是为了探寻其对当代人，特别是青年人的启示意义。毛泽东在思想转变的过程中有着明确的目标指向，这就是为实现救国救民、改造中国的远大理想寻找行动指南。在少年时期，他曾经为了个人的兴趣和爱好，大量地阅读了中国古典小说和一些早期洋务派的著作。但是，到了湖南第一师范时期，他已经确立了远大的抱负和社会理想，从那个时候起，他的读书活动、社会实践和思想改造，都是围绕这个轴心来展开的，是一种理想信念引领下的目的明确的主体性活动。他善于在学习中进行独立思考，在调查研究中找到解决问题的方法，提出自己的独到见解，而不是人云亦云地随意接受他人的观点。

情感体现在两个层面。首先是当地百姓对于毛泽东的真挚情感，看上去，是故事在口口相传，实际上，是一种情感的表达与传递，是一种精神的传承，甚至为许多乡镇和村的发展过程起了助推作用。其次是一批文化学者、党史专家，多年潜心研究青年毛泽东的游学之路，并努力找到其当下意义，甚至将此当成生命中的部分。特别让我感动的是，一些乡镇和村子的老党员、文化人，自发投入游学的探寻与研究之中，把隐没于山野杂草丛中的故事，打捞出来，记录起来，传播开来。不为什么，什么也不为，他们只是热爱，单纯而质朴地探寻、研究与呈现。没有他们的艰辛付出，没有他们的丰硕成果，要完成这部作品的创作，将会是一种奢望。

这部作品的采写，得到了中共湖南省委宣传部、湖南省党史研究室、湖南省作家协会、中南出版传媒集团、中共长沙市委宣传部、湖南文艺出版社、毛泽东与第一师范纪念馆、中共益阳市委宣传部、长沙市党史馆、长沙市图书馆、长沙市博物馆、宁乡市档案馆、安化县档案馆、桃江县档案馆、益阳市赫山区档案馆、益阳市资阳区档案馆、沅江市档案馆、涟源市档案馆、安化县梅城镇人民政府等众多单位的大力支持与帮助。特别是中共长沙市委宣传部，不仅策划创作出版这部作品，更是对我高度信任，给予鼓励与扶持，为采访与创作最大限度地提供便利；湖南文艺出版社的编辑老师，对历史保持一颗敬畏之心，坚持实事求是的指导思想，以追求卓越的创新精神投入工作。我感谢他们为这本书付出的心血，倾注的感情。

创作这部作品，更是为了深切缅怀毛泽东同志的丰功伟绩，学习和发扬毛泽东等老一辈无产阶级革命家为党、为国家、为民族、为人民矢志奋斗的革命精神和崇高品格。我希望更多的年轻人关注毛泽东和萧子升1917年暑假行乞游学这一历史事件，从中找到自己的前进方向，找准解决问题的办法，找到活在当下的意义。